# 神弃之地

[美]唐纳德·雷·波洛克——著
孙灿——译

上海译文出版社

再次
献给
西派

# 序 言

多雨的10月将尽了。一个阴郁的早晨，阿尔文·尤金·拉塞尔跟在父亲威拉德身后，匆匆走在牧场边上。牧场俯瞰着俄亥俄州南部一处狭长的山间小镇，镇子名叫诺肯斯蒂弗。威拉德又高又瘦，阿尔文紧赶慢赶才跟得上他。田地里杂草蔓生，长着一片片石楠和一丛丛枯萎凋零的繁缕与蓟草。地面的雾气和头顶上的乌云一样浓重，爬上了9岁男孩的膝盖。几分钟后，他们一转方向钻进了林子，沿着一条狭窄的鹿径往山下走去，来到一片小小的林间空地。空地上有截木头，是多年前倒下的大红橡木残骸。再往下几码的松软土地上插着一个风蚀雨打的十字架，微微向东倾斜，是用他们农舍后面破谷仓上撬下来的几块背板搭的。

威拉德在木头高起来的一端慢慢跪下，示意儿子也在他身边潮湿的落叶上跪下来。只要没沾威士忌，威拉德每天早晚都来这片空地和上帝对话。阿尔文不知酗酒和祈祷哪个更糟。从他记事起，父亲似乎就一直在和魔鬼斗争。潮气冷得阿尔文打了个寒噤，裹紧了外套。他多希望自己还在床上。就连让人痛苦的学校也比这儿强。但今天是周六，上不了学。

透过十字架后面大多光秃秃的树木，阿尔文可以看见半英里外几处烟囱升起的缕缕烟雾。1957年的诺肯斯蒂弗镇上住了四百来号人，几乎全都沾亲带故，而他们血缘的纽带就是一场接一场可悲的不幸，不管那是淫欲、生活所迫还是纯粹的无知。镇上除了焦油纸糊的窝棚和煤渣砖房之外，还有两处杂货店、一座基督教联盟教堂和一个娱乐场所，镇上人叫它“牛栏”。虽然拉塞尔一家租下米歇尔山顶上的房子已经5年了，可多数山下的邻居还是把他们当外人。校车上只有阿尔文一个孩子不是别人的亲戚。3天前，他又青着眼圈从学校回来了。“打架生事我是饶不了你，但你有时候也太好欺负了，”那天晚上威拉德对他说，“那些男孩也许比你块头大，但下次要是有谁再招惹你，我要你自己做个了断。”说这话的时候，威拉德正站在门廊上换下他的工作服。他把棕色的裤子递给阿尔文，整条裤子都被干掉的血迹和油渍浆硬了。他在格林菲尔德的一处屠宰场工作，那天他们宰了1 600头猪，创下了R. J. 卡罗尔肉联厂的新纪录。虽然阿尔文还不知道长大以后想干什么，但他很清楚，自己绝对不想以杀猪为生。

他们刚开始祈祷，身后就传来了一声树枝断裂的脆响。阿尔文刚一转身，威拉德就伸手拦住了他，但男孩已经瞥见了微光里的两个猎人，身上脏兮兮的，穿着破衣烂衫。之前他在莫德·斯皮克曼商店的停车场也见过他们几回，俩人总是无精打采地瘫坐在一辆旧轿车的前座上，车身锈迹斑斑。其中一人带着个棕色粗麻袋，底部沾染着鲜艳的红色。“别管他们，”威拉德轻声说，“现在是上帝的时间，不是别人的。”

知道身边有人，阿尔文觉得有些紧张，但他还是缩回身子，闭上了双眼。威拉德觉得这根木头和其他任何人造的教堂一样神圣，而且男孩在这个世界上最不想冒犯的就是自己的父亲，虽然他总是失败。除了树叶上滴下的水珠和附近树上穿梭的一只松鼠之外，这片林子又恢复了平静。就在阿尔文觉得两个人已经走开了的时候，响起了其中一人沙哑的嗓音：“见鬼，他俩在开奋兴会①呢。”

---

① 奋兴会（revival meeting）：基督教系列礼拜活动，旨在鼓舞教堂活跃教众获得新的灵命。

“小点儿声。”阿尔文听见另外一个人说道。

“妈的。我觉得现在去会会他老婆应该不错。说不定她正躺在床上给我暖着被窝呢。”

“闭嘴，卢卡斯。”另一个人说。

“什么？别告诉我你不惦记。她可是个美人儿，不会会太可惜了。”

阿尔文不安地瞟了父亲一眼。威拉德依旧双眼紧闭，两只大手十指交叉，放在木头上。他的嘴唇动得很快，但是语音太轻，除了天父，谁都听不见。男孩想到威拉德那天跟他说的话，关于别人惹你的时候你要为自己挺身而出。很显然，他也只是说说而已。他心一沉，觉得难熬的校车之旅是不会有什么起色了。

“快点，你个白痴杂种，”另外一人说，“这东西越来越沉了。”阿尔文听见他们转身沿着来时的路往山那边走去了。他们的脚步声消失很久之后，他还能听见嘴贱的那个在笑。

几分钟后，威拉德站起身来，等着儿子说完“阿门”。然后他们沉默地走回了家，在门廊台阶上刮掉鞋上的泥土，走进暖和的厨房。阿尔文的母亲夏洛特正在铁锅里煎着培根片，用叉子在一个蓝色的碗里打着鸡蛋。她给威拉德倒了杯咖啡，又把一杯牛奶摆在阿尔文面前。她乌黑亮丽的长发在脑后束成马尾，用橡皮筋扎牢。她穿着褪了色的粉红睡袍，脚上是一双松口袜，其中一只的脚后跟破了个洞。阿尔文看着她在屋里走来走去，不禁想象要是那两个猎人没有转身离开，而是来了这儿，会发生什么。他的母亲是他见过最漂亮的女人。他在想她会不会请他们进来。

威拉德刚吃完，就把椅子往后一推，阴沉着脸走到了屋外。祈祷结束到现在，他一句话都没说过。夏洛特从桌边站起来，端着咖啡走到窗口。她看着他步伐沉重地穿过院子，走进谷仓，不禁猜想那里是不是还藏着一瓶酒。他藏在水槽下面的那瓶已经好几周没动过了。她转身看着阿尔文："你爸又冲你发火了？"

阿尔文摇了摇头："我什么都没干。"

"我不是问你这个，"夏洛特靠着橱柜说，"我们都知道他啥德行。"

有一瞬间，阿尔文想告诉母亲祈祷木那里发生的事情，但实在羞于开口。只要一想到父亲听见别的男人这么说她还能置若罔闻，他就觉得难受。"我俩就开了个奋兴会，其他没什么。"他说。

"奋兴会？"夏洛特说，"你怎么知道这个的？"

"我也不知道，从别处听来的。"随后他起身沿着过道走进了自己的卧室。他关上门，往床上一躺，拉过毯子盖在身上。他翻身侧躺着，盯着画框里的耶稣受难图，威拉德把它挂在破烂不堪的抽屉柜上方。房子每间屋里都有类似这样的救世主受难图，除了厨房——那是夏洛特立的规矩。他带阿尔文去林子里祷告的时候，她也立下了规矩。"仅限周末，威拉德，别的时候不行。"她说。在她看来，信教太多和信教太少一样糟，也许更糟，但她丈夫生来就不知道适可而止。

差不多一个钟头之后，父亲的声音在厨房里响起，阿尔文醒了过来。他跳下床，捋平羊毛毯上的褶皱，接着走到门边，把耳朵贴了上去。他听见威拉德问夏洛特需不需要从商店带东西。"我要给卡车加油，上班用。"他这么跟她说。一听见过道里响起父亲的脚步声，阿尔文赶紧离开门边，走到了房间另一头。他在窗边站着，从放在窗台上的一小堆宝贝里挑了个箭头，装模作样地把玩着。门开了。"我们开车出去转转，"威拉德说，"省得你跟只偎灶猫似的整天坐在屋里。"

他们走出前门的时候，夏洛特从厨房里喊道："别忘了买糖。"他们上了皮卡车，开到车道尽头，转上了鲍姆山路。威拉德在停车标志处左转，开上了穿过诺肯斯蒂弗镇中心的道路延伸段。开车去莫德的商店不过 5 分钟，但阿尔文总觉得他们一下山，就像到了另一个国家。

帕特森楼前有几个男孩子，有些比他还小，站在破破烂烂的车库门前一人一口抽着烟，轮番对着一头挂在托梁上的开膛死鹿拳打脚踢。他们开车经过的时候，其中一个男孩大喝一声，对着阴冷的空气猛挥了几拳，阿尔文在座位上飞快地轻闪了一下。珍妮·瓦格纳家的前院里，一个粉嘟嘟的婴儿正在枫树下爬来爬去。珍妮站在塌陷的门廊上，手指着婴儿，冲着打硬纸板补丁的破窗子里的什么人大喊大叫。她还穿着每天上学的那套衣服——红色的格子短裙和磨毛了的白色衬衣。虽然珍妮只比阿尔文长一个年级，但她在回家的巴士上却总和后排的大男孩坐在一起。他听别的姑娘说，他们允许她坐在后面，是因为她分开两腿让他们玩她的“小妹妹”。他希望有一天，也许等他长大一点，能搞清楚这到底是什么意思。

威拉德路过商店却没停，往右一个急转，开上了叫做“背阴谷”的砂石路。他一脚油门，卡车一个甩尾，开进了“牛栏”周围光秃秃的泥巴院子里。院子里丢满了瓶盖、烟蒂、啤酒箱子之类的垃圾。斯努科斯·斯奈德和他的姐姐阿格莎住在这里。斯努科斯以前当过铁路工人，生了皮肤癌，满身瘊子。阿格莎是个老处女，整天坐在楼上的窗边，穿得全身漆黑，装成伤心的寡妇。斯努科斯在家门口卖啤酒和葡萄酒，而且只要你看起来似曾相识，屋后还有更劲爆的玩意儿。为了方便他的客人，房子侧面几棵高大的美国梧桐树下摆了几张野餐台，旁边还有个玩马蹄铁套圈的坑和一间总显得要塌了的茅房。坐在其中一张野餐台上喝啤酒的正是阿尔文今早在林子里看见的那两个人，他们的霰弹枪靠在身后的一棵树旁。

没等卡车停稳，威拉德就推开车门跳了下去。一个猎人起身扔了个啤酒瓶过来，擦过卡车的挡风玻璃，哐啷一声砸在地上。接着那人转身便跑，脏兮兮的外套在身后拍打，充血的双眼发狂地张望着，看大个子追上来没有。威拉德赶了上去，一把将他推倒在茅房门前油腻的污水坑里。他把那人翻过来，用膝盖压住他骨瘦如柴的肩膀，对着他的毛胡脸挥起了拳头。另一个猎人抓起一把枪，往一辆绿色的普利茅斯汽车冲去，腋下夹着一个棕色的纸袋。他飞快地开着车跑了，磨秃了的轮胎打着石子开过了教堂。

几分钟后，威拉德住了手。他甩甩刺痛的双手，做了个深呼吸，往那两人刚才坐着的那张桌子走去。他拿起靠在树上的霰弹枪，卸下两发红色的子弹，像挥舞球棒一样举起枪来，在梧桐树上砸了个粉碎。就在他转身往卡车走去的时候，他瞥见斯努科斯·斯奈德站在门口，冲他举着一把粗短的手枪。他朝门廊走了几步。“老东西，你要是想跟他下场一样，”威拉德大声说，“就过来试试。我会把枪捅到你屁眼里去。”他站在原地等着，直到斯努科斯关上了门。

威拉德回到皮卡车上，从座位下面摸出一块抹布，擦掉了手上的血迹。“你还记得我那天跟你说的话吗？”他问阿尔文。

“关于怎么对付校车上的那些男生？”

“嗯，就这么对付。”威拉德朝猎人一歪脑袋。他把抹布扔出窗外：“只要你选对时机。”

“遵命，先生。”阿尔文说。

“外面的混蛋狗杂种可多了。”

“比 100 个还多吗？”

威拉德笑了一声，发动了卡车。“嗯，起码有那么多，”他松开离合，“我觉得就把今天这事儿当成咱们之间的小秘密吧，怎么样？让你妈妈生气可不太好。”

“嗯，没必要让妈妈生气。”

“好，”威拉德说，“我给你买根糖棒吧？”

很长一段时间里，阿尔文都觉得那是他和父亲度过的最棒的一天。那天晚饭后，他又跟着威拉德回到了祈祷木旁。他们到的时候，月亮刚刚升起，就像一弯古老而又坑洼的骸骨，伴着一颗闪着微光的孤星。两人跪了下来，阿尔文瞟了一眼父亲掉皮的指关节。夏洛特问起来的时候，威拉德跟她说是换轮胎弄伤了手。阿尔文以前从来没听父亲说过谎，但他觉得上帝一定会原谅他的。在静谧、漆黑的树林里，镇上传上山来的声音在那夜显得尤为清晰。山下的“牛栏”里，马蹄铁敲在铁楔子上叮当作响，听起来就像教堂的钟声。醉鬼们又叫又笑，让男孩想起浑身是血躺在泥里的猎人。他父亲给那人上了永生难忘的一课。下次要是有人再敢惹阿尔文，他也会给他上这么一课。他合上双眼，开始祈祷。

# 第一部

# 祭　品

# 1

那是1945年秋天的一个周三下午，二战刚结束不久。灰狗巴士照例在俄亥俄州的米德停了一站。米德是位于哥伦布市以南一小时车程处的一个造纸小镇，弥漫着臭鸡蛋味。初来乍到的人抱怨这股恶臭，但本地人却喜欢吹嘘说这是钞票的甜美味道。巴士司机是个五短身材、肥肥软软的男人，穿着内增高鞋，打着软趴趴的领结。他把车停在车站旁边的小巷里，宣布休息40分钟。他想喝杯咖啡，可胃溃疡有点犯了。他打了个哈欠，仰头灌了一口放在仪表盘前面的粉红色药水。小镇另一头的大烟囱是这里迄今为止最高的建筑，又喷出了一股肮脏的棕色烟雾。你从好几英里外就能看见它，喷得像火山一样，快把尖顶都吹掉了。

巴士司机靠在椅背上，拉下皮帽遮住眼睛。他住在费城边上，觉得自己要是非得住在像俄亥俄州米德镇这样的地方，还不如开枪自杀算了。在这样的小镇上，连一碗生菜都找不到。这里所有人吃下去的似乎除了油还是油。要是让他吃他们那种泔水，两个月就得送命。他老婆跟她的朋友说他有个金贵身子，但她说这话的腔调让他不知道她是不是真的同情他。如果不是因为胃溃疡，他一定会去前线和其他男人并肩作战。他会干掉一个排的德国兵，让她看看他有多他娘的金贵。最大的遗憾就是他失之交臂的那些勋章。他老爷子有一次拿到了一张奖状，因为他在铁路上班，20年来没有缺过一天勤。接下来的20年里，他每次看到自己病恹恹的儿子，就要唠叨一遍这件事。终于等到老头儿翘辫子的时候，他劝老妈把这张奖状粘在棺材里陪着尸体，这样他就再也不用看到它了。但她坚持把它留在客厅里，作为例子证明只要无惧小小的消化不良，一个人这辈子能够取得怎样的成就。巴士司机期盼已久的葬礼差点儿毁于这么一张破纸引发的争吵。只有等这些退伍士兵到站下车，不用再看见这群闷蛋杂种，他才会快活起来。别人的功勋总是叫你恼火。

二等兵威拉德·拉塞尔坐在巴士后排，一路都在跟两个佐治亚州来的海军陆战队员喝酒。不过其中一个醉过去了，另一个吐在了他们的最后一罐酒里。他一直在想，等他到了家，他再也不会离开西弗吉尼亚的煤溪了。山里是有些糟糕的事情，但根本无法和他在南太平洋目睹的那些事相提并论。在所罗门群岛的一个岛上，他和所在小分队的另外几个人撞见一个海军陆战队员被日本兵活剥了人皮，钉在两棵棕榈树搭成的十字架上。皮开肉绽、鲜血淋漓的身体上，黑压压地爬满了苍蝇。他们还能看见这个士兵的心脏在胸腔里跳动。一个大脚趾的残存部分上挂着他的名牌：枪炮士官米勒·琼斯。威拉德做不了什么，只能发个善心，从耳朵后面一枪打死了那个陆战队员。他们把他放了下来，用岩石掩埋在十字架脚下。从那以后，威拉德内心深处再也回不到从前了。

一听见矮胖的巴士司机喊了声休息，受够了两个水兵的威拉德起身就往车门走去。在他看来，海军应该是部队里严禁饮酒的那一支。在他服役的 3 年中，从来没有遇到过一个酒量好的水兵。有人说这是因为他们被喂了硝石，免得他们出海的时候发疯，互相乱搞。他在巴士站外面闲逛，看见街对面有家名叫“木勺子”的小餐馆。窗户上塞着一张白色纸板，上面打着 35 美分肉卷特餐的广告。在他离家参军那天，妈妈也给他做了肉卷。他觉得这是个好兆头。他进去找了个窗边的卡座，坐下点了支烟。屋里摆了一圈架子，上面放着旧瓶子、过时的厨具和开裂的黑白照片，积满了灰。卡座旁边的墙上钉着一张褪了色的剪报，写的是一位米德镇的警官在巴士车站前被银行劫匪开枪击倒。威拉德凑近一看，发现日期是 1936 年 2 月 11 日。刚好离他 12 岁生日还有 4 天，他算了一下。除他之外，小餐馆里唯一的客人是个老头，坐在屋子中间的桌旁，俯身稀里呼噜地喝着一碗绿色的汤。他的假牙就放在面前的黄油棒上。

威拉德抽完烟准备离开，一个黑发女招待终于从厨房里走了出来。她从收银机旁边的一摞菜单中抓了一本递给他。“不好意思，”她说，“我没听见你进来。”威拉德看着她高高的颧骨、丰满的嘴唇和修长的双腿，发现她问他想吃点什么的时候，自己的嘴巴直发干。他几乎说不出话来。这种事情以前从没发生过，哪怕在布干维尔岛鏖战正酣的时候也没有过。在她把点单送进厨房、给他端咖啡的当口，他脑中思绪万千——几个月前，他还确定自己一定会在太平洋中间一块雾气蒸腾、毫无价值的岩石上送命，可现在他还活着，呼吸自如，离家只有几个小时车程，面对着一个长得像墙上海报里的电影明星幻化成真的女招待。威拉德认定，那就是他坠入爱河的时刻。干巴巴的肉卷、烂泥一样的青豆和硬得像 5 号煤块一样的面包都无关紧要。在他看来，她端上来的是他这辈子最棒的一顿饭。可等他吃完回到车上的时候，连夏洛特·威洛比的名字都还不知道。

巴士在亨廷顿河对面又停了一站，他找到一家卖酒的商店，买了 5 瓶陈年威士忌藏在背包里。现在他坐在前排，就在司机后面，想着小餐馆里的那个姑娘，搜寻着快到家的迹象。他还没完全醒酒。冷不丁地，巴士司机问道：“带回勋章了吗？”说着从后视镜里瞄了威拉德一眼。

威拉德摇了摇头：“只带回来这身瘦皮囊。”

“我想去参军，可人家不要我。”

“算你走运。”威拉德说。他们遇到那个海军陆战队员那天，岛上的战斗快结束了，中士让他们去找些能喝的水。掩埋了剥皮米勒·琼斯几个钟头之后，4 个快饿死的日本兵从岩石堆里钻了出来，砍刀上带着新鲜的血迹，举手投降。威拉德和其他两个战友把他们往十字架带的时候，士兵们跪了下来，开始求饶或是道歉，他也搞不清楚是哪一种。“他们想逃跑，”事后威拉德回到营地，对中士撒了谎，“我们别无选择。”他有一个来自路易斯安那的战友，成天在脖子上戴着一只用来挡飞弹的沼泽鼠脚。他们处决了日本兵之后，他用一把直剃须刀割下了他们的耳朵。他有一个雪茄盒子，装满了已经晒干的耳朵。他打算等他们重返文明世界之后就把这些战利品卖出去，每只 5 美元。

“我有胃溃疡。”巴士司机说。

“你没错过什么。”

“我不知道，”巴士司机说，“我倒是很想拿一枚勋章。或者好几枚。我觉得我肯定能干掉不少德国酸菜佬，至少够拿两枚吧。我手可快了。”

威拉德看着巴士司机的后脑勺，想到自己在船上忏悔了打死海军陆战队员帮他解脱之后，和那个阴郁的年轻牧师之间的对话。牧师已经受够了自己所目睹的死亡，受够了对着一排排阵亡战士、一堆堆残尸做的祈祷。他告诉威拉德，哪怕一半的历史是真的，那么这个腐化堕落的世界唯一的好处就是让你做好准备，进入来生。“你知道吗，”威拉德对司机说，“罗马人曾经把驴子的内脏掏空，把基督徒活生生地缝在驴肚子里，扔在太阳下，任他们腐烂？”那个牧师一肚子都是这样的故事。

“这他娘的跟勋章有什么关系？”

“想想看。你就像锅里五花大绑的火鸡，只有脑袋从死驴的屁眼里伸出来，蛆虫一点点把你吃空，直到你去见上帝。”

巴士司机皱了皱眉头，把方向盘握紧了一点：“这位朋友，我不明白你什么意思。我刚才说的是胸佩勋章荣归故里。那些罗马的家伙把人塞进驴肚子之前给他们发勋章吗？你是这个意思吗？”

威拉德也不知道自己什么意思。按照牧师的说法，只有上帝才能明白人类的行为。他舔了舔自己干干的嘴唇，想起了背包里的威士忌。“我的意思是世界末日总要到来的，每个人最后都要受罪。”威拉德说。

“哦，”巴士司机说，“那天到来之前，我还是想拿到我的勋章。见鬼，我家那口子每次见到勋章就跟疯了一样。说到受罪，我每次跑长途都担心得要死，生怕她被哪个戴紫心勋章[①]的家伙拐跑了。”

威拉德往前探了探身子，司机感觉到士兵灼热的鼻息喷在自己肥脖子后面，闻见了威士忌的酒气和一丝廉价午餐的余臭。“你觉得米勒·琼斯会他妈的在乎老婆出去乱搞？”威拉德说，“伙计，他巴不得自己能跟你换换位置。”

“米勒·琼斯是谁？”

威拉德望着窗外，远处已经能看见绿蔷薇山雾蒙蒙的山顶了。他的双手颤抖起来，额头上汗水晶亮：“就是个可怜的杂种，被骗着去打仗，没别的。”

就在威拉德几近崩溃、差点打开威士忌的时候，他舅舅伊尔斯科尔终于把吱嘎作响的福特车停在了路易斯堡华盛顿街和法庭街交界处的灰狗巴士站前。他已经在露天长椅上坐了快 3 个小时，端着一纸杯冷掉了的咖啡，看着先锋杂货店门口来来往往的行人。他为自己那样和巴士司机说话而感到羞愧，为自己提起那个海军陆战队员的名字而感到歉疚。他发誓，尽管自己永远不会忘记他，也决不再跟任何人提起枪炮士官米勒·琼斯。他们开车上路之后，他伸手从行李里掏出一瓶威士忌，连同一把德国鲁格手枪一起递给了伊尔斯科尔。退伍之前，他在马里兰州基地用一柄日本礼仪佩剑换来了这把手枪。“应该就是希特勒爆头自杀用的那把。”威拉德说着，忍住不让自己咧嘴笑出来。

“扯淡。”伊尔斯科尔说。

威拉德笑了起来：“怎么？你觉得我被骗了？”

---

① 紫心勋章（Purple Heart）：1932 年 2 月 22 日起开始颁发的一种美国军方荣誉奖章，用以表彰在战事中负伤或阵亡的战士。

"哈！"老头儿说着，拧开酒瓶盖猛灌了一口，打了个激灵，"乖乖，真是好酒。"

"尽管喝。我包里还有 3 瓶。"威拉德也开了一瓶酒，点了支烟。他把胳膊伸出窗外："我妈还好吧？"

"老实说，小卡佛的尸体被运回来的时候，她神经了好一阵子。但现在已经没事了，"伊尔斯科尔又猛喝了一口，把酒瓶放在两腿之间，"她就是担心你，别的都还好。"

他们缓缓爬上山坡，往煤溪驶去。伊尔斯科尔想听点战争故事，但接下来的一小时里，他外甥只顾说自己在俄亥俄州遇见的那个姑娘。这也是威拉德一生跟他说的最多的话题。他想问日本兵是不是真的会吃自己死去的战友，就像报纸上写的那样，但他知道自己最好再等等。而且他得集中注意力开车。威士忌太顺口了，他的眼睛也不像过去那么好了。爱玛等儿子回家等了这么久，如果还没等她见上，他就失手让两个人送了性命，岂不是太丢脸了。想到这里，伊尔斯科尔不禁暗自一笑。姐姐是他见过的最敬畏上帝的人之一，但要是真出了事，她会追到地狱里让他赔儿子。

"所以，你到底喜欢那个姑娘什么？"爱玛·拉塞尔问威拉德。当他和伊尔斯科尔把福特车停在山脚下，沿着小道爬上小木屋的时候，已近午夜了。刚一进门，她便紧紧搂住他哭了好一会儿，泪水打湿了他的制服前襟。越过她的肩膀，他看到舅舅溜进了厨房。和威拉德上一次见她相比，她的头发白了不少。"我本想叫你跟我一起下山去感谢上帝的，"她用围裙边拭去脸上的泪水，"但我闻到你喝酒了。"

威拉德点了点头。从小到大他的家教都是要相信，如果你沾了酒，就不能和上帝对话了。一个人必须永远对上帝真诚，否则真有需要的时候，上帝就不会显灵了。就连威拉德的父亲、私酒贩子汤姆·拉塞尔也对此深信不疑，尽管他一辈子都很倒霉，麻烦缠身，最后因为肝病死在帕克斯堡的监狱里。不管境遇有多绝望——他老爸总是置身这样的境遇中——只要喝了一滴酒，他就不会开口向上帝求助。“好啦，到厨房来吧，”爱玛说，“你们先吃东西，我煮点咖啡。我给你做了肉卷。”

到了凌晨3点，他和伊尔斯科尔已经干掉了4瓶威士忌，外带一杯私酿的白威士忌，又喝起了最后一瓶商店买来的威士忌。威拉德的脑袋有些发晕，说起话来词不达意，但很显然已经跟母亲提过了在小餐馆里见到的女招待。“你问我什么来着？”他跟她说。

“你刚才说的那个姑娘，”她说，“你喜欢她什么？”她又给他倒了一杯锅里现煮的咖啡。虽然他舌头发麻，但还是很确定已经被烫了不止一次。屋顶梁木上挂着一盏煤油灯，照着整个房间。母亲拉得很长的影子在墙上摇曳。他洒了些咖啡到桌面的油布上。爱玛摇了摇头，从身后摸出洗碗布。

“她的全部，”他说，“你真该见见她。”

爱玛觉得这只是酒话，但她儿子宣布自己遇见了一个女人，还是让她感到不安。米尔德丽德·卡佛跟煤溪其他虔诚的女教徒一样，每天都为自己的小儿子祈祷，但还是只盼来了一具棺材。她听见抬棺材的人怀疑说里面是不是真的有东西，怎么这样轻。自那以后，爱玛就开始寻找能告诉她如何保全威拉德的天兆。就在她还在寻找的时候，海伦·哈顿家里起了场火，几乎全家都烧死了，只留下这个可怜的姑娘，孤苦伶仃。两天之后，爱玛考虑再三，跪下向上帝承诺，如果他能保佑儿子平安回家，她一定让他娶海伦为妻，好生照顾。而现在她站在厨房里，看着他一头浓黑的鬈发和轮廓分明的脸，意识到自己立下那样的誓言是多么不理智。海伦总是戴着脏兮兮的无边软帽，带子系在方下巴下面，长长的马脸跟她奶奶瑞秋像是一个模子刻出来的，而她这位奶奶被很多人认为是绿蔷薇县有史以来最丑的女人。那个时候，爱玛还没想过如果自己无法遵守诺言，将会发生什么。要是她生的是个丑儿子该多好，她想。上帝想让人们知道他不开心，还真是有一套。

“样貌不是全部。”爱玛说。

“谁说的？”

“闭嘴，伊尔斯科尔，”爱玛说，“姑娘叫什么来着？”

威拉德耸了耸肩。他眯起眼睛看着门上背着十字架的耶稣画像。从进厨房到现在，他一直避免看它，怕想到米勒·琼斯会破坏了他回家的兴致。但现在，这一瞬间，他还是向这幅画投降了。从他记事起这幅画就挂在那儿，装在廉价的木头画框里，带着岁月的痕迹。在煤油灯闪烁的光亮中，它像是要活了过来。他仿佛听见了鞭子的抽打声，还有彼拉多[①]手下士兵的嘲笑声。他低头瞟了一眼伊尔斯科尔餐盘旁边的德国鲁格手枪。

“什么？你连她的名字都不知道？”

“我没问，”威拉德说，“不过我给她留了1美元小费。”

“这她肯定不会忘的。”伊尔斯科尔说。

“好吧，也许你该在溜达回俄亥俄州之前做个祈祷，”爱玛说，“路可不近。”穷其一生，她都相信人们应该遵从上帝的旨意，而不是自己的愿望。一个人应该相信世上凡事各有其数。而如今爱玛却放弃了这个信念，跟上帝讨价还价，就像他是个嚼着烟草的马贩子，或是个衣衫褴褛的补锅匠，沿街叫卖着坑坑洼洼的厨具。现在不管结局如何，她至少应该努力兑现自己许下的价码。再往后，就交给上帝吧。“我觉得没什么坏处，你说呢？做个祈祷？”她转身用一块干净的布盖住剩下的肉卷。

---

① 彼拉多：庞提乌斯·彼拉多（Pontius Pilatus，死于公元38年），罗马帝国犹太行省的第五任总督（26—36年在任），罗马皇帝在犹太地的最高代表，最出名的事迹是判处耶稣钉十字架。

威拉德吹着咖啡，喝了一口，做了个鬼脸。他想着那个女招待，想着她左边眉毛上方小小的、几不可见的疤痕。两周，他想，然后他就开车去跟她说。他瞥见舅舅正努力卷着一支香烟。伊尔斯科尔的双手因为关节炎鼓包变形，指关节大得就像 25 美分硬币。“没坏处，”威拉德往咖啡杯里倒了一点威士忌，“从来没有一点坏处。”

## 2

宿醉的威拉德浑身发抖，独自坐在煤溪圣灵教堂后面的长椅上。这是个周四傍晚，快 7 点半了，但礼拜还没有开始。今天是教堂为期一周的年度奋兴会的第四晚，主要面向不再追随上帝的人和尚未被救赎的人。威拉德回家一周多了，这是头一天呼吸里不带酒气。昨晚他和伊尔斯科尔去路易斯剧院看约翰·韦恩演的《反攻班丹岛》。电影放到一半他就出来了，被里面的虚假恶心得不行，最后在街上的台球室里跟人打了一架。他站起来环顾四周，活动了一下酸痛的手。爱玛还在前面跟人聊天。墙上的煤油灯烟雾缭绕，右边过道中间有个坑坑洼洼的木头炉子。松木长椅被 20 多年来做礼拜的人磨得发亮。尽管教堂还是和以前一样不起眼，但出国打过仗的威拉德怕是已经变了很多了。

阿尔伯特·塞克斯牧师 1924 年创建了这座教堂。在那之前不久发生了一次煤矿坍塌事故，他和另外两个人一起被困在黑暗中，那两个人当场殒命，他的双腿多处骨折。他好不容易从菲尔·德鲁里的口袋里摸出了一包五兄弟牌嚼烟，但他实在够不到那块黄油果酱三明治，虽然他知道它就在伯尔·梅德思的外套里。他说自己在第三晚感知到了圣灵。他觉得自己就快和身旁的人殊途同归了，他们已经开始散发出尸臭味，不过他已经不在乎了。几个小时之后，救援队伍在他睡着的时候穿透了碎石。那一瞬间，他确信他们照进自己眼里的光就是上帝的面庞。这个故事特别适合在教堂里讲，在他讲到这里的时候总会响起一片“哈利路亚”。威拉德觉得这些年来他已经听老牧师讲了不下一百遍了，看他拖着瘸腿在只上了一层清漆的小讲坛前踱步。故事最后，他总会从旧西装外套里掏出那个五兄弟牌空烟盒，捧在掌心里，高举向天花板。他去哪里都带着它。许多来自煤溪的女人，特别是那些老公和儿子在矿上的，都把它当作宗教圣物，一有机会就亲吻。玛丽·艾伦·汤普森躺在床上快咽气的时候，想见的不是医生，而是这个烟盒——这可是真事。

威拉德看着母亲跟一个瘦削的女人交谈。那女人又窄又长的脸上戴着一副金边眼镜，已经褪了色的蓝软帽系在尖尖的下巴上。几分钟之后，爱玛抓起女人的手，带她回到威拉德坐的地方。“我请海伦跟我们坐在一起。”爱玛告诉儿子。他起身让她们进去，姑娘从他身边经过的时候，一股浓烈的汗酸味直辣他的眼睛。她拿着一本磨破了的皮面《圣经》，爱玛介绍她的时候，她一直低着头。母亲过去几天总在说为什么长得好看并不是那么重要，现在他明白个中因由了。多数情况下他表示同意，但见鬼，就连伊尔斯科尔舅舅偶尔也会洗洗胳肢窝。

因为教堂没有钟，到了礼拜开始的时间，塞克斯牧师只能走到敞开的大门前，喊那些还在外面闲逛抽烟、八卦质疑的人进来。一支由二男三女组成的小合唱队起身唱了《罪人，你最好做好准备》。随后塞克斯走向了讲坛。他看着人群，用白手帕拭去额头上的汗水。坐在长椅上的人有 58 个。他数了两遍。牧师不是个贪心的人，但他还是希望今晚篮子里能有个三四美元。他和夫人过去一周只有硬饼干和感染了皮蝇的松鼠肉吃。“呼，好热啊，”他咧嘴笑道，“但一定还会更热，对吧？尤其是对于那些没有和上帝同在的人来说。”

“阿门。”有人说。

“没错。”另一个人说。

“好，”塞克斯接着说道，“这个我们一会儿再说。今晚由两个从陶波维尔过来的小伙子带大家做礼拜，每个人都告诉我，他们讲得真好。”他瞟了一眼坐在祭坛旁边阴影里的两个生面孔，他们用一块磨毛了的黑帘子遮着自己，躲着教堂会众。“罗伊兄弟、西奥多兄弟，过来吧，帮我们救赎那些迷失的灵魂。”他边说边举手示意他们到前面来。

一个高瘦的小伙子站起身来，推着另外一个坐在吱嘎作响的轮椅里的胖小伙子，从帘子后面钻了出来，走到祭坛中间。腿脚灵便的那个穿着宽大的黑色西装和一双笨重、破旧的短靴。他棕色的头发用发油往后梳得服服帖帖，凹陷的双颊坑坑洼洼，带着痤疮留下的紫色疤痕。“我叫罗伊·拉弗蒂，”他用平静的声音说道，“这是我的表弟，西奥多·丹尼尔斯。”跛子向人群点头微笑。他大腿上放着一把带伤的吉他，发型像个汤碗。他的背带裤打着从饲料袋上剪下来的补丁，细瘦的双腿以锐角盘在身下。他穿着一件脏兮兮的白衬衣，系着一条鲜艳的大花领带。后来威拉德说，他俩一个看起来像黑暗王子[①]，另一个像不走运的小丑。

西奥多兄弟默默地在轮椅上调好了弦。有几个人开始打哈欠，还有些人窃窃私语，显得坐立难安，觉得这两个新来的家伙害羞、不中用，这场礼拜肯定很无聊。威拉德多希望自己在礼拜开始前就溜到停车场去，找到个带酒的人。他向来不习惯跟陌生人一起在屋子里拜上帝。“我们今晚不会传递篮子，乡亲们，”罗伊兄弟等跛子点头示意准备好了，才开口说道，“为上帝工作，我们不想收钱。如果需要的话，我和西奥多仅凭甘美的空气就能生存，相信我，很多次我们都是这样。拯救灵魂和肮脏的美元无关。”罗伊看向老牧师，他好不容易挤

① 黑暗王子：指魔鬼撒旦。

出一个虚弱的笑容，勉强点头表示同意。“今晚我们要在这间小小的教堂里召唤圣灵，我向你们发誓，我们一定会拼尽全力、至死不渝。”话音刚落，胖小伙子就拨弄了一下吉他，罗伊兄弟往后一仰，发出一声高亢、刺耳的哀号，听起来像是要把天堂的每一扇门都给震松。一半会众差点从椅子上跳起来。威拉德感觉到母亲猛撞了他一下，忍不住噗嗤一笑。

年轻的牧师开始在过道中间来回走动，大声问人们：“你们现在最怕什么？”他挥舞双臂，描述着地狱的可憎——肮脏、恐怖和绝望——永恒地延伸在每个人面前，永无止境。“如果你最深的恐惧是老鼠，撒旦保证会给你足够多的老鼠。兄弟姊妹们，它们会啃噬你的脸，直到你躺倒在地，连举起一根手指对付它们的力气也没有，而且这种折磨永无尽头。永恒中的一百万年还不如煤溪的一个下午那么长。永远别指望能数得清。没有一个人的脑容量大到可以算清这些悲惨遭遇。还记得去年米勒斯堡被杀害在床上的那家人吗？眼睛都被疯子挖出来的那家人？想象一下这种事情绵延一万亿年——那是一百万个一百万年，大伙儿，我查了字典——遭受那样的折磨，却永远不死。用一把血淋淋的刀子一遍又一遍地把你的眼睛从脑袋上挖出来，永不止歇。我希望疯子从窗户溜进去的时候，那些可怜人和上帝同在，我当然这么想。真的，兄弟姊妹们，我们无法想象魔鬼将如何折磨我们，没有一个人的邪恶可以与之匹敌，就连希特勒那个家伙，也绝对想不到撒旦会用什么方法让罪人在审判日付出代价。”

罗伊兄弟布道的时候，西奥多一直用吉他的旋律和着他的话，目光追随着他的一举一动。罗伊是他妈妈家那边的表哥，但有时候这个胖小伙子真希望他们不是亲戚。虽然他陪他一起传播福音已经觉得很满足了，但他一直没有办法通过祈祷赶走自己心中的情感。他知道《圣经》上是怎么说的，但他无法接受上帝认为这是一种罪恶。爱就是爱，西奥多就是这么看的。天呐，难道他还没有证明吗？还没有向上帝展示他比任何人都更爱他吗？他服毒受伤变成一个跛子，向上帝展示他的信仰，虽然现在有时候他忍不住会想自己也许太过狂热了。但是眼下，他有上帝、罗伊和他的吉他，这就是他活在这个世界上需要的一切，哪怕他再也无法站立。如果西奥多必须向罗伊证明自己有多爱他，他也乐意之至，他提任何要求都可以。上帝就是爱，他无处不在、无所不包。

接着罗伊跳回了祭坛，从西奥罗兄弟的轮椅下面拿出了一个一加仑装的玻璃罐。长椅上的每个人都往前探了探身子。里面似乎躁动着一团黑漆漆的东西。有人叫了起来："赞美上帝！"罗伊兄弟说："对了，我的朋友，说得对。"他举起罐子猛晃了一下。"大家伙儿，我告诉你们，"他接着说道，"在我找到圣灵之前，我怕蜘蛛怕得要死。对吧，西奥多？从我还是个躲在妈妈长衬衣下面的小不点儿开始就是这样。蜘蛛从我的梦里爬过，在我的噩梦里产卵，如果没有人牵着我的手，我连厕所也不敢去。它们到处张着网等着我。那样活着真糟，总是在害怕，不管是梦是醒，都是如此。那就是地狱的模样，兄弟姊妹们。那些八条腿的恶魔让我永无宁日。直到我找到了上帝。"

随后罗伊跪了下来，又晃了一下罐子，把盖子拧开。西奥多也放慢了音乐，只剩下悲伤、不祥的哀怨曲调，让屋里静了下来，听得大家脑后汗毛直竖。罗伊将罐子高举过头，看着众人，一个深呼吸后，将罐子翻了过来。一大堆各式各样的蜘蛛，褐色的、黑色的，还有橘色黄色条纹的，都一股脑掉在他头顶和肩膀上。他的身体过电般猛然一震，起身把罐子砸在地上，玻璃碴子四散飞去。他又发出了一声刺耳的尖叫，开始晃动四肢，蜘蛛掉在地上，飞快地向四面八方爬去。有个裹着针织披肩的女士跳起来向门口冲去，还有好几个大叫起来，在一片骚动中，罗伊往前走了一步，汗湿的脸上还挂着几只蜘蛛，大声喊道："记住我的话，人们，只要你们愿意，上帝会带走你们的全部恐惧。看看他为我做了什么。”然后他干呕了一下，吐出嘴里一个黑色的东西。

另一个女人开始拍打裙子，哭喊着说自己被咬了，还有几个孩子号哭起来。塞克斯牧师跑前跑后，试图恢复秩序，但惊慌的人们已经你推我搡往窄小的大门跑去。爱玛抓着海伦的胳膊，想把她带出教堂。但海伦挣脱了她，转身走向过道。她把《圣经》搂在扁平的胸前，盯着罗伊兄弟。西奥多继续拨弄着吉他，看着表哥若无其事地拂去耳朵上的一只蜘蛛，对着这个瘦弱、难看的姑娘微微一笑。他就这么弹着，直到看见罗伊招手让这个贱人过来。

开车回家的路上，威拉德说：“哈，他们那个蜘蛛把戏真不赖。”他悄悄伸出右手，手指沿着母亲胖乎乎、颤巍巍的胳膊轻轻往上移动。

她尖叫起来，一把打开他：“住手。再这样我今天晚上要失眠了。”

“你以前听过那个小伙子布道吗？”

“没有，但他们在陶波维尔教堂就做过一些疯狂的事情。我打赌塞克斯牧师正在后悔请他们过来。那个坐轮椅的喝了太多士的宁[①]还是防冻液什么的，所以走不了路。可怜啊。他们说那是在考验他们的信仰。我看也太极端了吧，”她叹了口气，脑袋往后靠在椅背上，“我真希望海伦跟我们一起走。”

“至少布道的时候没人睡着，这点算他厉害。”

“你知道，”爱玛说，“要是你多注意她一点，也许她原本会跟我们走的。”

“哦，照我看，罗伊兄弟就足够让她高兴了。”

---

① 士的宁（Strychnine）：剧毒、无色、味苦的结晶状生物碱，多用作农药，专杀小型脊椎动物，如鸟类、啮齿动物等。

“那正是我担心的。”爱玛说。

“老妈，再过一两天我就去俄亥俄了。你知道的。”

爱玛没理会他：“她会是个好妻子。海伦会的。”

威拉德去俄亥俄州找女招待的几周后，海伦来敲爱玛的门。那是11月一个暖和的日子，刚过中午。老太太正坐在客厅里听着收音机，把早上收到的信又读了一遍。威拉德和女招待一周前结婚了。他们会住在俄亥俄州，至少目前如此。他在肉联厂找了份差事，说是一辈子都没见过那么多猪。收音机里的男人把不应季的天气归罪于为了打赢战争投放的那两颗原子弹。

“我第一个就想告诉你，因为我知道你一直很担心我。”海伦说。这是爱玛头一回见她没戴软帽。

“告诉我什么，海伦？”

“罗伊向我求婚了，”她说，“他说上帝给了他旨意，我们是天造地设的一对。”

爱玛站在门口，手里拿着威拉德的信，想着自己未能兑现的诺言。她本来担心自己会听到什么暴力事故或是可怕的疾病，结果却是个好消息。也许事情最终峰回路转了吧。她感到双眼被泪水模糊了。“你们打算住在哪儿？”除了这个，她想不到还能说什么。

“哦，罗伊在陶波维尔的加油站后面有个住处，”海伦说，“西奥多会跟我们住在一起。至少这阵子是这样。”

“就是那个坐轮椅的？”

“对，太太，”海伦说，“他们俩在一起很久了。”

爱玛走到门廊上拥抱了姑娘。她身上隐约有象牙牌香皂的味道，像是刚洗过澡。“你想不想进来坐一会儿？”

“不啦，我得走了，”海伦说，“罗伊在等我。”爱玛往她身后的山下看去，只见一辆乌龟形状的屎黄色小汽车停在路边，就在伊尔斯科尔的旧福特后面。“他今晚要去米勒斯堡布道，就是有人被挖了眼睛的那个地方。我们一上午都在外面捉蜘蛛。感谢上帝，这样的天气里，还是很容易找到蜘蛛的。”

“你自己当心点，海伦。”爱玛说。

“哦，别担心，”姑娘边说边往门廊下走去，“蜘蛛也没那么糟，习惯了就好。”

## 3

1948年春，爱玛接到俄亥俄来的信，她终于当上了奶奶。威拉德的妻子生下了一个健康的男孩，起名叫阿尔文·尤金。这时，老太太终于心满意足了，觉得上帝原谅了她短暂的失信。3年过去了，并没有什么不好的事情发生。一个月之后，她还在感谢上帝没有让她的孙子生下来就失明、智障，就像住在土豆溪的伊迪丝·马克斯韦尔家3个孩子那样。就在这时，海伦出现在她的门前，带来了自己怀孕的消息。自从这个姑娘嫁给罗伊、搬去陶波维尔的教堂之后，她就很少见到她了。“我想顺路来看看你，让你知道这个消息。”海伦说。她的四肢依然苍白纤细，但肚子却因为怀了孩子高高隆起。

“仁慈的上帝啊，”爱玛说着，打开了纱门，“快进来，亲爱的，歇歇脚。”天色已经晚了，灰蓝色的阴影笼罩着杂草丛生的院子。有只鸡在门廊下轻声咯咯叫着。

“现在不行。”

“哦，不用这么着急吧。我来给你弄点吃的，”老太太说，“我们好久没说说话了。”

“谢谢你，拉塞尔太太，改天吧。我现在得回去了。”

"罗伊今晚要布道吗？"

"不，"海伦说，"他好几个月没布道了。你没听说吗？他被蜘蛛狠咬了一口，脑袋肿得像个南瓜。太惨了。他一个多礼拜都睁不开眼睛。"

"唉，"老太太说，"也许他该去电力公司谋个差事。有人说他们在招人。很快这儿就要通电了。"

"哦，估计不行，"海伦说，"罗伊是不会放弃布道的，他只不过在等上帝的讯息。"

"讯息？"

"他有一阵子没有传来讯息了，罗伊很担心。"

"谁没传来讯息？"

"啊，是上帝呀，拉塞尔太太，"海伦说，"罗伊只听他一个人的。"她开始往门廊下走去。

"海伦？"

姑娘停下脚步，转身问道："怎么了，太太？"

爱玛迟疑了一下，不太确定该说什么。她看着姑娘身后山下那辆屎黄色的小汽车。她能看见方向盘后面坐着的黑影。"你会是个好妈妈的。"她说。

罗伊被蜘蛛咬了以后，多数时间都把自己关在卧室衣帽间里等着天光。他相信，上帝让他放慢步伐，是因为天将降大任于斯人也。而对西奥多来说，罗伊让那个贱人怀了孕就是压垮骆驼的最后一根稻草。他开始喝酒，夜不归宿，在乡下的私人俱乐部和非法娱乐场所弹吉他。他学了几十首邪恶的曲子，关于伴侣出轨、冷血的谋杀和在铁窗后虚度时光。不管他和谁混在一起，最后总免不了被丢回家门口，醉醺醺地尿了一身。海伦得在天亮的时候出来把他弄进去，还得听他诅咒她和自己坏掉的双腿，以及跟她睡觉的假装牧师的家伙。很快她就开始害怕他们两个，于是跟西奥多调换了房间，让他睡在主卧里，罗伊的衣帽间旁边。

孩子出生了，是个小姑娘，他们给她取名叫莱诺拉。几个月之后的一天下午，罗伊走出卧室，确信自己能让人起死回生。“胡扯，你就是个疯子。”西奥多说。他正喝着一罐没冰过的啤酒安抚肠胃。他大腿上放着一把金属小锉刀和一把工匠牌螺丝刀。前晚他在饥饿谷的一个生日派对上连续弹奏了 8 小时吉他，就为了挣 10 美元和一瓶 757 毫升的俄罗斯伏特加。有个杂种拿他的痛苦寻开心，想把他从轮椅上拖下来，让他跳舞。西奥多放下啤酒，又开始锉螺丝刀头。他恨整个世界。下次要是再有人这么捉弄他，他会在那个狗娘养的肚子上开个洞。“你江郎才尽了，罗伊。上帝离你而去了，就像他对我一样。”

“不，西奥多，不，”罗伊说，“不是这样的。我刚和上帝对话了。一分钟之前他就和我一起坐在里面。他也不是图画上的样子。他没有胡子。”

“疯得可以。”西奥多说。

“我可以证明！”

“怎么证明？”

罗伊来回踱了几分钟步，划拉着两只手，像是要在空气中激起灵感。“我们杀只猫，”他说，“然后我会让你见识我起死回生的本事。”猫是罗伊除了蜘蛛外最怕的东西。他妈妈一直说，在他还是个婴儿的时候，她捉到过一只想把他呼吸吸走的猫。他和西奥多这些年里干掉了好几十只猫。

“你在开玩笑吧？”西奥多说，“一只破猫？”他笑了起来。“不，你得动真格的，我才会相信你。”他用拇指按了按螺丝刀头。很锋利。

罗伊用一块换下来的婴儿尿布擦了擦脸上的汗：“那怎么办？”

西奥多往窗外瞟了一眼。海伦站在院子里，抱着那个脸蛋粉红的小屁孩。她今天早上又对他发火了，说她已经受够了他总把孩子吵醒。她最近脾气很大，太大了，在他看来。妈的，如果不是他给家里挣钱，他们早就饿死了。他给了罗伊一个诡诈的眼神："你让海伦起死回生怎么样？那样我们就知道你说的不是疯话了。"

罗伊猛摇着头："不，不，那可不行。"

西奥多嗤笑了一声，拿起啤酒："看见没？我就知道你在瞎说。你一直在瞎说。你并不比每天晚上听我弹吉他的酒鬼更像牧师。"

"别这么说，西奥多，"罗伊说，"你为什么要说这种话？"

"因为我们以前过得好好的，该死，然后你非要跑去结婚。这耗尽了你身体里的光和热，你个傻逼还看不出来。让我看到你的本事又回来了，然后我们才能再去传播福音。"

罗伊回想着刚才衣帽间里的对话，脑中上帝的声音依然清晰，像钟声回荡。他看着窗外，妻子正站在邮箱边，轻声给宝宝唱歌。也许西奥多说得有道理。毕竟，他告诉自己，海伦是和上帝同在的，据他所知一向如此。这对施展复活术有益无害。但他还是要先在猫身上试一试。"我得好好想想。"

"不许捣鬼。"西奥多说。

"只有魔鬼才会这么做。"罗伊从厨房水槽里喝了点水，润了润嘴唇。他精神一振，决定再多做些祈祷，便往卧室走去。

"如果你成功了，罗伊，"西奥多说，"想听你布道的人会多到西弗吉尼亚任何一间教堂都装不下。见鬼，你会比比利·桑戴[①]还出名。"

几天之后，罗伊让海伦把孩子放到她朋友拉塞尔太太家，跟他们开车出去。"只是离开这间臭烘烘的屋子透透气，"他解释道，"我向你保证，我不会再呆在衣帽间里了。"海伦松了口气。罗伊突然又变回了以

---

① 比利·桑戴（Billy Sunday，1862—1935），美国20世纪初最著名、最有影响力的福音派传教士。

前的他，说要继续去布道。不仅如此，西奥多晚上也不再出去了，而是练习新的宗教曲目，只喝咖啡。他甚至还抱了一会儿孩子，这可是前所未有的。

他们把莱诺拉放在爱玛家后，开了半小时车，来到煤溪往东几英里处的一片树林。罗伊把车停好，让海伦和他去走走。西奥多在后座装睡。才走了几码，他说："也许我们应该先祈祷。"他和西奥多为此争论过，罗伊说他想和妻子单独度过这段时间，但跛子坚持他必须亲自看到灵魂离开她的身体，确保他们没有弄虚作假。他们在一棵山毛榉树下跪倒之后，罗伊从他宽大的衬衣下掏出了西奥多的螺丝刀。他揽住海伦的肩膀，搂紧了她。她以为他情之所至，就转头吻他。就在这时，他猛地将刀尖深深插入了她脖子侧面。他松开她，她歪倒下去，接着又起来，发疯般抓住螺丝刀。她把螺丝刀拔出来的时候，鲜血从伤口喷溅出来，染红了罗伊的衬衫前襟。西奥多从窗户里看着想要爬走的她。只爬了几英尺，她就扑倒在了落叶里，接着又扑腾了一两分钟。他听见她喊了好几次莱诺拉的名字。他点了支香烟，等了几分钟，挪下了车。

3 个小时后，西奥多说："没用的，罗伊。"他坐在离海伦尸体几英尺远的轮椅上，手里拿着螺丝刀。罗伊跪在妻子身旁，握着她的手，还想哄她活过来。一开始他的祈求响彻树林，充满了信心和热情，但这么久过去了，她冰冷的尸体没有一丝动静，他的祈求也开始变得颠三倒四、胡言乱语。西奥多头痛欲裂。他真希望自己带了喝的。

罗伊抬头看着自己的瘸腿表弟，泪如雨下："上帝啊，我想我杀了她。"

西奥多凑了过来，把脏兮兮的手背贴在她的脸上："她死了，没错。"

“你别碰她！”罗伊喊道。

“我只是想帮忙。”

罗伊用拳头捶打着地面：“事情本不该这样。”

“我不想这么说，但如果你因为这个被抓住了，芒兹维尔的那些伙计非得把你当培根煎了。”

罗伊摇了摇头，用衬衫袖子擦去脸上的鼻涕。“我也不知道哪里出了问题。我觉得很有把握……”他的声音小了下去，放开了她的手。

“见鬼，你就是算错了，仅此而已，”西奥多说，“谁都可能算错。”

“我现在到底该怎么办？”罗伊说。

“总可以逃跑呀，”西奥多说，“遇到这种情况，逃跑是上上策。我的意思是，他娘的，逃跑能有什么损失？”

“往哪里跑？”

“我坐着想了半天了，我觉得你要是好好宝贝那辆旧车，差不多能跑到佛罗里达吧。”

“我不知道。”罗伊说。

“这有什么不知道的，”西奥多说，“你看，等我们到了那儿，就把车卖掉，重新开始布道。我们早该这么干了。”他低头看了一眼面色苍白、浑身是血的海伦。她叽叽歪歪的日子总算结束了。他恨不得亲手干掉她。她把一切都毁了。否则他们现在也许已经有了自己的教堂，说不定都上广播了。

“我们？”

“是啊，”西奥多说，“反正你需要一个吉他手，对吧？”他一直都梦想着去佛罗里达，住在海边。瘸子住在这种周围都是讨厌的山丘和树林的地方，太不容易了。

“那她怎么办？”罗伊指着海伦的尸体说。

“你得把她埋深点，老兄，”西奥多说，“我在后备厢里放了把铲子，就是为了防止事情不如你意。”

“那莱诺拉呢？”

“相信我，孩子跟着那个老太太反而更好，”西奥多说，“你不想自己的孩子从小到大都当个逃犯吧？”他抬头从树间看去。太阳消失在墙壁似的乌云后面，天空变成了灰烬的颜色。空气中闻得到雨水的潮气。从岩石峡谷那边隐约传来了缓慢的隆隆雷声。“你最好赶紧挖，免得我们被淋湿。”

当晚伊尔斯科尔进门的时候，爱玛正坐在窗边的椅子上摇着莱诺拉。已经快 11 点了，雷雨终于渐止。“海伦说他们只出去几个小时，”老太太说，“她只留了一瓶牛奶。”

“哎呀，你知道他们那些布道的，”伊尔斯科尔说，“他们也许出去找乐子了。见鬼，我听说那个瘸腿小子能把我喝到桌子底下去。”

爱玛摇了摇头：“我们要是有电话就好了。我总觉得哪里有点不对劲。”

老头儿俯身端详着熟睡的婴儿。“可怜的小家伙，”他说，“她长得可真像她妈妈，对吧？”

## 4

阿尔文 4 岁的时候，威拉德下定决心，不让儿子在米德这样一个腐化堕落的地方长大。他们结婚以来一直住在干洗店楼上夏洛特原来的公寓里。在他看来，似乎南俄亥俄所有的变态都在米德。最近报纸上都是他们恶心的把戏。两天前，一个名叫卡尔文·克莱特的男人在西尔斯罗巴克百货公司被逮捕，大腿上系着一英尺长的波兰香肠。据《米德公报》称，疑犯身上只穿着撕破了的背带裤，对着年长的女性蹭来蹭去，记者将其描述为“行为下流、过激”。威拉德认为这个叫克莱特的狗杂种比那个退休的州议员还要坏——警长在小镇外高速公路边上停着的一辆车里发现那个家伙的命根子卡在一只鸡里，那是他用50美分从附近农场买来的罗得岛红羽鸡。为了和鸡分开，他被送进了医院。人们说送那家伙进急救室的时候，副警长出于对其他病人或是对受害者的尊重，用自己的制服外套把母鸡盖了起来。“那个杂种祸害的可是别人的母亲啊。”威拉德对夏洛特说。

“谁？”她问道。她正站在炉子旁边翻炒着一锅意面。

“上帝啊，夏洛特，就是那个香肠男，”他说，“真该把那根东西从他嗓子眼捅进去。”

“我不知道，”他妻子说，“我觉得这没有跟动物乱搞那么糟。”

他看了一眼阿尔文，他正坐在地板上开着一辆玩具卡车。一切都预示着这个国家很快将陷入地狱。两个月前，母亲给他写信说海伦·拉弗蒂的尸体终于找到了，起码是一点残余部分，就埋在煤溪几英里外的林子里。连续一周，他每天晚上都要读一遍这封信。夏洛特注意到，从那以后威拉德看到报纸上的新闻愈发沮丧了。尽管罗伊和西奥多是头号嫌犯，但他们已经3年音讯全无，因此警长依然未能排除他们也被杀害抛尸的可能性。“我们不知道，也可能是之前米勒斯堡的那个杀人凶手干的，”警长带着海伦墓穴被采参人发现的消息来见爱玛时告诉她，“他也许先杀了这个姑娘，再将小伙子们碎尸丢弃。干掉轮椅上那个很容易，而且人人都知道另一个简直傻得不透气。”

不管执法人员怎么说，爱玛都坚信那两个人还活着，逍遥法外。如果他们不被绳之以法或是一命归西，她死不瞑目。她告诉威拉德自己尽力抚育着那个小姑娘。他给她寄了100美元帮忙安葬海伦。威拉德坐在那儿看着自己的儿子，突然有种强烈的欲望想要祈祷。虽然他已经多年未和上帝对话，自从在战争中遇到十字架上的海军陆战队员之后再也没有祈求或赞美过上帝，但此刻却能感觉到内心涌动着这种欲望，迫切地希望造物主与自己同在，以免厄运降临他的家庭。但环顾逼仄的公寓，他明白自己无法在这里与上帝沟通，就像在教堂里也永远不行。他需要在林子里用自己的方式祈祷。“我们得搬出这个地方。”他把报纸往咖啡桌上一放，跟夏洛特说。

他们租下了米歇尔山顶上的一处农舍，月租 30 美元。房东是亨利·德拉诺·邓拉普，一个肥嘟嘟的娘娘腔律师，指甲闪闪发亮、洁净无瑕。他住在米德乡村俱乐部附近，把涉足房地产业当成兴趣爱好。虽然起初夏洛特并不赞成，但很快就爱上了这座漏水的破房子。她甚至不介意从井里打水。他们搬进去几周之后，她就开始说有朝一日要把它买下来。她 5 岁的时候父亲死于肺结核，刚升上 9 年级，母亲又死于败血症。她一直住在阴暗的、爬满蟑螂的周租或月租公寓里。她唯一在世的亲人是姐姐菲莉斯，但夏洛特并不知道她人在何处。6 年前的一天，菲莉斯头戴新帽子走进木勺子餐馆，把姐妹俩合住在核桃街干洗店楼上的三房公寓钥匙递给夏洛特。“嘿，妹妹，”她说，“我把你养大了，现在要去过自己的日子了。”说完就出门离开了。拥有这座农舍意味着她的人生最终有了些许安定，这是她最想要的东西，尤其是现在当了妈妈以后。“阿尔文需要有一个一直能称为家的地方，”她跟威拉德说，“我从来都没有过。”他们每个月都想方设法多存下 30 美元，攒起来做首付款。“你等着瞧，”她说，“总有一天这房子会是我们的。”

然而他们发现跟房东打交道并不容易。威拉德总听别人说律师多数都是坑蒙拐骗、诡计多端的人渣，但亨利·邓拉普绝对是其中的佼佼者。他一发现拉塞尔家有意买下这座房子，就开始耍手腕，这个月涨价，下个月又跌价，然后又掉头暗示他不确定是不是真的想卖。而且每当威拉德来他办公室付房租，把他在屠宰场卖命挣来的血汗钱交到他手里的时候，律师总会告诉他自己具体会怎么花这笔钱。不管出于何种原因，有钱人总是觉得有必要让穷光蛋明白，这几张皱巴巴的票子对他来说根本不算什么。他会对威拉德咧开猪肝色的嘴唇笑笑，吹嘘着这点钱还不够给周日晚餐割几块好肉，或是给他儿子网球俱乐部的朋友买冰淇淋。这么多年过去了，亨利还是对奚落他的租户乐此不疲，每个月都要想个新招损他，给威拉德又一个揍他的理由。他忍住没有动手的唯一原因就是夏洛特，想到她坐在厨房桌边守着一杯咖啡紧张地等他回来，带回他们不会被赶出去的消息。她一次次提醒他，这个大话精说什么都无关紧要。有钱人总觉得你想要他们的生活，然而并不是这样，至少威拉德不是。每当他坐在宽大的橡木办公桌旁听着对面的律师满嘴跑火车，威拉德就会想到他在林子里安置的祈祷木，想到他回家吃过晚饭去祈祷的时候，它会给自己带来的宁和与平静。有时他甚至会在脑海里排练每个月去完办公室之后在木头边的祈祷："感谢上帝赐予我力量，让我没有掐住亨利·邓拉普的肥脖子。感谢你让那个狗杂种拥有他生命中想要的一切，虽然我必须承认，上帝，我绝不介意有朝一日看他自食其果。"

威拉德并不知道，亨利·邓拉普只是在用夸夸其谈掩盖他人生可耻、怯懦的混乱真相。1943 年他刚从法律学校毕业就娶了一个女人，新婚之夜没过多久，他就发现这个女人对陌生男人欲求不满。伊迪丝多年来一直在他眼皮底下乱搞——送报纸的、修汽车的、销售员、送牛奶的、朋友、客户、他以前的合伙人——名单之长数不胜数。他忍下来了，甚至开始接受现实。但不久之前，他雇了个黑人打理草坪，换下了一直被她糟蹋的白人少年，相信她不至于放低身段到这种地步。但一周之内，他中午没打招呼回了一趟家，却发现她趴在起居室的沙发上，屁股翘到了天上，被又高又瘦的园丁用尽全力撞击着。她发出了他从没听过的叫声。看了几分钟之后，他悄悄溜回自己办公室，喝光了一瓶苏格兰威士忌，脑中一遍遍回放着刚才看到的那一幕。他从抽屉里掏出一把镀银的德林加手枪，沉思良久，最终还是放了回去。他觉得最好还是先另谋方法解决问题。不到万不得已，没必要爆自己的头。在米德从事法律业近 15 年之后，他在南俄亥俄还是有几个熟人的，他们也许知道谁会收几百块小钱除掉伊迪丝，但他觉得这些人他一个都信不过。“别着急，亨利，”他对自己说，“欲速则不达。”

几天之后，他全职雇用了那个黑人，甚至每小时加了 25 美分的薪水。伊迪丝开着新凯迪拉克停上车道的时候，他正给他派活。两个男人都站在院子里，看她拎着几个购物袋下车走进了屋里。她穿着紧身黑色便裤和粉色毛衣，招摇着一对硕大、松软的奶子。园丁看着律师，扁平的痘坑面孔上带着诡秘的微笑。片刻之后，亨利也冲他笑了一下。

“蠢得像山羊。”亨利对他的高尔夫球伴说。迪克·泰勒又问起他在诺肯斯蒂弗的租户。除了听亨利吹牛、看他犯蠢之外，米德其他的富人根本懒得搭理他。他是乡村俱乐部最大的笑话。人人都上过他老婆。伊迪丝甚至不能来游泳了，因为总有女人想把她眼珠子抠出来。传闻她现在迷上了黑色小鲜肉。不久之后，他们开玩笑说，她和邓拉普可能就要搬到“白色天堂”去了，那是小镇西边的黑人聚居区。“我发誓，”亨利接着说，“我觉得那个老兄一定娶了自己的亲姐姐，他俩居然好成那样。天啊，不过你应该见见她。她收拾收拾还不赖。等哪天他们交不上租子了，也许我应该拿她做笔交易。”

“你要拿她怎样？”埃利奥特·斯密特问道，冲迪克·泰勒挤了挤眼。

“妈的，让那个小甜心屁股朝天，然后我……”

"哈！"伯尼·希尔说，"你个老狗，我打赌你已经尝过甜头了。"

亨利从球袋里挑了根球杆。他叹了口气，眼神迷离地俯视着球道，一手按着胸口："兄弟们，我向她保证过不会说出去的。"

他们回到俱乐部之后，一个名叫卡特·奥克斯利的男人走过来，对浑身是汗坐在吧台的胖律师说："说到那个女人的时候，你可得小心点。"

亨利转身皱起了眉头。奥克斯利刚加入米德乡村俱乐部，是个工程师，靠苦干当上了造纸厂的二把手。伯尼·希尔带他来加入四人赛。整场比赛他都没说几句话。"什么女人？"亨利说。

"你在外头说起过一个名叫威拉德·拉塞尔的男人，对吧？"

"是啊，他是姓拉塞尔。怎么了？"

"老兄，也许是我多管闲事，但他去年秋天差点赤手空拳打死一个人，就因为那人对他老婆出言不逊。被打的人到现在还没好，总是呆坐着，脖子上挂着个咖啡罐接口水。想想看。"

"你确定我俩说的是同一个人？我认识的那个可是骂不还口啊。"

奥克斯利耸耸肩："也许他只是话少。这种人你得格外小心。"

"你怎么知道这些的？"

"不是只有你一个人在诺肯斯蒂弗有地。"

亨利从口袋里掏出一个金色的烟盒，给这位新会员递了支烟。"你还知道什么关于他的事？"他问。那天早上伊迪丝对他说，她觉得他们应该给园丁买辆皮卡。她站在厨房窗边吃着一块蓬松的油酥点心。亨利不禁留意到点心上面撒满了巧克力糖霜。真配你啊，他想着，这个臭婊子。但他很高兴看到她发胖了。很快她的屁股就要跟横过来的斧头柄一样宽了。让那个割草的杂种好好干吧。"不用买新的，"她说，"只要他能开就行。威利一直走路上班很辛苦的，他脚太大了。"她又伸手从袋子里拿了块点心："天呐，亨利，是你的两倍长呢。"

## 5

从今年第一天开始，夏洛特的肚子就总是抽着疼。她一直跟自己说只是胃酸过多，也许是消化不良。她妈妈就有很严重的胃溃疡，夏洛特记得她在生命的最后几年里就只能吃吐司片和米布丁。她少吃了些油脂和胡椒，但还是无济于事。到了 4 月，她有点吐血。阿尔文和威拉德不在家的时候，她会在床上躺好几个小时，要是她弓起腿侧躺不动，腹部的绞痛就能明显缓解。她担心医疗费用不菲，会花光他们攒着买房的钱，所以保守着疼痛的秘密，傻傻地希望让她不舒服的东西会自己走远，不治而愈。毕竟她只有 30 岁，这么年轻能有什么大毛病。但到了 5 月中旬，偶尔吐出的血点子变成了固定吐出的小股鲜血。为了止疼，她开始偷喝威拉德藏在厨房水槽下面的加仑装老乌鸦牌威士忌。快到月底的一天，就在学校快放暑假的时候，阿尔文发现她昏倒在厨房地板上，身下是一摊稀薄的血迹。一盘松饼烤焦在炉子上。他们没有电话，所以他在她头下垫了个枕头，尽力清理了地面。他坐在她身边的地板上，听着她浅浅的呼吸声，祈祷这声音别停下。那天傍晚他父亲下班回家的时候，她依然人事不省。几天后医生告诉威拉德，已经太迟了。这世界上总有人在死去，1958 年夏天，阿尔文·尤金·拉塞尔 10 岁那年，轮到了他的母亲。

在医院住了两周后，夏洛特从床上坐起来，对威拉德说："我觉得自己做了个梦。"

"是个好梦吗？"

"对。"她说。她伸出手去轻轻攥住了他的手。她瞟了一眼把自己和隔壁病床的女人分开的白布帘，压低了声音："我知道这听起来很疯狂，但我想回家，装作那是我们自己的房子，就一阵子。”

“你怎么撑得住？”

“有他们给我的药就行，”她说，“有了它，就算别人跟我说我是示巴女王[①]我也信。还有，你听见医生说的话了。我肯定不想把剩下的日子浪费在这个地方。”

“你就梦见了这个吗？”

她一脸困惑地看着他。“什么梦？”她说。

两小时后，他们开出了医院停车场。在沿着50号公路开回家的路上，威拉德停车给她买了杯奶昔，但她咽不下去。他把她抱进后面的卧室，让她躺得舒舒服服的，给她注射了一些吗啡。一分钟后，她就双眼无神，睡了过去。“你在这儿陪着妈妈，”他跟阿尔文说，“我一会儿就回来。”他穿过田地，凉风轻拂面颊。他跪在祈祷木前，听着傍晚树林中细小、平静的声音。他盯着十字架看了好几个小时。他从每一个可以想到的角度审视着他们的不幸，寻求着解决办法，但总以同样的答案告终。在医生们看来，夏洛特已经没救了。他们觉得她还有5周，最多6周的时间。没有其他的选择。只有看他和上帝的了。

他回到家的时候，天已经擦黑了。夏洛特还睡着，阿尔文坐在她床边的一把直背椅上。他看得出孩子一直在哭。“她醒过吗？”威拉德低声问道。

“嗯，”阿尔文说，“但是，爸爸，她为什么不认识我了？”

“因为她用了药。过几天就好了。”

男孩看着夏洛特。就在几个月以前，她还是他见过的最美的女人，可现在大部分美貌已经荡然无存了。不知道等她病好了会是什么模样。

“我们也许最好还是吃点东西。”威拉德说。

---

① 示巴女王（Queen of Sheba）：《圣经》中描写的一位女王。

他给自己和阿尔文做了鸡蛋三明治，还给夏洛特热了一罐汤。她喝下去又吐出来，威拉德清理干净，把她抱在怀里，感受着她急促的心跳。他关了灯，挪到她床边的椅子上。夜里有段时间他睡了过去，但又浑身是汗地醒了过来，梦里是米勒·琼斯，被活剥了皮吊在棕榈树上，心脏还在跳动。威拉德把闹钟拿到眼前一看，快4点了。他没能再睡着。

几小时之后，他把所有威士忌泼在屋外的地上，去谷仓拿了些工具：斧子、耙子、长柄大镰刀。那天剩下的时间他都在扩充祈祷木周围的空地，劈砍着石楠和小树，把地面耙平。第二天，他把谷仓的木板拆了下来，让阿尔文帮他扛到祈祷木那儿。他们一直忙到晚上，在空地周围新竖起8个十字架，都和原来的那个一样高。“医生治不好你妈妈，”摸黑回家的路上，他告诉阿尔文，“但我希望我们能救她，只要全力以赴。”

“她会死吗？”阿尔文说。

威拉德想了想，回答道：“只要你好好求上帝，他什么都能办到。”

“我们该怎么做呢？”

“明天一早我告诉你。这件事不容易，但我们别无选择。”

威拉德请假没去上班，跟工头说他妻子病了，但很快就会康复。他和阿尔文每天都花好几个小时在木头那儿祈祷。每次他们穿过田地去树林的时候，威拉德都要再解释一遍他们的声音必须传到天堂上，唯一的方法就是他们的祷告要绝对虔诚。夏洛特越虚弱，祷告的声音就越响亮，甚至传到了山下，传遍了小镇。诺肯斯蒂弗的居民每天早晨都伴着他们的恳求声醒来，每天晚上又伴着这个声音睡去。如果有一阵子夏洛特的情况特别糟糕，威拉德就会骂儿子说他不想让妈妈好起来。他会对孩子又踢又打，随后又陷入深深的自责。有时阿尔文觉得父亲似乎每天都在对自己道歉。过了一阵子他就不在意了，接受了打骂和之后的懊悔，把这些当成他们如今生活的一部分。晚上他们还会继续祈祷，直到声嘶力竭，再拖着步子回到家，从厨房台面上的井水桶里喝口温水，精疲力竭地倒在床上。到了早上，再重新开始。但夏洛特依然日渐消瘦，离死亡越来越近。每次她从吗啡带来的昏睡中醒来，都会求威拉德不要再白费力气，让她安安静静地离去。但他并不打算放弃。哪怕要耗尽他的一切，也在所不惜。每时每刻，他都期盼上帝圣灵降临，将她治愈。7 月第二周快结束时，他感到些许的安慰，因为她已经比医生的预期活得久了。

从 8 月第一周开始，夏洛特大部分时间都昏迷不醒。一个酷热的傍晚，就在威拉德用湿布帮夏洛特降温的时候，他突然想到，也许除了祈祷和诚心，上帝对他还有更多的期待。第二天下午，他从镇上的牲畜围场回来，皮卡车斗里装了只羊。这只羊瘸了一条腿，所以只花了 5 美元。阿尔文从门廊上一跃而下，冲进了院子。"我能给它起个名字吗？"父亲把卡车停在谷仓门前的时候，他问道。

"老天，这可不是什么该死的宠物，"威拉德吼道，"快进屋陪着你妈。"他把卡车倒进谷仓，跳下车来，飞快地用绳子捆住羊的四蹄，又用拴在干草棚木梁上的滑轮把羊倒吊在了空中。他把卡车往前挪了几英尺，然后把这只惊恐的动物放低，鼻子离地面只有几英尺。他用屠宰刀割开了羊脖子，用一只五加仑的饲料桶接住鲜血。他坐在一捆稻草上等着，直到伤口不再滴血。随后他拎着桶来到祈祷木旁，小心地把祭品泼洒在上面。那天晚上阿尔文睡着以后，他把还没剥皮的羊尸拖到田地边上，推下了山谷。

几天之后，威拉德开始捡拾路边被撞死的动物：狗、猫、浣熊、负鼠、土拨鼠、鹿。如果尸体太硬，实在流不出血，他就把它们挂在祈祷木周围的十字架和树枝上。天气热，又潮湿，尸体很快就腐烂了。阿尔文父子跪下祈求救世主发善心的时候要强忍住恶臭带来的呕吐感。树上和十字架上的蛆虫直往下掉，就像白花花的油脂蠕动着滴下来。木头周围的地面总是汪着血。绕着他们飞的虫子数量与日俱增。两人浑身上下都是飞蝇、蚊子和跳蚤叮的包。虽然是八月天，阿尔文宁愿穿上长袖法兰绒衬衣，戴上工作手套，拿手帕遮着脸。两个人都不再洗澡了。他们靠从莫德商店买来的午餐肉和薄饼干过活。威拉德的眼神变得冷酷、疯狂，在他儿子看来，他乱蓬蓬的胡子仿佛一夜之间就白了。

"这就是死亡的样子，"有天傍晚，他和阿尔文在浸满鲜血的腐臭木头旁边跪下来的时候，威拉德忧郁地说，"你想妈妈变成这副样子吗？"

"不，先生。"男孩说。

威拉德一拳打在木头上："那就祈祷，该死的！"

阿尔文把脏兮兮的手绢从脸上拉下来，深深地吸了一口腐烂的臭气。从此以后他不再怕脏了，也不再抗拒无尽的祈祷、腐败的血液、腐烂的尸体。但他母亲的状况仍在恶化。现在一切闻起来都有死亡的味道，就连通往她病房的走廊里也有。威拉德开始关起她的房门，告诉阿尔文别去打扰她。"她需要好好休息。"他说。

## 6

一天下午，亨利·邓拉普刚准备离开办公室，威拉德出现了，晚交房租一个礼拜。过去几周，律师每天中午都溜回家几分钟，看自己的老婆和她的黑情人快活。他觉得这可能表明自己有什么毛病，但他控制不住。不过，他希望能想办法把谋杀伊迪丝的罪名扣到这个黑人头上。天知道这个杂种有多活该，谁让他干了白人雇主的老婆。脚大得像雪橇一样的威利开始翘尾巴了，早上来上工的时候身上有亨利私藏的进口干邑和法国须后水味。草坪惨不忍睹。他得再雇个太监才能把草割了。伊迪丝还在缠着他给那个狗娘养的买车。

“上帝啊，哥们儿，你看起来可不太好。”秘书让威拉德进来的时候，亨利说。

威拉德掏出钱包，把 30 美元放在写字台上。“你也不怎么样。”他说。

“嗯，我最近是有不少烦心事，”律师说，“拉把椅子，坐一会儿吧。”

“我今天没空听你扯淡，”威拉德说，“给我收据。”

“哦，别这样，”亨利说，“我们喝一杯吧。你看起来很需要。”

威拉德站在那儿，盯着亨利看了一会儿，不确定是不是自己听错了。这是邓拉普第一次邀请自己喝一杯，至少是他签了租约 6 年来第一次说了句客气话。他本来做好了律师痛骂他迟交房租的准备，已经下定决心如果话太难听就把他狠揍一顿。他瞟了一眼墙上的钟。他还要去给夏洛特拿药，但药房 6 点才关门。“好吧，那就喝一杯。”威拉德说。他在律师软皮椅对面的木头椅子上坐下，亨利从柜子里拿了两个玻璃杯和一瓶苏格兰威士忌。他倒了两杯酒，递了一杯给租客。

律师抿了一口酒，往椅背上一靠，凝视着桌上威拉德面前的钞票。亨利被老婆烦得胃里直反酸水。这几个星期来，他都在想那个一起打高尔夫球的人说他的租客痛打别人的事。“你还想买这个房子吗？”亨利问。

“我现在付不起那么多钱了，”威拉德说，“我太太病了。”

“真是太让人难过了，”律师说，“关于你太太，我的意思是。病得厉害吗？”他把瓶子推到威拉德面前：“喝吧，请自便。”

威拉德从瓶子里倒出两指高的酒。“癌症。”他说。

“我妈妈就死于肺癌，”亨利说，“但那是很久以前了。现在治疗手段进步很多了。”

“给我收据吧。”威拉德说。

"那块地可他娘的将近有 40 英亩啊。"亨利说。

"我说过了，我现在没钱。"

律师把椅子转了过去，眼神避开威拉德，看着一面墙。唯一的动静就是角落里转个不停的电扇，满房间吹着热风。他又喝了口酒。"前阵子我发现老婆出轨了，"他说，"从此我连坨屎都不如。"对这个乡巴佬承认自己戴了绿帽子，比他想象得要难。

威拉德端详着这个胖子，看到他的前额流下一行汗水，从他疙里疙瘩的鼻子上滴下来，落到他的白衬衣上。律师这么说，他一点也不惊讶。毕竟，什么样的女人愿意嫁给这种男人？巷子里开过一辆车。威拉德拿起酒瓶把杯子斟满。他从衬衣口袋里掏了支烟。"哦，那肯定不好受。"他说。他才不关心邓拉普的婚姻问题，但自从把夏洛特接回家以后他就没有好好喝过酒，而且律师的威士忌是一流的。

律师低头看着自己的酒杯。"我本该直接跟她离婚，但该死，她居然搞了个黑鬼，黑得跟黑桃 A 一样。"他说。随后他朝威拉德看了看："为了我儿子，我想还是不让镇上其他人知道的好。"

"见鬼，老兄，揍他一顿怎么样？"威拉德提议，"给那个杂种脑袋上来一铲子，他心里就有数了。"老天爷啊，威拉德想，只有顺着自己的心意，有钱人的日子才能十全十美，可只要稍微有点狗血剧情，他们就像雨里的纸娃娃一样崩溃了。

邓拉普摇了摇头。"没用的。她会再找一个，"他说，"我老婆就是个破鞋，这辈子都是。"律师从桌上的烟盒里拿出一支点着。"糟心事就先说到这里，"他往天花板喷了一口烟，"接着说房子。我在想，如果有个方法可以让你一文不花、痛痛快快地拥有这座房子，你觉得怎么样？"

"天下没有免费的午餐。"威拉德说。

律师微微一笑："此言不虚，我想。但我话摆在这里，你会感兴趣吗？”他把酒杯放到桌上。

“我不明白你什么意思。”

“哈，其实我也不太明白，”邓拉普说，“但你下周给我办公室来个电话怎么样，我们也许可以谈谈。那个时候我应该已经想明白了。”

威拉德起身把酒喝干。“再说吧，”他说，“得看我太太的身体情况。”

邓拉普指着威拉德放在桌上的钱。“把钱拿回去吧，”他说，“听起来你也许用得上。”

“不用了，”威拉德说，“那是你的钱。但收据我还是要的。”

父子俩继续祈祷，往木头上泼血，把被车撞死的动物扭曲、粉碎的尸体挂起来。威拉德一直都在想着他和肥佬房东的对话。他在脑中把对话重复了100次，觉得邓拉普可能想让他干掉那个黑鬼或是他老婆，又或是双双干掉。除此之外，他想不到世界上还有什么值得他付出土地和房屋。但他还是想不通为何邓拉普觉得他会愿意做那样的事情，威拉德唯一能想到的就是律师觉得他人傻，想要他。尸身未凉他肯定就会把自己的租客弄进监狱。和邓拉普对话后的一小段时间里，他想过也许有机会能让夏洛特圆梦。但他们绝对没办法拥有这座房子。他现在明白了。

8月中旬的一天，夏洛特似乎振作了一些，甚至喝了一碗金宝牌番茄汤，而且没吐。傍晚她想在门廊上坐坐，这是好几周以来她第一次出来呼吸新鲜空气。威拉德洗了澡，修整了胡子，梳好头发。阿尔文在炉子上爆了些爆米花。西风轻拂，带走了些许暑热。他们喝着冰镇七喜汽水，看星星缓缓划过天空。阿尔文坐在她摇椅旁边的地上。“这个夏天挺难熬的，对吧，阿尔文？”夏洛特说着，用皮包骨头的手抚弄着他浓黑的头发。他是个多贴心、多温柔的孩子啊。她希望在自己走了以后，威拉德能意识到这一点。他们还需要谈谈这个，她又提醒了自己一遍。

药物让她变得如此健忘。

“可现在你好起来了。”他说。他又往嘴里塞了一把爆米花。他已经好几个礼拜没吃热的东西了。

“嗯，我现在觉得好多了。”她笑着对他说。

午夜时分，她终于在摇椅上睡着了，威拉德把她抱回了床上。半夜里她醒了过来，疼得翻来覆去，像是又被癌症咬穿了一个洞。他坐在她身边，直到天明。随着一波波新的疼痛来袭，她的长指甲往他手上的肉里越钻越深。这是她迄今为止疼得最厉害的阶段。“别担心，”他一直跟她说，“很快就会好起来。”

第二天早上，他花了好几个小时开车在后头路边的排水沟里寻找新的祭品，但空手而归。那天下午，他又不情愿地去围场买了一只羊。但甚至连他自己也必须承认，好像这些祭品都不管用。在出镇的路上，心情恶劣的他路过了邓拉普的办公室。他想着那个混蛋，突然猛地一打卡车的方向，停在了西部大道的路肩上。过往车辆都在按喇叭，但他充耳不闻。还有一件事他没有试过。他真不敢相信自己怎么早没想到。

“我差点儿就对你不抱希望了。”邓拉普说。

“我很忙，”威拉德说，“听着，如果你还想谈，今晚10点我们在你办公室见怎么样？”他站在水街德斯奇酒吧的电话亭里，往南几个街区就是律师的办公室。墙上的钟显示快5点了。他吩咐阿尔文待在病房里守着夏洛特，说他也许要晚点回来。他在她床脚的地板上给孩子铺了个草垫子。

“10点？”律师说。

“我最早只能那个时间过去，”威拉德说，“来不来随你。”

“好吧，”律师说，“到时见。”

威拉德从酒保那儿买了一品脱威士忌，然后开车闲逛了几个小时，听着收音机。木勺子餐馆打烊的时候他恰好经过，看见一个瘦削的少女跟罗圈腿老厨子一起走出门来，还是夏洛特当侍应生时的那个烧烤厨子。他十有八九还是把肉卷做得难吃无比，威拉德想。他停下来给卡车加油，随后去了小镇另一边的特库姆塞酒吧。他坐在吧台边上喝了几瓶啤酒，看着一个戴着酒瓶底眼镜、脏兮兮的黄色安全帽的家伙在台球桌上打了个四连胜。等他走回砂石停车场的时候，太阳已经开始落到造纸厂烟囱后面去了。

9 点半，他坐在第 2 街上自己的卡车里，离律师办公室往东一个街区。几分钟后，他看见邓拉普把车停在老砖楼前面，走了进去。威拉德开车绕进小巷，车尾对着大楼停好。下车之前，他做了几个深呼吸。他从座椅下面掏出一把锤子，手柄插进裤子里，拉下衬衣盖住。他在小巷里前后张望了一番，随后走到后门旁敲了敲。不一会儿，律师开了门。他穿着皱巴巴的蓝衬衣和宽松的灰色长裤，用红色背带挂在身上。“聪明，从后门进来。”邓拉普说。他手里端着一杯威士忌，双眼充血，看得出已经喝了好几杯了。转身往办公桌走的时候，他一个趔趄，放了个屁。“不好意思。”他话音刚落，便被威拉德一记重锤敲在太阳穴上，屋里响起恶心的碎裂声。邓拉普不声不响地往前倒了下去，撞翻了一个书架。他的杯子在地板上摔了个粉碎。威拉德弯下腰，又给他来了一锤。确认人死了之后，他靠在墙上仔细听了一会儿。几辆车从前面街上开过，然后又恢复了寂静。

威拉德从裤子后袋里掏出一双工作手套戴上，把律师沉重的尸体拖到门口。他扶起书架，捡起玻璃碴，用挂在律师椅背上的运动外套擦掉了洒出来的威士忌。他检查了律师的裤子口袋，找到一串钥匙和钱包里的 200 多块美金。他把钱放进办公桌抽屉，钥匙塞进自己的背带裤里。

他打开办公室的门，走进小小的接待室，检查了前门，确认锁着。他走进洗手间，往邓拉普的夹克衫上接了点水，回去把地板上的血迹擦掉。出乎意料的是并没有多少血。他把运动外套丢在尸体上，在办公桌前坐下。他找了一圈可能有自己名字的东西，什么也没有。他拿起桌上的苏格兰威士忌酒瓶喝了一口，然后盖好塞进了另一个抽屉。桌上摆着一个金色的相框，里面是个十几岁胖男孩的相片，手拿网球拍，跟邓拉普长得一模一样。他老婆的相片已经不见了。

威拉德关了办公室的灯，走进小巷，把夹克衫和锤子放在卡车前座上。随后他放下后挡板，把车倒到门口。他只花了一分钟就把律师拖进了卡车斗，用油布盖好，四角压上水泥块。他松开卡车离合，滑行了几英尺，随后下车关上了办公室大门。开出 50 号公路的时候，他路过一辆警车，就停在石板磨坊空荡荡的商店停车场里。他看着后视镜，大气都不敢出，直到“德士古加油站”灯光招牌淡出视线。到了浅盐湖桥，他停车把锤子丢进了漆溪。凌晨 3 点，他终于完事了。

第二天早上威拉德和阿尔文到祈祷木的时候，新鲜的血液还在顺着木头两边往腐臭的土里滴。“昨天还没有呢。”阿尔文说。

“我昨晚撞死了一只土拨鼠，”威拉德说，“索性带回家放了血。”

“土拨鼠？天呐，一定是个大家伙。”

威拉德咧嘴一笑，跪了下来：“对，的确是。是个又肥又大的混蛋家伙。”

## 7

尽管有律师做祭品，夏洛特的骨头还是在几周后开始断裂，刺耳的小小脆响让她失声尖叫，在胳膊上抓出深深的伤口。每次威拉德试着挪动她，她都会疼得昏死过去。她后背上的褥疮烂得足有盘子那么大。她的房间散发着恶臭，跟祈祷木一样。已经一个月没有下雨了，酷暑难消。威拉德从围场买了更多的羊，成桶地往木头周围泼血，直到他们的鞋子都浸没在烂泥污水里。一天早上他出去的时候，有只饥饿的跛脚杂种狗大着胆子走上了门廊，一身雪白柔软的皮毛，尾巴怯生生地夹在两腿之间。阿尔文从冰箱里找了点剩饭喂给它，他父亲回家的时候，他已经给狗起了个名字叫“杰克”。威拉德一句话也没说，进屋拿出了来复枪。他把阿尔文从狗身旁推开，不顾孩子的苦苦哀求，一枪打在狗的两眼之间。他把狗拖进林子，钉在一个十字架上。从此阿尔文便不再和他说话了。他听着母亲的呻吟，而威拉德开车到处找更多的祭品。新学期快开始了，可他整个夏天一次都没有下过山。他发觉自己盼着母亲死掉。

几天后的一个晚上，威拉德冲进阿尔文的卧室，惊醒了他。“立刻去祈祷木。”他说。孩子坐了起来，困惑地四下张望。过道的灯亮着。他听见母亲在过道另一侧的房间里呼哧呼哧喘不上气。威拉德又晃了晃他：“一直祈祷，不要停下来，直到我去找你。让天父听见你的祈祷，明白了吗？”阿尔文赶紧套上衣服，一路小跑穿过田地。他想到自己希望她死掉，他的亲妈妈。他跑得更快了。

到了凌晨3点，他的喉咙生疼，火烧火燎。父亲来了一次，往他头上浇了一桶水，求他接着祈祷。尽管阿尔文依然尖叫着祈求上帝的仁慈，却并没有任何好运来临的感觉。诺肯斯蒂弗镇上有些人不顾炎热关上了窗户。还有些人整夜点着灯，也在替他们祈祷。斯努克·哈斯金斯的姐姐阿格尼丝坐在椅子上，听着这可怜的祈祷声，想着埋葬在自己脑中的幽灵丈夫们。阿尔文抬头看着死狗，它空洞的双眼盯着漆黑林子的另一边，腹胀如鼓，快要爆开了。“你能听见我吗，杰克？”他说。

破晓时分，威拉德用一条干净的白床单盖住了自己的亡妻。他走过田地，丧妻和绝望让他麻木。他悄无声息地来到孩子身后，听了一两分钟他的祈祷，听到的只有哽咽的低语。他往下一看，意识到自己手里攥着打开的折叠刀，不由得心头一阵烦恶。他摇摇头把刀收了起来。“起来吧，阿尔文，”这是他几个礼拜来第一次用这么温和的声音对儿子说话，“都结束了。你妈妈走了。”

两天后，夏洛特在布尔纳维尔郊外一处小公墓落葬。葬礼结束回家的路上，威拉德说：“我想咱们可以来个小小的旅行。去煤溪看看你奶奶吧。也许住上一阵子。你可以见见伊尔斯科尔舅爷，还有跟他们一起住的姑娘，应该只比你小一点。你会喜欢那儿的。”阿尔文什么也没说。他还没从狗那件事中恢复过来，而且他知道自己永远也不会从失去妈妈中恢复过来。威拉德一直承诺，只要他们祈祷得足够努力，她就会好起来。到家后，他们发现门边走廊上摆着一个用报纸包着的蓝莓派。威拉德去了屋后的田地。阿尔文进屋脱下体面衣服，躺在了床上。

几个小时后，他醒了过来。威拉德还没回来，孩子觉得挺好。阿尔文吃了一半派，把剩下的放进冰箱。他走到门廊上，坐在妈妈的摇椅里，看着傍晚的太阳沉到屋子西边那排常青植物后面。他想着她在地下的第一晚。那里该有多黑啊。之前他无意中听见站在远处树下的一个老人倚着铲子跟威拉德说，死亡是一场漫长的旅行，或是一次长眠。尽管父亲皱着眉头走开了，但阿尔文觉得听起来有道理。他希望自己的母亲两样兼有。葬礼上只来了几个人：母亲以前在木勺子餐馆的一个女同事，还有几个诺肯斯蒂弗教堂的老妇人。本来还应该有个住在西边什么地方的姐姐，但威拉德不知道怎么才能联系得上她。阿尔文以前没有参加过葬礼，但他觉得这也太过于凑合了。

夜幕降临在杂草丛生的院子里，阿尔文起身绕到房子侧面喊了父亲几声。他等了几分钟，想着干脆回去睡觉算了。但他还是进屋从厨房抽屉里拿了手电筒。他找了谷仓，随后又往祈祷木走去。妈妈去世后这 3

天他们谁也没去过那儿。夜色越来越深了。田地里蝙蝠追着虫子飞，一只夜莺从忍冬花下的鸟巢里看着他。他迟疑了片刻，沿着小径往林子里走去。他在林间空地边上停下，用手电四处照了照。他看见威拉德跪在木头边。腐烂的恶臭扑面而来，他觉得自己可能快吐了。他能感觉得到吃下去的派直往嗓子眼涌。“我再也不干了。”他大声对父亲说。他知道自己肯定会惹麻烦，但他不在乎：“我不祈祷了。”

他等了一会儿，没人应他，便又说：“你听见了吗？”他往木头走近了一点，手电筒一直照着威拉德跪拜的身影。随后他碰了碰父亲的肩头，一把折叠小刀掉在了地上。威拉德的脑袋向一侧耷拉下去，露出喉咙上自己割的深血口子，足足从一边耳朵割到另一边。鲜血从木头旁边流下，滴落到他的西裤上。山坡上吹下来的微风让阿尔文脖子后面的汗阵阵发凉。树枝在头顶上吱嘎作响。一簇白毛从空中飘过。挂在铁丝、钉子上的骨头彼此轻撞，听起来就像悲伤、空洞的音乐。

透过树木，阿尔文看得到诺肯斯蒂弗镇上几处灯火微明。他听见山下什么地方一扇车门关上，接着是一声马蹄叮当，撞在金属桩子上。他站在那儿等着下一声响起，但没有等来。就在这里，从两个猎人出现在他们父子身后的那个早上起，至今似乎已逝去千年。他觉得内疚、羞愧，因为他并没有哭，但他的眼泪已经流干了。母亲漫长的死亡已经耗尽了他的眼泪。他不知道该干什么，就举着手电筒照着前面，绕着威拉德的尸体走了一圈。随后他穿过林子，往山下走去。

## 8

当天晚上 9 点整，汉克 · 贝尔把“休息”牌插在莫德商店前面的窗户上，关上了灯。他绕到柜台后面，从肉箱底下掏出 6 听啤酒，从后门走了出去。他衬衫胸前口袋里装着个小晶体管收音机。他在草坪椅上坐下，打开一听啤酒，点了支烟。他已经在这栋水泥建筑后面的野营车里住了 4 年了。他伸手打开口袋里的收音机，里面刚好在播辛辛那提红人队第 6 局落后 3 分的消息。比赛在西海岸。汉克估摸着那边刚过 5 点。时间的算法还真有意思，他想。

他朝自己第一年来商店工作时种下的小雪茄树看去。那树至今已经长高了快 5 英尺。妈妈过世前他们住的房子前院就有这么一棵树，后来银行把房子收走了，他就把那棵树的小苗种了过来。他也不知道自己为什么要种。最多再过几年，他就打算离开诺肯斯蒂弗。他跟每一个愿意听的顾客都这么说。他每周都从莫德付给他的 30 美元里存下一点。有的日子里他想北上，其余时间里又觉得最好南下。但有的是时间决定何去何从。他还很年轻。

他看着几英尺高的银灰色雾气从黑湍溪缓缓升起，遮住了商店后面平坦的石头地，那是克拉伦斯·迈尔斯养牛场的一部分。这是一天里他最喜欢的时光，太阳刚刚下山，长长的影子还未消失。他能听见商店前面水泥桥上有几个男孩子，只要汽车驶过就又喊又叫。其中有几个几乎每晚都混在那儿，不管天气如何。每个人都穷得像条光溜溜的蛇。他们对人生的渴望就是一辆会动的车和一个性感的姑娘。他觉得从某种角度来说这样也挺好的，过完一辈子也没有太多奢望。有时候他真希望自己别那么野心勃勃。

3 天前，山上的祈祷声终于停止了。汉克尽力不去想死在山上的可怜女人，生命在那间屋子里结束，而拉塞尔父子已经半疯了，别人都这么说。见鬼，有时他们差点把全镇的人都逼疯，每天早晚都要不停地祈祷好几个小时。他听说他们更像是在搞什么巫毒术，而不是拜基督教。林奇家的两个男孩几周前在山上见到了挂在树上的动物死尸，随后他们的一只猎狗就不见了。神呐，这个世界开始变成了一个可怕的地方。昨天他在报纸上看到，亨利·邓拉普的妻子和她的黑情人被捕了，两个人涉嫌谋杀了亨利。执法部门还没有找到尸体，但汉克觉得她跟黑鬼搞在一起简直就是杀人铁证。每个人都认识律师，他的地产遍布罗斯县，曾经隔一阵子就来店里一趟，寻找私酒取悦他的大人物朋友。那人在汉克看来也许的确该死，但为什么那个女人不索性离婚搬到白色天堂跟黑人住在一起？人们不再动脑子了。奇怪的是，为什么律师知道了她偷情的事情之后，没有先把她干掉呢？没人会为此责备他的，但他现在已经死了，或许这样更好。所有人都知道你老婆跟黑人跑了，这日子过得太憋屈了。

红人队上场击球了，汉克开始想辛辛那提。不久之后，他就会开车去大河之城体育场看棒球联赛。他打算买个好座位，喝点啤酒，用那里的热狗把自己填饱。他听说球场上的热狗更好吃，他要亲自试试看。辛辛那提就在米歇尔山另一边差不多 90 英里的地方，沿着 50 号公路一直开就到了，但他从没去过，22 年来往西最远只到过希尔斯伯勒。汉克觉得，只有完成那趟旅行，他的人生才算真正开始。细节他还没盘算周全，但他还想在比赛结束后买个春，一个会好生服侍他的漂亮姑娘。他会多付她钱，让她帮他宽衣解带，褪下他的裤子和鞋子。他会为那次活动买件新衬衣，半路去一趟班桥镇，剪个体面发型。他会缓缓除去她的衣衫，不管那个妓女系紧衣服用的是小小的纽扣还是别的什么，他都愿意花些时间慢慢解开。他会在她的乳头上洒些威士忌，再舔干净，就像有些男人在“牛栏”喝高了来店里时说的那样。当他终于进入她的身体时，她会告诉他轻一点，因为她不习惯跟这样“雄伟”的男人在一起。她一定和那个大嘴巴米尔德丽德·麦克唐纳截然不同，那是他唯一交往过的女人。

“一个小泡泡，”米尔德丽德在“牛栏”跟每一个人说，“然后就没了，只剩一缕烟。”已经 3 年多了，人们还拿这事取笑他。而辛辛那提的那个妓女会在欢爱过后坚持拒收他的钱，问他要电话号码，也许还会求他带她远走高飞。他觉得等他再回来简直就会像是换了个人，跟从朝鲜战争归来的斯利姆·格里森一样。在彻底离开诺肯斯蒂弗之前，汉克觉得甚至可以去“牛栏”给那些小年轻买杯临别啤酒，显示一下他们的笑话自己并没有往心里去。从某种程度上来说，他认为米尔德丽德帮了他一个忙。不去“牛栏”之后他省下了一大笔钱。

他一边听着比赛，一边想着米尔德丽德给他的难堪。就在这时，他注意到有人拿着手电筒穿过克拉伦斯牧场走了上来。他看见那个小小的身影弯下腰去，钻过带刺的铁丝围栏，朝他走来。天差不多已经黑了，但那人走近了之后，汉克认出是拉塞尔家的男孩。他以前从没见这孩子独自下过山，听说他父亲不允许。但他们下午刚刚安葬了他的母亲，也许事情因此改变，让拉塞尔家的男人心软了一点。男孩穿着白衬衣和新背带裤。“你好呀。”阿尔文走近的时候，汉克打了招呼。孩子面容憔悴，挂着汗水，有些苍白。他看起来不舒服，很不舒服。脸上和衣服上沾着不知是血迹还是什么。

阿尔文在离售货员几英尺的地方停下，关上了手电筒。“商店打烊了，”汉克说，“但你如果还需要什么，我可以再开。”

“该怎么联系警察？”

“要么犯罪要么打电话吧，我想。”汉克说。

“你能帮我打个电话吗？我从没用过电话。”

汉克伸手关上了口袋里的收音机。反正红人队已经一败涂地了。“你找警长干什么，孩子？”

“他死了。”男孩说。

“谁？”

“我爸爸。”阿尔文说。

“你是说你妈妈，对吗？”

男孩脸上闪过不解的神色，片刻之后摇了摇头：“不，我妈妈已经死了 3 天了。我说的是我爸爸。”

汉克起身从裤子口袋里掏出了商店后门的钥匙。他在想孩子是不是伤心傻了。汉克记得自己的母亲去世时，他也很不好受。这种事情是永远过不去的坎，他明白。他依然每天都在思念着她。“进来吧。你看起来很渴。”

“我没带钱。”阿尔文说。

“没关系，”汉克说，“欠着好了。”

他们走进店里，售货员打开金属冷饮箱推拉门：“你想喝什么？”

男孩耸了耸肩。

“喝根啤吧，”汉克说，“我以前就喝这种。”他递给孩子一瓶汽水，挠了挠新长出来一天的胡子：“你叫阿尔文，对吧？”

“是的，先生。”男孩说。他把手电筒放在柜台上，喝了一大口，然后又一大口。

“好，你为什么觉得你爸爸不对劲？”

“他的脖子，”阿尔文说，“他自己割开了。”

“你身上不是他的血，对吧？”

阿尔文低头看了看他的衬衣和手。“不是，”他说，“是派。”

“你爸爸在哪儿？”

“离屋子有点距离，”他说，“在树林里。”

汉克从柜台下面掏出电话簿。“听着，”他说，“我并不介意帮你打电话报警，但你不能骗我，知道吗？他们要是白跑一趟，可饶不了你。”就在几天前，马琳·威廉姆斯让他帮忙打电话报警，说又有一个窗户偷窥者。这已经是两个月里的第 5 次了。调度员直接挂了他的电话。

“我为什么要骗你？”

“不，”汉克说，“我觉得你不会。”

打完电话，他和阿尔文从后门走了出去，汉克拿起了他的啤酒。他们绕到商店前面，在长椅上坐下。黑压压的一片蛾子绕着加油泵旁边的路灯飞。汉克想到去年男孩爸爸给卢卡斯·海伯恩的那顿打。也许卢卡斯的确罪有应得，但他从那以后一直没好。昨天他还在这把长椅上坐了一上午，弓着腰，嘴角挂着口水。汉克又开了一罐啤酒，点了支烟。他犹豫片刻，拿了一罐给男孩。

阿尔文摇摇头，又喝了口汽水。“他们今天晚上没有玩马蹄铁套圈。”几分钟之后他说。

汉克看了看镇上，“牛栏”里亮着灯。院子里停了四五辆车。“准是休息了。”售货员说着，往后靠在商店外墙上，伸开双腿。他和米尔德丽德去的是普拉特牧场的猪圈。她说她喜欢猪粪浓烈的气味，喜欢想象跟多数女孩儿不一样的东西。

“那你喜欢想象什么？”汉克问她，声音里有点担心。这么多年来，他一直听小伙子和大男人说跟姑娘上床，但从没有人说过什么猪粪的事情。

“我脑子里想什么跟你没有半毛钱关系。”她对他说。她的下巴方得就像斧子，双眼像黯淡无光的灰色弹珠。她唯一值得称道的地方在两腿之间，有人说那玩意儿让他们想起了大鳄龟。

“好吧。”汉克说。

“让我们看看你的本事。”米尔德丽德说着，扯着他的裤链，把他拉到了脏稻草上。

在他惨不忍睹的表现之后，她推开他说：“老天爷啊，我还不如自己来。”

“不好意思，”他说，“你让我太兴奋了。下次会好些的。”

“哈！我看我们是没有下次了，小伙子。”她说。

“至少让我开车送你回家吧？”他走的时候问道。已近午夜了，如果她要自己走回跟父母合住在尼普根的两室小窝棚，得花好几个小时。

“不用了，我在附近转转，”她说，“也许会冒出来一个有点能耐的人。”

汉克把烟头弹到砂石停车场里，又喝了口啤酒。他喜欢劝自己说“柳暗花明又一村”。虽然他不是个坏人，一点儿也不坏，但他必须承认得知米尔德丽德的近况后他觉得很爽。她现在跟骑了一辆旧哈雷的大肚子男人吉米·杰克鬼混，那人不让她去镇上酒吧后面卖淫的时候，就把她关在自己后院的胶合板狗屋里。人们说她为了 50 美分什么都做得出来。刚过去的国庆节上，汉克在米德看到了她，青着一只眼圈站在德斯奇酒吧门外，拿着那个车手的皮革头盔。米尔德丽德最好的年华已经逝去，而他自己的即将到来。他要在辛辛那提挑的那个女人一定比老米尔德丽德·麦克唐纳美上 100 倍。等他从这儿搬走一两年后，很可能连她的名字也想不起来了。他撸了一把脸，往旁边一看，发现拉塞尔家的孩子正看着他。“见鬼，我是不是自言自语了？”他问孩子。

“也不算吧。”阿尔文说。

“不知道警察什么时候会来，”汉克说，“他们不太爱来这么远的地方。”

“米尔德丽德是谁？”阿尔文问。

## 9

李·博德克值班快结束的时候，无线电接进来一个电话。20 分钟后他本该接上女朋友直奔桥街的强尼汽车餐厅。他快饿死了。每晚下班后，他和弗洛伦丝都会开车去“强尼”、“白牛”或是“糖屋”。他喜欢空着肚子工作一整天，然后狼吞虎咽奶酪汉堡、薯条和奶昔，最后在大河路边喝上几支冰啤酒，靠在座椅上让弗洛伦丝帮他打飞机，射在她的空可乐杯里。她紧握的手就像挤奶的阿米什姑娘。整个夏天就是这样一连串几乎完美的夜晚组成的。她要把初夜留给蜜月，他觉得挺好。他才 21 岁，刚从和平时期的部队出来 6 个月，并不着急把自己拴在一个家里。虽然他才当上副警长 4 个月，他已经发现作为俄亥俄州罗斯县这种偏僻地方的执法人员好处很多。只要足够小心，不要像他老板那样翘尾巴，就能挣到钱。如今，警长亨·马修斯愚蠢的大圆脸每周都能上《米德公报》头版三四回，通常也没什么要紧事。人们开始拿这件事开玩笑。博德克已经开始计划他的竞选战术了。他只需要在下次选举之前往马修斯身上泼点污水，就能在和弗洛伦丝喜结连理以后让她搬进布鲁尔高地正在建的新房子了。听说每座房子都有两个卫生间。

在造纸厂附近的漆街，他把巡逻车掉了个头，开出亨廷顿峰，往诺肯斯蒂弗驶去。出镇 3 英里后，他路过了跟妹妹、妈妈合住在布朗斯维尔的小房子。客厅里亮着一盏灯。他摇了摇头，从衬衫口袋里摸了支烟。现在大部分房租都是他在付，但他已经明确跟她们表态，自己退伍之后她们就不能再指望他了。很多年前父亲就离开了他们，有天早上去了鞋厂，再也没有回来。最近他们风闻他住在堪萨斯城，在一个台球室上班。如果你认识强尼·博德克，就不会觉得意外。这个男人只有在台球桌上开球或是清场的时候，才会露出笑容。这则消息让他儿子大失所望，没有什么比发现这个混蛋还在肮脏昏暗、窗户又高又脏的红砖楼里缝鞋底做苦力更让他高兴的了。偶尔在他开车巡逻的时候，如果平安无事，博德克就会想象他父亲回了米德一趟。在他的幻想中，他尾随着老头到了没人看到的乡下，用一个虚假的罪名将他逮捕。然后他会用警棍或是枪柄把他狠揍一顿，再带他去浅盐湖桥，把他推下栏杆。大雨过后一天左右漆溪总会涨水，水流又深又急，往东流向赛欧托河。他一会儿让他沉入水中，一会儿又看他往泥泞的岸边游去。真是个消磨时间的好方法。

他猛吸了一口烟，思绪从父亲飘到了妹妹桑迪身上。虽然她才刚满 16 岁，博德克已经帮她在木勺子餐馆找了个晚餐招待的工作。几周前他抓住了醉驾的餐馆老板，这已经是一年中第 3 次了，接下来的事情就顺理成章了。他还没反应过来，口袋里就多了 100 美元，桑迪也有了工作。她一见生人，就像见了天光的鼠那样紧张、忸怩，一直都是。博德克丝毫没有怀疑头几周学着跟顾客打交道对她来说会是一种折磨，但昨天早上老板告诉他，她现在已经干得很溜了。有时候晚上他没办法接她下班，一个膀大腰圆的厨子就会开车送她回来。那人长着一双下垂的蓝眼睛，喜欢在自己的白纸厨师帽上画卡通角色的下流漫画。这让他有点担心，因为桑迪总是乖乖地对别人言听计从。博德克从来没有听她为自己说过哪怕一句话，跟许多事情一样，他将其归罪于他们的父亲。但他还是跟自己说，是时候让她开始学着自己闯闯世界了。她不可能一辈子躲在房间里做白日梦，而且她越早开始挣钱，他就越早可以解脱。几天前，他甚至建议母亲让桑迪退学去全职工作，但老太太没听他的。"为什么不？"他问，"反正别人一旦发现了她有多好搞定，总会把她肚子搞大的，所以她学不学代数又有什么要紧呢？"她没说拒绝的理由，但他现在已经把种子种下了，他知道只要再等一两天，此事还可重提。也许需要假以时日，但李·博德克总会得到他想要的。

李右转上了黑湍路，往莫德商店开去。售货员正坐在门口的长椅上喝啤酒，跟一个小男孩聊着天。博德克打着手电筒下了巡逻车。营业员是个愁眉苦脸、未老先衰的傻蛋，虽然副警长觉得他俩应该差不多年纪。有些人生下来就是为了等死，他妈妈就是那样，他总觉得老爸是因为这个才离家出走的，虽然他自己也好不到哪里去。“喂，这次怎么了？”博德克说，“希望不会又是你打了好几次电话报警的什么窗户偷窥狂。”

汉克弯腰往地上啐了一口。“我倒希望是，”他说，“但不是，是这个孩子的爸爸。”

博德克把手电筒对准瘦瘦的黑发男孩。“怎么啦，孩子？”他说。

“他死了。”阿尔文说，举手挡住照在脸上的灯光。

“他们今天刚刚安葬了他可怜的母亲，”汉克说，“太不幸了，真的。”

“你爸爸死了，对吗？”

“是的，长官。”

“你脸上是他的血吗？”

“不是，”阿尔文说，“别人给了我们一个派。”

“你不是在开玩笑，对吗？你知道如果开玩笑我可以让你进监狱。”

“你们为什么都觉得我在撒谎？”阿尔文说。

博德克看着售货员。汉克耸了耸肩，举起啤酒一饮而尽。“他们住在鲍姆山顶上，”他说，“阿尔文人在这里，他可以带你去。”随后他起身打了个响嗝，绕过商店一侧走开了。

“晚点我可能会找你问话。”博德克喊道。

“真不幸啊，我只能告诉你这个。”他听见汉克说。

博德克让阿尔文坐在巡逻车前排座位上，往鲍姆山上开去。到了山顶，男孩指了指两排树之间的一条小土路，他转了进去。他放慢车速，像在爬行。“我从没来过这么偏的地方。”副警长说。他把手伸下去，悄悄解开了手枪皮套。

“这儿很久没新来什么人了。”阿尔文说。他从旁边的窗户看向漆黑的树林，意识到自己把手电筒落在商店里了。他希望在他回去取之前售货员不会把它卖了。他瞟了一眼亮灯的仪表盘：“你不开警笛吗？”

“没必要吓着别人。”

“不剩谁会被吓着了。”阿尔文说。

“你就住在这儿？”他们开到那栋小小的方形房子前时，博德克问道。没有灯亮着，除了门廊上摆着一把摇椅，这儿就像没人住一样。院子里的草至少有一英尺高。左边远处有座旧谷仓。博德克把车停在一辆锈迹斑斑的皮卡后面。典型的乡巴佬废物，他想。真说不准要遇上什么烂摊子。他的空肚子饿得咕咕叫，像坏掉的马桶。

阿尔文没回答，下了车，站在巡逻车前面等着副警长。“这边走。”他说。他转身往房子转角走去。

“要走多远？”博德克问。

“不太远。大概 10 分钟。”

博德克打开手电筒跟在男孩后面，沿着一块杂草丛生的田地边上走着。他们走进林子，沿着一条快踏平了的小道走了几百英尺。男孩突然停下了脚步，朝前方黑暗中一指。“他就在那里。”阿尔文说。

副警长把手电对准了一个男人，那人穿着白衬衣、西装裤，瘫在一截木头上。他往前走了几步，看见男人的脖子上有一道切口。他的衬衣前襟被血浸透了。他在空气中闻了闻，干呕了一下：“天哪，他在这儿躺了多久了？”

阿尔文耸耸肩：“没多久。我睡了一会儿，他就这样了。”

博德克捏住鼻子，试着用嘴呼吸：“那这该死的是什么味道？”

“是它们。”阿尔文指了指树上。

博德克把手电筒往上一指。他们周围挂满了处于各种腐败阶段的动物，有些挂在树枝上，有些挂在高高的木头十字架上。一只挂着皮项圈的狗被钉在其中一个十字架的高处，像是某种丑恶的仿基督造型。一只鹿头挂在另外一只鹿脚下。博德克手忙脚乱地去掏枪。“活见鬼了，这到底是什么东西？”他边说边把手电又对准了阿尔文，刚好看见一条蠕动着的白色蛆虫掉在男孩的肩膀上。他随手一掸，就像拂去一片落叶或是一颗种子。博德克举枪指着四周，开始往后退。

“这是祈祷木。”阿尔文说，声音几不可闻。

“什么？祈祷木？”

阿尔文点了点头，盯着父亲的尸体。“但不管用。”他说。

第二部

# 猎　杀

## 10

1965年夏天，有对夫妻在中西部游荡了好几个礼拜。他们总在寻找。两个人都是无名小卒，开着一辆从俄亥俄州米德镇惠特尼兄弟二手车行买来的黑色福特旅行车，只花了100美元。这是这么多年来他们开坏的第3辆车。副驾驶座上的丈夫已经发胖了，信奉天兆，习惯用雄鹿牌折叠刀剔自己的烂牙。开车的总是妻子，穿着紧身短裤和轻薄的上衣，凸显出自己苍白、骨感的身体，他们俩都觉得这样很性感。她一支接一支地抽着任何能搞到手的薄荷香烟，他嚼着廉价的黑雪茄，他叫它"狗屌"。这辆福特只要时速开上50英里，就会机油起火、制动液泄漏，像是随时要把金属肚肠洒满高速公路。男人喜欢把它想象成一部灵车，而女人则喜欢把它当成豪华轿车。他俩名叫卡尔和桑迪，姓亨德森，但有时他们也用其它名字。

在过去4年里，卡尔开始相信搭车客是最棒的，而且如今路上有很多这样的人。他叫桑迪"诱饵"，而她称他为"射手"，两人都把搭车客叫作"模特"。就在那个傍晚，他们在密苏里州汉尼拔镇北边骗到了一个年轻士兵，在一个又湿又热、满是蚊虫的林区折磨，杀害了他。他刚上他俩的车，就好心地给他们吃黄箭口香糖，说如果女士需要休息，他可以开一会儿车。"那得等到太阳从西边出来啦，"卡尔说。桑迪对着阴阳怪气的丈夫翻了个白眼，好像他觉得自己比他们在路边捡到的废物强多少似的。每次他这样说话，她就想停车叫后排的倒霉蛋趁机滚下去。她向自己保证，总有一天她一定要这么做，踩下刹车杀杀大腕先生的威风。

但今晚不行。后排的男孩何其有幸，生了一张像黄油一样丝滑的脸蛋，点缀着几个小小的棕色雀斑，头发的颜色就像草莓。桑迪向来无法拒绝天使模样的人。“你叫什么名字，甜心？”沿着高速公路开了一两英里之后，她问他。她把声音放得亲切又随和，男孩抬头和她在后视镜里四目相对的时候，她挤了挤眼睛，给了他一个卡尔教她的微笑，那种他强迫她坐在厨房桌旁整晚整晚练习的微笑，直到她的脸快要像馅饼皮一样掉下去糊在地板上。这个微笑暗示了年轻男人所能想象到的每一种下流的可能性。

“二等兵加里·马修·布赖森。”男孩说。他这样说出全名听起来很奇怪，就好像他在接受什么检查，但她没理会，继续聊着。她希望他不是特别严肃的类型。那种人通常让她的那部分工作困难许多。

“名字很好听啊。”桑迪说。她从镜子里看到一个羞涩的微笑在他的脸上漾开去，还看见他又往嘴里塞了一块口香糖。“那你喜欢别人怎么叫你？”她问。

“加里，”他说着，把银色的口香糖包装纸扔出窗外，“跟我爸爸一个名字。”

“中间名马修是出自《圣经》吧，卡尔？”桑迪说。

“哼，什么都出自《圣经》，”她丈夫盯着挡风玻璃说，“十二门徒里面是有个马修。”

“卡尔以前在主日学校教书，对吧，宝贝？”

卡尔叹了口气，从座位上把庞大的身躯扭了过来，最主要是为了再看男孩一眼。“对，”他抿嘴一笑，“我以前在主日学校教过书。”桑迪拍拍他的膝头，他默默转了回来，从手套箱里掏出一份地图。

“不过你也许已经知道了，对吧，加里？”桑迪说，“你的中间名出自《圣经》？”

男孩暂时停下了嚼口香糖的嘴。“我小时候家里没怎么去过教堂。”

他说。

桑迪脸上掠过一丝愁云，从仪表盘前面拿起了香烟。“但你总受过洗吧？”她问。

“那当然，我们毕竟不是野蛮人，”男孩说，“我只是对《圣经》不熟。”

“挺好，”桑迪听起来松了口气，“没必要冒险不去受洗。神呐，天知道一个人如果没受过救赎，会是什么下场？”

这个士兵是回家看妈妈的，然后部队就要把他运到德国或是叫越南的新地方去，卡尔想不起是哪个了。他才不在乎他是不是跟《新约》里某个神经病狗杂种同名，也不在乎他的女朋友让他发誓把她的纪念戒指戴在脖子上，不回国不能取下来。知道了这些只会让后面的事情变得复杂，所以卡尔觉得无视这种闲聊会轻松许多，就让桑迪处理所有的白痴问题，说那些拉拉杂杂的鬼话。她倒是很擅长这些，调调情、动动嘴巴，让他们放松下来。从初次相见到现在，他们这一路也很坎坷。当年她是个 18 岁的孤单女孩，瘦得像根芦柴棒，在米德镇木勺子餐馆做服务员，忍受着顾客的刁难，指望拿到 25 美分的小费。他呢？也好不到哪里去，只是个刚失去妈妈的胖脸妈宝，没有未来，没有朋友，只有一台相机。头一晚走出家门、走进木勺子餐馆的时候，他不知道那意味着什么，也不知道接下来该干什么。但当他坐在卡座里，看着瘦瘦的女招待在关灯前擦着桌子时，有一件事他很确定：他需要给她拍照，胜过世上一切。他们从此再也没有分开。

当然，也有些事情需要卡尔告诉搭车客，但通常都要等到他们停车之后。“瞧瞧这个，”他会以这句话开场，随后从手套箱里拿出相机，一台配 35 毫米 M3 镜头的莱卡，举着让那个男人看，“新机子得花 400 美元，但我这台几乎没花什么钱。”虽然桑迪唇边始终挂着性感的微笑，但每次他这么自夸的时候，她都忍不住感到一丝苦涩。她不知道为什么自己要跟着卡尔过这种日子，甚至无法用言语描述他们的所作所为，但她知道这台该死的相机绝不是捡到的便宜，最终一定会让他们付出沉痛的代价。然后她会听见他用近乎玩笑的声音对下一个“模特”说：“那么，你想不想跟靓女一起拍点照片啊？”虽然这把戏已经玩了这么久，但她还是惊讶于成年男人居然可以如此随便。

他们拖着士兵赤裸的尸体走了几码，进了林子，把它滚进了长满紫色莓果的灌木丛下面，又搜遍了他的衣服和行李，从一双干净的白袜子里找到了差不多300美元。这比桑迪一个月的工资还要多。“这个满嘴谎话的小黄鼠狼，”卡尔说，“还记得我问他要汽油钱的事吗？”他挥手驱赶汗津津的大红脸周围的一团虫子，把这团票子塞进了自己的裤袋。他身边地上的相机旁放着一把枪管很长、坑坑洼洼的手枪。“就跟我老妈说过的一样，”他继续说道，“他们谁也不可信。”

“谁？”桑迪说。

“那些该死的红头发，”他说，“见鬼，就连该说真话的时候他们也会满嘴胡诌。他们根本控制不住自己。一定是没进化好。”

主路上有辆发动机消音器烧坏了的汽车缓缓开过，卡尔竖起脑袋听着“砰砰”的声音，直到它远去。随后他看着跪在身边的桑迪，在灰暗的暮色中端详了片刻她的面庞。“接着，把你自己弄干净。”他把男孩的T恤递给她，还带着他的汗湿。他指了指她的下巴：“你那里溅到了。臭小子瘦归瘦，血倒是多得像个吸饱了的扁虱。”

桑迪用T恤擦了一把脸，把它扔到绿色行李袋上，站起身来。她用颤抖的双手扣好上衣，拂去腿上的泥土和枯叶碎片。她走到车子旁，弯腰从侧方后视镜里看了看自己，随后把手伸进窗户，抓起仪表盘前面的香烟。她靠在前保险杠上点了支烟，用粉色指甲抠掉了瘦膝盖上的一块小石子。“上帝啊，我讨厌他们哭成那样，”她说，“那是最糟的。”

卡尔摇了摇头，又翻了一遍男孩的钱包。“姑娘，你一定要克服，”他说，“他流下那些眼泪才能拍出好照片。只有在他悲惨人生的最后几分钟，他才不会伪装。”

桑迪看着他把男孩的所有东西塞回行李袋，很想问问她能不能留下那个女朋友的纪念戒指，但又不想惹麻烦。卡尔每件事情都自有一套，她只要试图挑衅哪怕一条小小的规定，他就会暴跳如雷。妥善处理个人物品。那是第 4 条规定。或者第 5 条。桑迪永远搞不清这些规定的顺序，不管他跟她灌输了多少次，但她会一直记得那个加里·马修·布赖森喜欢汉克·威廉姆斯①，讨厌部队的蛋粉。她饿得腹鸣如鼓，一瞬间不禁想到，林子里悬在他脑袋上的那些莓果不知能不能吃。

一小时后，他们来到了一处废弃的采石坑。之前经过这里的时候，桑迪和二等兵布赖森还在开着玩笑、眉来眼去。她把车停在一间用废木头和锈锡皮拼起来的小工具房后面，熄了火。卡尔带着行李袋和一罐他们常备的汽油爬下了车。他在离工具房几码远的地方放下袋子，往上面洒了点汽油。袋子烧完之后，他回到车上，拿手电照了照后座，发现有个扶手下面粘着一块口香糖。“比熊孩子还差劲，”他说，“你本以为部队会把他们教得好一点的。有这样的士兵，只要俄国人进攻，我们全得完蛋。”他小心地用大拇指指甲抠下口香糖，回到了火堆旁。

桑迪坐在车上看他用木棍捅着火堆。橘色和蓝色的火星腾了起来，随风飘荡，消失在黑夜里。她挠了挠脚踝周围被跳蚤咬的包，对两腿之间火烧火燎的感觉有些担心。虽然她还没有跟卡尔提起，但她很肯定是另外一个男孩传染给了她什么东西，就是几天前在衣阿华州搭他们车的那个。医生已经警告过她，再用一两次药她就永远别想要孩子了，但卡尔不喜欢照片里出现避孕套。

① 汉克·威廉姆斯（Hiram “Hank” Williams, 1923—1953）：美国知名创作型歌手。

火熄灭之后，卡尔把灰烬踢散到周围的砂石里，又从裤子后袋里掏出一条脏手帕，捡起滚烫的皮带扣和冒着烟的军靴残渣。他把它们远远地朝采石坑中间一丢，隐约听见哗啦一声。卡尔站在深坑边上，想起桑迪看到他放下相机掏出手枪的时候，用双手紧紧搂住那个年轻士兵，像是要救他。她一看到帅哥就这副样子，虽然他着实不能责备她想多温存片刻的心，但这又不是什么性爱派对。在他看来，这是一种真正的宗教，是他终其一生追寻的东西。在死亡面前，他才能体会到某种上帝般的存在。他抬头一看，天上乌云渐浓。他抹去流进眼里的汗水，开始往车子走去。如果他们走运，也许今晚会下雨，洗去空气中的浮尘，凉快一点。

“你在那边磨蹭什么？”桑迪问。

卡尔从衬衣口袋里掏出一支新的雪茄，撕去外包装：“急什么，着急就会犯错。”

她把手一伸：“给我该死的手电筒。”

“干吗？”

“我要撒尿，卡尔，”她说，“老天，我快憋炸了，可你还在那边做白日梦。”

卡尔嚼着雪茄，看着她往工具房后面走去。上路才几个礼拜，她就瘦得不剩什么了，腿像牙签，屁股平得像搓衣板。要花上三四个月，她才能长回点肉。他把他拍的她和年轻士兵的相片胶卷装进一个小金属罐里，塞进了手套箱，和其它的放在一起。桑迪回来的时候，他已经往相机里装好了一筒新胶卷。她递回来的手电筒被他塞到了座椅下面。“今晚我们能住汽车旅馆吗？”车子发动的时候，她用疲倦的声音问道。

卡尔从嘴里掏出雪茄，剔着卡在牙缝里的一点烟草。“我们得先赶路。”他说。

他们沿着 79 号公路往南开，在 50 号公路穿过密西西比州，进入伊利诺伊州。在过去几年中，这条路他们已经熟记在心。桑迪总是匆匆忙忙，他必须多次提醒她慢一点。车子撞毁、人困在车里或飞出车外，是他最大的恐惧之一。有时他会做这样的噩梦，看见自己被铐在医院病床上，试图向执法人员解释那些胶卷。哪怕只是想想这件事就已经开始往他干掉那个年轻士兵后的快活劲儿上泼冷水了。他伸手调着收音机旋钮，直到找到一个科温顿的乡村音乐台。两个人都没说话，但桑迪会不时跟着慢歌哼唱。然后她会打个呵欠，再点上一支香烟。卡尔数着撞死在挡风玻璃上的虫子，随时准备在她打瞌睡的时候夺下方向盘。

他们开了百来英里，经过宁静的小镇和广阔、漆黑的玉米地，来到一家破败的粉色水泥砖汽车旅馆，店名叫作“日落者”。这时已近凌晨 1 点了。坑坑洼洼的停车场里有 3 辆车。卡尔按了好几次铃，办公室里才有盏灯亮了起来，一位上了年纪的女士，头上夹着金属卷发棒，把门开了一条缝往外瞄着。“车里是你老婆？”她问，眯起眼睛瞟着卡尔身后的旅行车。他环视四周，好不容易才看到黑影里桑迪的香烟火光。

“你眼神真好，”他说着，勉强一笑，“对，她是。”

“你们从哪里来？”女人问。

卡尔正要说马里兰州，这属于少数他还没有踏足过的州，但又想起车前面的牌子。他觉得这个多管闲事的老女人已经看到车牌了。“克利夫兰上面一点。”他跟她说。

女人摇摇头，拢了拢身上的家居服：“你给我钱我也不住那种地方，到处都是抢劫和杀人的。”

“说得对，”卡尔说，“我总是担惊受怕。每件事都有蹊跷。天呐，我老婆都吓得不敢出门。”随后他从口袋里掏出士兵的钱。“一间房多少钱？”他问。

“6美元。”女人说。他舔舔拇指，数出几张一美元递给她。她走开了一会儿，拿回一把钥匙，拴在破烂起皱的纸板牌子上。“7号房，”她说，“走到底就是。”

屋里很闷热，有黑旗杀虫剂的味道。桑迪径直去了浴室，卡尔打开便携式电视，但这么晚了，又在这种乡下地方，电视上除了雪花点和静电什么也没有。他踢掉鞋子，拉下薄薄的方格床罩。扁塌塌的枕头上四散躺着6只死苍蝇。他盯着它们看了一会儿，在床边上坐下，从桑迪的手包里掏出一支香烟。他又数了一遍苍蝇，数字没变。

他的目光穿过房间，落在墙上一幅廉价的有框挂画上，屎一样的花果画，没人会记得住，睡在这间臭屋子里的任何一个人都不会。他想不到它有任何意义，除了提醒人们自己苟活其中的这个世界就是一坨屎。他往前探了探身子，胳膊肘架在膝盖上，想象那里挂着的是自己的一幅摄影作品。也许是威斯康星州的那个披头族，拿着小玻璃纸卷大麻香烟。或者是去年那个大块头金发混蛋，引发了好一场恶战。当然，它们有的强些，有的差些，就连卡尔也承认，但有一点他很肯定：人们只要看过他的一幅作品，哪怕是三四年前的蹩脚货色，他们就永远不会忘记。他敢拿年轻士兵那卷票子打赌。

他把香烟摁灭在烟灰缸里，又回头看着枕头。“6”是这趟旅行他们“合作”过的模特数量，也是那个老女人收的房费金额，现在床上又刚好躺着这么多只被毒死的苍蝇。残留的杀虫剂臭气开始灼烧他的眼睛，他撩起床罩下端轻轻擦拭。“这三个6意味着什么，卡尔？”他大声问自己。他掏出小刀，拨弄着大牙上的一个洞，在大脑里搜索着合适的回答，一个回避了这三个数字最明显暗示的回答——如果他的疯老妈还活着，一定会得意地向他指出这个圣经天兆①。“这意味着，卡尔，”最后，

---

① 在《圣经·启示录》中，666是“反基督者”的数字。

他合上折叠刀说，“是时候回家了。”他抬手将小小的带翅尸体掸到脏地毯上，把枕头翻了个面。

## 11

那天早些时候，在俄亥俄州米德镇上，警长李·博德克坐在自己办公桌前的橡木转椅里，边吃巧克力棒边翻看文件。两个月来他滴酒未沾，连啤酒也没碰，他妻子的医生告诉她甜食可以让他心情好点。弗洛伦丝在家里各处都放了糖，就连他的枕头下面也塞着硬糖。有时他半夜醒来嚼着糖，喉咙黏得像粘蝇纸。如果不是因为红色安眠胶囊，他可能根本睡不着。她担忧的声音、对他百般呵护的样子，都让他难受得简直活不下去。虽然离县里的选举还有一年多，但亨·马修斯已经是一副输不起的模样了。他的前任老板已经开始使阴招，四处散播执法人员酒量又差又抓不住坏蛋。但博德克每吃一块糖，都想再多吃十块，他的肚子开始荡在皮带外面，就像个装着两加仑死牛蛙的袋子。如果再这样吃下去，等到再度选举的时候，他就会肥得跟他的猪脸妹夫卡尔一样了。

电话响了，还没等他打招呼，另一端就传来一个老妇女尖利刺耳的声音：“你是警长？”

“是我。”博德克说。

“你有个妹妹在特库姆塞上班？”

“可能吧，”博德克说，“有阵子没跟她聊了。”从那女人的腔调，他听出来者不善。他把没吃完的糖放在文件上。最近一说到他妹妹，李就紧张。1958 年刚从部队回家的时候，如果有人跟他说害羞的瘦桑迪要变野了，他肯定笑得腰都直不起来。但那是在她遇到卡尔之前。现在他几乎认不出她了。好些年前，卡尔劝她辞了木勺子的工作搬到加利福尼亚去。虽然他们只走了几个礼拜，但回来以后她就变了。她在特库姆塞找了个侍酒的工作，那是镇上最龌龊的一个娱乐场所。现在她穿着几乎盖不住屁股的短裙招摇过市，脸化得就像他刚上任时从水街赶跑的那些妓女。“忙着抓坏蛋呢。”他开了个玩笑，试图缓解一下来电者的情绪。他低头一瞟，发现新穿的棕色靴子一只大脚趾部位有处擦痕。他往拇指上吐了点口水，弯腰想把它抹掉。

“哦，我猜也是。”女人说。

“你遇到什么麻烦了吗？”博德克说。

“当然，”女人恶声恶气地说，“你妹妹在那个下流地方后门外面卖肉已经一年多了，但据我看来，警长，这事你是不打算管了。很难说她毁了多少美满家庭。我今天早上才跟马修斯先生说过，有这样的家人，真不知你是怎么当选的。”

“你到底是谁？”博德克从椅子上往前一探身子说道。

“哈！”女人说，“我可不吃这一套。我很清楚罗斯县的执法人员干得怎么样。”

“我们干得很好。”博德克说。

“马修斯先生可不是这么说的。”说完她就挂了电话。

博德克扔下听筒，一推椅子站了起来。他扫了一眼手表，抓起文件柜上面的钥匙。刚走到门口他又停下，转身回到办公桌旁。他在最上面的抽屉里乱翻了一气，找出半包开了封的奶油球糖果，抓起一把塞进口袋里。

博德克往外走的时候经过前台，长着绿色金鱼眼、剃着小平头的调度员小伙子从正在看的黄色杂志上抬眼问道：“你没事吧，李？”

警长一张大脸气得通红，只管走着没答话，到了门口才停下回头望去。调度员正举起杂志对着顶灯，端详身上勒着皮带和尼龙绳的裸女，她嘴里还塞着揉成一团的内裤。“威利斯，”博德克说，“别让进来的人撞见你在看那本该死的黄书，听见没有？找我麻烦的人已经够多了。”

“当然，李，”调度员说，“我会小心的。”他又翻了一页。

“上帝啊，小子，你怎么就听不懂话呢？”博德克吼道，“把那玩意放下。”

往特库姆塞开的路上，他吮着奶油球，想着电话里的女人说桑迪卖淫的事。虽然他怀疑这个电话是马修斯让她打来气他的，但他必须承认，就算是真的他也不会惊讶。停车场里有几辆被撞过的破车，还有一辆糊满干泥的印第安摩托车。他摘下警帽和警徽，锁在了后备厢里。上次来这儿的时候还是初夏，他吐了一台球桌的杰克丹尼威士忌。桑迪提早把客人轰走关了门。他躺在黏糊糊的地板上，周围都是香烟屁股、痰和洒出来的啤酒。她用毛巾吸干他吐在绿毡布上的东西。然后她在台球桌干的那头放了个小电扇，打开吹着。“勒罗伊看见又该骂人了。”她说着，两手放在干瘦的屁股上。

“去他的狗杂种。”博德克嘟囔着。

“是啊，你倒是说得轻巧，”桑迪扶他起来坐在椅子上，“又不是你给那个鸟人打工。”

“我要把这个鬼地方关掉，”博德克狂舞着胳膊，“我发誓我会的。”

“消停点吧，大哥。”她用柔软的湿布擦了擦他的脸，给他冲了杯速溶咖啡。博德克刚喝一口，杯子就掉在地上，摔了个粉碎。“老天，我早该想到，”桑迪说，“走吧，我送你回家。”

“你这开的是什么破烂？”她把他塞进自己车子的副驾驶座上时，他大着舌头问道。

“亲爱的，这可不是破烂。”她说。

他在旅行车里面看了一圈，眼神努力对着焦。“那这是什么鬼东西？”他说。

“这可是辆豪华轿车。”桑迪说。

## 12

桑迪在汽车旅馆的浴室里放了满满一浴缸水，剥开一条糖棒的包装纸。她总在化妆包里放些糖，因为有些日子卡尔拒绝停车吃饭。旅途中他可以连续多日只赶路不吃东西，一心只想找到下一个模特。他要是想吸着雪茄用脏刀子刮牙根，随便他去，但她可不愿空着肚子上床。

热水缓解了她腿间的瘙痒，她往后一靠，闭上双眼，一点点啃食着糖棒。碰到衣阿华男孩那天，她刚开下主路准备找个地方停车打盹，他突然从大豆田里蹦出来，看起来就像个稻草人。男孩刚竖起拇指，卡尔就一拍巴掌说："就他了。"搭车客浑身都是泥土、粪便和稻草碎屑，像是在仓院里过了夜。虽然摇下了全部车窗，车里还是弥漫着他腐败的臭气。桑迪知道在路上想保持清洁的确很难，但这个"稻草人"是他们载过最脏的一个。她把糖棒放在浴缸边上，深吸一口气，把脑袋埋进了水里，听着自己遥远的心跳声，想象着它永远停下。

没开多久，男孩就高声唱起歌来："加利福尼亚，我来了，加利福尼亚，我来了。"她知道卡尔一定会对他加倍折磨，因为他们只想忘掉关于那个鬼地方的一切。在艾姆斯外的一个加油站，她给车加了油，又买了两瓶伏特加橙汁鸡尾酒，想让男孩静一静，结果他刚喝了几口就跟着收音机唱起歌来，事情变得更糟了。"稻草人"吱吱嘎嘎、惨不忍闻地唱了五六首之后，卡尔向她一探身子道："老天作证，这个混蛋一定要付出代价。"

"我觉得他可能脑子有毛病，"她低声说，希望卡尔会放过他，因为他比较迷信。

卡尔回头瞟了一眼男孩，转身摇了摇头："他只不过是脑子笨。或者是疯了。两者有区别，你知道。"

"唉，至少把收音机关了，"她提议，"不然他更来劲了。"

“去他的，让他找点乐子好了，”卡尔说，“我会把他身体里爱唱歌的小鸟揪出来。”

她把糖纸扔在地上，又放了些热水。她当时没有争执，但她现在多盼望上帝让自己别碰那个男孩。她在小毛巾上打了些肥皂，把一端塞进体内，夹紧双腿。卡尔在外面的房间里自言自语，但通常并不代表什么，尤其是当他们刚解决了又一个模特时。然后他说话的声音大了一些，她抬手检查门锁好了没有，以防万一。

他们拉着衣阿华男孩停在了一个垃圾堆场边上，卡尔拿出相机开始说套话，和男孩喝光了第二瓶鸡尾酒。“我老婆喜欢寻欢作乐，但我太老了，站不起来，”那天下午他对男孩说，“你懂我意思吗？”

桑迪抽着烟，从侧后视镜里看着“稻草人”。他前后摇晃着，卡尔说什么他都咧着嘴、点着头，空洞的双眼就像卵石。有那么一瞬间，她觉得自己快吐了。这不过是一时紧张，那阵恶心的感觉很快就过去了，每一次都是这样。随后卡尔建议他们下车。他往地上铺毯子，她开始磨磨蹭蹭地脱衣服。男孩又开始唱歌了，但她把手指竖在嘴唇上，告诉他安静一会儿。“我们来快活快活吧。”她挤出一个笑容，拍了拍毯子上自己身边的位置。

衣阿华男孩比绝大多数人都花了更久的时间才明白发生了什么，但即便如此，他也没怎么挣扎。卡尔花了好些时间，摆拍了至少 20 张垃圾从四处戳出来的照片——灯泡、衣架，还有汤罐头盒。等他放下相机收尾的时候，天色已经渐渐暗了下来。他用男孩的衬衫擦了手和刀，随后走了一圈，找到一个废弃的西屋电气冰箱，半截埋在垃圾里。他从车里拿了把铲子，把冰箱上头清空，撬开了门，与此同时桑迪搜了一遍男孩的裤子。“只有这么点？”她把塑料口哨和一枚印第安人头分币递给卡尔时他说。

“你指望能有什么？”她说，“他连个皮夹子都没有。”她看了一眼冰箱里面。四壁长着一层薄薄的绿霉，一角有瓶碎了的黏黏糊糊、灰不溜秋的果酱。“天呐，你要把他放进去？”

“我敢说他睡过更糟的地方。”卡尔说。

他们把男孩对折塞进了冰箱，随后卡尔坚持再拍最后一张照片，让穿着红色内裤和胸罩的桑迪作势关上冰箱门。他蹲下来对准了相机。“很好，”按下快门后他说，“棒极了。”然后他起身把男孩的口哨塞进他嘴里。“把这个破门关上吧。他现在可以梦他的加利福尼亚去了。”他铲起垃圾，洒在这座金属坟墓顶上。

水变冷了，她出了浴缸。她刷了牙，往脸上搽了点润肤膏，梳顺了湿头发。那个年轻士兵是这么久以来最棒的，今晚她准备想着他入眠。不管什么，只要能把可恶的稻草人从她脑中赶走就好。她穿着黄睡裙走出浴室的时候，卡尔正躺在床上盯着天花板。她想起他已经一周没洗澡了。她点了支烟，告诉他如果他不把男孩们的味道洗掉，就别想跟她睡在一起。

“他们叫模特，不叫男孩，”他起身摆着沉重的腿下了床，“我得跟你说多少遍？”

“我才不管他们叫什么，”桑迪说，“这是张干净的床。”

卡尔瞟了一眼地毯上的苍蝇。“嗯，你以为而已。”他边说边往浴室走去。他剥下满是污垢的衣服，闻了闻自己。他碰巧很喜欢自己的体味，但也许他应该当心点。最近他开始担心自己变得有点像个同志了，而且他怀疑桑迪也这么想。他用手试了试淋浴水温，然后进了浴缸。他用肥皂搓了一遍多毛、臃肿的身体。对着照片打飞机不是什么好兆头，他知道，但有时候他控制不住自己。回家以后桑迪整晚都在酒吧倒酒，他只能独自枯坐在寒酸的公寓里，实在太难受了。

他擦干了身体，试图回忆他们最后一次做爱是什么时候。也许是去年春天，但他不确定。他试图想象桑迪还是年轻、清新的模样，在他们这些破事开始之前。当然，他很快发现厨子已经夺走了她的处女之身，还有些长着暗疮的瘪三一夜情对象，但那个时候的她依然有一股天真的气息。他有时候想，也许那是因为他第一次遇见她的时候自己也没有什么经验。当然，他也睡过几个妓女——周围邻居里有很多——但他 20 来岁时母亲就中风了，随后瘫痪在床，说不了话。那个时候，已经有很多年没有男朋友来敲她的门了，所以卡尔就被照顾她的任务拴住了。头几个月里，他想过要用枕头压住她扭曲的脸，解脱他们两个，但她毕竟是他的母亲。相反，他开始致力于用胶片记录下她漫长的衰败过程，在接下来的 13 年里，每周两次为她干瘪枯皱的身体拍摄一张新照片。最后她终于习惯了。有天早上他发现她死了。他坐在床边，试图吃下他给她捣烂当早餐的鸡蛋，但他咽不下去。3 天之后，他扬起第一铲土，盖在她的棺材上。

除了相机，他付完丧葬费用之后只剩下 217 美元，还有一辆摇摇晃晃的福特车，只能在不下雨的时候开。开着这辆车穿越美国的可能性几乎为零，但他几乎从一生下来就梦想着要展开新生活，而且现在他最好和最后的借口也终于安息在圣玛格丽特公墓里了。因此，在交房租的前一天，他把一叠叠已经卷曲的病床照片装在盒子里，放在马路牙子上，留给了垃圾车。然后他往西开去，从帕森大道到高街，然后开往哥伦布市。他的目的地是好莱坞，但那个时候他还没有什么方向感，所以傍晚不知怎么就来到了俄亥俄州米德镇的木勺子餐馆里。回首往昔，卡尔相信是命运指引他去了那里，但有时当他回想起 5 年前那个温柔、甜美的桑迪，他几乎希望自己的车子没有停下。

他摇了摇头，从幻想中醒来，用一只手往嘴里挤了些牙膏，另一只手爱抚着自己。这花了好几分钟，但他终于准备好了。他赤身裸体地走出浴室，微微有些担心，勃起的紫色龟头抵着下垂、满是肥胖纹的肚皮。

但桑迪已经睡着了。他伸手摸了摸她的肩膀，她睁开眼睛呻吟了一声“我不舒服”，随后转了个身，蜷缩到了床的另一边。卡尔在她旁边站了几分钟，用嘴喘着气，感觉浑身的血冷了下来。然后他关上灯回到了浴室。靠，她居然毫不关心他今晚的重要需求。他坐在马桶上，手垂在腿间。他看见了那个年轻士兵光洁、白净的身体，从地上捡起湿毛巾，开始自慰。一开始长满叶子的树枝尖端对于弹孔来说有些太大，但卡尔来回捣鼓着把它插直了，看起来就像一棵小树从二等兵布赖森满是肌肉的前胸抽枝发芽。完事之后，他起身把毛巾丢进洗脸池。看着镜子里自己气喘吁吁的身影，卡尔意识到也许他和桑迪再也不会做爱了，他们之间比他想象得还要糟。

夜里晚些时候，他从慌乱中醒来，肥胖的心脏在肋骨围成的笼子里颤抖着，像一只被困住了的惊恐的动物。从床头柜上的钟来看，他才睡了不到一个小时。他辗转反侧，随后翻身下了床，跌跌撞撞地走到窗前，猛地拉开窗帘。谢天谢地，旅行车还在停车场里。“你个傻蛋。”他对自己说。他套上裤子，光脚穿过砂石地，走到车子边上，打开车门。他头顶上盘旋着一大片厚厚的云。他从仪表盘上拿了6卷胶卷，带回房间，塞在鞋子里。他居然把它们全忘了，明显违反了自己的第7条规定。桑迪在睡梦中轻声咕哝着什么稻草人之类的鬼话。卡尔走回敞开的门口，又点了一支她的香烟，站在那里往外看着黑夜。就在他诅咒自己太不小心的时候，云开雾散，露出东边远处一小片星辰。他眯起眼睛从烟雾中看着，开始数有多少颗，但又停了下来，关上了门。数字再多一个、天兆再多一个，也不会改变今晚的任何一件事。

## 13

博德克走进特库姆塞酒吧时，三个男人正坐在桌边喝啤酒。阳光短暂地照进幽暗的屋子，拉长了地板上警长的影子。随后门在他身后关上，一切又恢复了昏暗。自动点唱机里，一首帕琪·克莱因[①]的歌带着颤音唱到了忧伤的结尾。警长走过三个男人身边往吧台去的时候，他们谁也没有说话。其中一个是偷车贼，还有一个打老婆。他们都在他的牢房里待过，给他的警车上过好几次蜡。虽然第三个人他还不认识，但他知道迟早会的。

博德克在一张吧椅上坐下，等着朱厄妮塔在油腻的烤架上煎好汉堡肉饼。他回想起没几年前是她在这间酒吧里给他倒了他的第一杯威士忌。随后的 7 年里他一直在追寻那晚的感觉，但再也没有找到。他想从口袋里掏块糖吃，但又决定先等等。她把汉堡放在纸盘子上，旁边摆上从金属猪油桶里舀出的几根薯条，还有从脏玻璃罐里叉出的一根细长苍白的泡菜。她把盘子端到桌上，放在偷车贼面前。博德克听见其中一个人说着要在有人犯恶心之前把台球桌盖好之类的话。另外一个人笑了起来，他觉得自己脸蛋发烧。“别说了。”朱厄妮塔低声道。

她去收银机找了偷车贼零钱，拿回去给他。“薯条都陈了。”他告诉她。

“那就别吃。”她说。

“喂，亲爱的，”打老婆的人说，“做事可不能这样。”

朱厄妮塔没理他，点了支烟，走到吧台尽头博德克坐着的地方。“嗨，陌生人，”她说，“我能为你——”

“——老天爷啊，她屁股就像个饭盒子一样一下子开了。”有人刚大声说完，整张桌子就爆发出一阵狂笑。

朱厄妮塔摇了摇头。“你的枪能借我吗？”她对博德克说，“这些混蛋从我早上开门坐到现在。”

他从吧台后面的长镜子里看着他们。偷车贼咯咯笑得像个小女生，

---

① 帕琪·克莱因（Patsy Cline，1932—1963）：美国乡村音乐歌手。

打老婆的一拳把薯条砸碎在桌子上。第 3 个人靠在椅子上，脸上带着不耐烦的神色，用一根火柴棍清理着指甲。“如果你想的话，我可以把他们赶出去。”博德克说。

“不用啦，没事的，”她说，“那样他们晚点还会回来给我添堵。”她从嘴边喷出一股烟，似笑非笑。她希望不是儿子又生什么事端了。上次她预支了两个礼拜的工钱才把他从牢里赎了出来，因为他在伍尔沃斯商店拿了 5 张唱片塞在裤子里。梅尔·哈格德①或是波特·瓦格纳②已经够糟的了，但“格里和心脏起搏器③”？“赫尔曼的隐士们④”？“僵尸乐队⑤”？谢天谢地他父亲已经死了，她只能这么说。“我能为你做点什么？”

博德克盯着吧台后面成排的酒瓶看了一会儿：“有咖啡吗？”

“只有速溶的，”她说，“没多少人来这儿喝咖啡。”

他摆了个苦脸。“那东西烧胃，”他说，“有七喜吗？”

朱厄妮塔把汽水摆在他面前，博德克点了支香烟：“桑迪还没来，对吧？”

“哈，”朱厄妮塔说，“我倒希望她能来。两个礼拜没来了。”

“什么？她不干了吗？”

“不，不是的，”酒保女说，“她去度假了。”

“又去了？”

---

① 梅尔·哈格德（Merle Haggard，1937—2016）：美国歌手、词曲作者、器乐家。

② 波特·瓦格纳（Porter Wagoner，1927—2007）：美国乡村音乐歌手。

③ 格里和心脏起搏器（Gerry and the Pacemakers）：20 世纪 60 年代起源于利物浦的英国乐队。

④ 赫尔曼的隐士们（Herman’s Hermits）：20 世纪 60 年代组建于曼彻斯特的英国乐队。

⑤ 僵尸乐队（The Zombies）：20 世纪五六十年代组建于圣奥尔本斯的英国乐队。

"我不知道他们怎么个度假法，"朱厄妮塔开心起来了，他来似乎不是因为她儿子，她就轻松了，"我猜他们住的也不是什么好地方，我在这儿挣的钱只勉强够付活动房的租金。你也知道卡尔是不掏钱的。"

博德克喝了一口汽水，又想了一遍那个电话。所以也许电话里说的是真的，但如果就像那个贱人所说，桑迪耍这种把戏已经一年多了，那为什么他之前从未听说呢？也许他戒酒是好事。威士忌显然已经开始让他的大脑变成浆糊了。随后他瞟了一眼台球桌，考虑着在过去几个月中他还有可能犯糊涂的其它事情。突如其来的一阵凉意席卷全身。他吞咽了好几次才没把七喜呕出来。"她什么时候回来？"他问。

"她跟勒罗伊说她本周末回来。希望如此。那个抠门鬼不会雇新人的。"

"你知不知道他们去哪儿了？"

"那个姑娘很难讲，"朱厄妮塔耸了耸肩，"她说是弗吉尼亚海滩，但我很难想象卡尔会在海边晒两周太阳，你呢？"

博德克摇着头说："实话告诉你，我想象不到那个狗娘养的会做任何事情。"他起身在吧台上放了1美元。"听着，"他说，"她回来你跟她说，我需要跟她谈谈，好吧？"

"当然，李，我会的。"酒保女说。

他出门之后，三个男人中的一个喊了起来："喂，朱厄妮塔，你知道亨·马修斯是怎么说那个大脑袋混蛋的吗？"

## 14

停车场里一声车门响。卡尔睁开眼睛，看向房间另一头墙上的花果画。看钟还是清晨，但他已经全身是汗。他下床走进浴室，排空膀胱。他没有梳头、刷牙或是洗脸。他还穿着过去一周的那身衣服——紫色衬衣，肥大、闪亮的灰色西装裤。他把胶卷筒塞进裤兜，坐在椅子边上，穿上了鞋子。他想过把桑迪叫醒好赶路，但又决定让她好好休息一下。过去三晚他们都睡在车里。他觉得他欠她一个好觉，况且他们反正是要回家。现在没必要着急了。

等她起床的时候，卡尔嚼着雪茄，从口袋里掏出年轻士兵那沓钞票。他又数了一遍，想起一年前他们穿过明尼苏达南部的那个时候。他们只剩下最后 3 美元了，那个夏天他们旅行开的 1949 年产雪佛兰汽车，散热片又破了个洞。他想办法用一罐随身带着以备此类急需的黑胡椒暂时补上了漏洞，这个招数是他有一次在卡车休息站听来的。就在它又快爆开之前，他们在高速下来 1 英里左右的地方找到了一个乡下加油站，结果那天大部分时间就花在等修车上了。屁股兜里露出一包“红人”牌嚼烟的修车工一直在打包票，说有个调试老板昨天就想让他弄好，等他做完马上就帮他们修车。“再等一会儿就好，先生。”每过该死的 15 分钟他就跟卡尔说一遍。桑迪也不来帮忙。她坐在车库门外的长椅上边锉指甲边戏弄那个可怜的混蛋，粉红色内衣若隐若现，让他无所适从，快被她逼疯了。

卡尔最终厌恶地放弃了等待，把胶卷从手套箱里拿出来，走进加油站后面的厕所，锁上了门。他在那个臭闷罐子里坐了好几个小时，翻看着一叠破旧的侦探杂志，那叠杂志就摆在脏得结痂的马桶旁边湿漉漉的地板上。每过一阵子他就听见前门轻轻响起铃声，宣布着又有一个顾客来加油了。一只棕色的蟑螂懒懒地沿着墙壁往上爬。他点了一支“狗屌”，想着也许能帮他活动肠胃，但他肚子里就像灌了水泥。他最多只能时不时滴几滴血。他肥胖的大腿都坐麻了。一度有人捶门，但他并不打算放弃自己的座位，只是为了让某些衰人狗杂种洗小手。

他刚准备去擦流血的屁股，突然在一本湿软的《真实犯罪》上看见了一篇文章。他又坐回马桶上，掸掉了雪茄的烟灰。文章中的侦探在受访时称，他们发现了两具男性尸体，一具被塞在内布拉斯加州红云附近的一处排水管里，另一具被钉在堪萨斯州赛内卡外一处废弃农场的工棚地板上。“两具尸体相隔 100 英里。”侦探指出。卡尔一看杂志封面上的日期：1964 年 11 月。见鬼，这篇文章已经是 9 个月之前写的了。他把这 3 页纸仔仔细细读了 5 遍。尽管侦探拒绝透露任何细节，但他表示从犯罪性质来看，很有可能这两桩谋杀案互有关联。因此，从遗体情况来看，我们觉得作案时间可能是 1963 年夏天，总之在那前后，他说。“嗯，至少你搞对了年份。”卡尔喃喃自语道。他们在第三次出行时干掉了那两个人。一个是落跑老公，渴望在阿拉斯加开始新生活，另一个是流浪汉，他们看见他在兽医院后面的垃圾桶里翻吃的。有了那些钉子，照片真是棒极了。工棚门一开就是个装满了钉子的咖啡罐，就像恶魔放在那儿的，知道卡尔总有一天会出现。

他把屁股擦干净，在裤子上蹭了蹭汗手。他把文章从杂志上撕下来叠好，塞进自己的钱包里。他吹着口哨小曲儿，在水槽里蘸湿梳子，把稀薄、发白的头发往后梳好，挤掉了脸上的几个痘子。他发现修车工正在车库里低声和桑迪说话。他的一条瘦腿抵着她的腿。“天呐，总算出来了。”她抬头看见他的时候说。

卡尔没理她，问修车工：“车修好了吗？”

男人从桑迪身旁闪开，紧张地把油手插进背带裤口袋里。“我想是的，”他说，“我给它加了水，到目前为止还没漏。”

“你还加了什么？”卡尔怀疑地打量着他。

“没加，什么都没加，先生。”

“发动了一会儿没有？”

“我们都发动 10 分钟了，”桑迪说，“就在你躲在后面的厕所里不知干吗的时候。”

“那就行了，”卡尔说，“我们该给你多少钱？”

修车工挠了挠头，掏出那包嚼烟：“哦，我不知道，5美元怎么样？”

“5美元？”卡尔说，“见鬼，老兄，就凭你勾引我老婆那个模样？她得肿上一个礼拜呢。要是你还没把她肚子搞大，算我走运。”

“4美元？”修车工说。

“听听你放的屁，”卡尔说，“你很喜欢占便宜，对吧？”他瞟了瞟桑迪，她挤了挤眼。“这样吧，你往车里丢几瓶冰镇汽水，我给你3美元，这是我的最高价了。我老婆可不是什么下贱的妓女。”

他们开出那里已经快到晚上了，那一夜他们睡在车里，在一条宁静的乡间小路边上。他们用卡尔的折叠刀当勺子，分吃了一盒肉罐头。随后桑迪爬到后座上道了晚安。片刻之后，卡尔刚开始在前排昏昏欲睡，肚子突然一阵剧烈抽痛，他赶紧去摸门把手。他冲下车，爬过路边的排水沟，就在千钧一发之际一把拉下裤子，抱着一棵木瓜树的树干，把一个礼拜的紧张和垃圾都排到了杂草上。用枯叶把自己弄干净之后，他站在车外的月色里，又读了一遍杂志上那篇文章，随后掏出打火机把它烧了。他决定瞒着桑迪。有时候她口无遮拦，他不想在路上还担心该怎么处理它。

## 15

跟特库姆塞的酒保女聊完天的第2天，博德克开车去了他妹妹和妹夫小镇东边的公寓。他基本上毫不在乎桑迪过着怎样的倒霉日子，但她不能在罗斯县卖肉，只要他是警长就不能。背着卡尔搞男人是一回事——见鬼，这也怨不得她——但靠这个赚钱则完全是另外一回事。尽管亨·马修斯会试图在选举时用这样的破事折辱他，但博德克对这事的担心还另有缘由。人就像狗：一旦开挖，就不愿停下。一开始只不过是警长有个妓女妹妹，但最终会有人发现他和塔特·布朗的交易，然后，从他戴上警徽第一天起累积至今的所有受贿和其它坏事都会败露。回想起来，他真该找个机会收拾了那个偷偷摸摸的皮条客狗杂种。逮捕那样的重犯几乎可以让他洗白。但他还是让贪欲占了上风，如今只能天长日久身陷其中。

他把车停在破旧的两层公寓房前，看着一辆拉满了牛的平板卡车转进街对面的围场。浓烈的粪臭味在8月的暑气中经久不散。他没看见戒酒之前桑迪那晚把他拉回家开的那辆老破车，但他还是从警车上下来了。他确定那是辆旅行车。他绕到房子侧面，沿着摇摇欲坠的楼梯走到了他们位于二层的房门前。顶上有一小片平台，桑迪叫它“露台”。一袋翻倒的垃圾堆在角落里，绿头苍蝇从蛋壳、咖啡渣和揉成一团的汉堡包装纸上爬过。木头栏杆旁边放着一把厨房折叠椅，下面有个咖啡罐，塞了半罐雪茄屁股。卡尔和桑迪还不如住在白色天堂的黑人和诺肯斯蒂弗镇上的废物，他想，看看他俩过的什么日子。天呐，他恨透了邋遢鬼。县里监狱的犯人每天早上轮流给他洗警车，他卡其裤上的褶子挺括得就像刀锋。他踢开挡路的丁蒂·摩尔牌罐头盒子，敲了敲门，没人来开。

他刚准备离开，突然听见附近传来一阵音乐声。他朝栏杆外看去，发现一个身穿印花泳衣的丰满女人，躺在隔壁院子里的一张黄毯子上。旧摩托车生锈的车架和零件散落在她周围高高的草里。她的棕发别在头顶，手里拿着一个小晶体管收音机。她浑身涂满了婴儿油，就像一枚崭新的硬币，在灿烂的阳光里闪闪发亮。他看着她扭动旋钮找另外一个频道，隐约听见有人哼唱着某支关于心碎的乡巴佬曲子。随后她把收音机放在毯子边上，闭上了双眼。她又滑又亮的肚皮一起一伏。她翻了个身，抬头扫视了一圈。觉得没人在看，她便心满意足地解开了泳装胸罩。迟疑片刻，她又伸手把泳裤往上拽了一点，露出三四英寸雪白的臀瓣。

博德克点了支香烟，往楼下走去。他想象着自己的妹夫就坐在这儿，晒着太阳，汗如雨下，大饱眼福。这事很容易，女人就这么四仰八叉地躺着，谁都能看见。卡尔似乎满脑子只有拍照片这一件事，博德克在想他有没有偷拍过这个邻居。虽然他不确定，但他觉得这种事肯定违反了什么法律。如果没有这样的法律，那就必须制定一条。

## 16

他们离开“日落者”时已经是中午了。桑迪 11 点起了床，在浴室里梳洗了一个小时。她只有 25 岁，但棕发里已经开始显露缕缕灰白。卡尔担心她的牙齿，它们向来是她的最佳招牌，现在却被香烟染成了难看的黄色。他还注意到现在她的口气一直很糟，不管吃了多少薄荷糖。她嘴里有东西开始腐烂了，他很确定。一回家他就得带她去看牙医。他讨厌去想诊费，但美好的笑容是他照片的重要部分，为所有的痛苦和折磨提供了必不可少的对比。虽然卡尔尝试了一次又一次，但只要拿出枪对着他们，就没有一个模特能装出哪怕一丝假笑。“姑娘，我知道有时候这很难，但如果想拍出好照片，我需要你看起来高兴一点，”每次他对某个男人做了让桑迪难过的事情，他就会告诉她，“想一想《蒙娜丽莎》那幅画。假装你就是她，挂在博物馆的墙上。”

他们刚开出几英里，桑迪就一脚刹车，停在了一家叫作“呱呱叫”的小餐馆前面。餐馆形状有些像印第安棚屋，涂着各种色调的红色和绿色。停车场几乎满了。“你他妈在干吗？”卡尔说。

桑迪熄火下车，绕到副驾驶座这边。“我一英里也不会再开了，除非吃到真正的食物，”她说，“这 3 天我除了糖什么也没吃。见鬼，我牙都快吃掉了。”

“老天爷啊，我们才刚开上路。”卡尔说，她转身往餐馆门口走去。“等等，”他喊起来，“我来了。”

他锁好车，跟着她进了餐馆，在窗边找到一个卡座。女招待端来两杯咖啡和一本溅上了番茄酱的破菜单。桑迪点了法式吐司，卡尔要了一份脆培根配菜。她戴上墨镜，看着一个穿着脏围裙的男人正试图往收银机上装一卷新纸。这个地方让她想起木勺子餐馆。卡尔环视着满屋子的人，多数都是农民和老人，还有几个疲惫的推销员，正在研究一份潜在客户名单。随后他注意到一名年轻男子，也许 20 出头，坐在吧台边吃着一块柠檬糖霜派。他身体结实，一头浓密的卷发。他的双肩包靠在身旁的吧椅上，上面缝着一面小小的美国国旗。

“怎么样？”女招待端来吃的以后，卡尔说，“你今天觉得好点吗？”他边说话，边用一只充血的眼睛盯着吧台边的男人，另一只眼睛盯着他们的车。

桑迪咽下食物，摇了摇头。她又往法式吐司上多倒了些糖浆。“关于这个，我们得谈谈。”她说。

“怎么了？”他问道，撕下培根片上糊掉的皮塞进嘴里。随后他从她的烟盒里拿了支香烟，在指间转来转去，把盘子里剩下的东西推向她。

她抿了口咖啡，瞥了一眼隔壁桌上的人。“回头再说吧。”她说。

吧台旁边的男人起身递给女招待一些钱。然后他把双肩包往背后一甩，疲惫地叹了口气，叼着牙签出了门。卡尔看着他走到路边，对着路过的车举起拇指。车子没停，男人开始懒懒地往西边走去。卡尔转向桑迪，对着窗户一歪头。“嗯，我看见他了，”她说，“又是个大牌。这种人满大街都是。跟蟑螂似的。”

卡尔看着马路上的交通状况，桑迪把东西吃完。他想到自己决定今天回家。昨晚的天兆足够清楚，但他现在又不确定了。多一个模特，就会破了三个“6”，但他们可能再开一个礼拜也碰不到另一个模样比得过那个男孩的。他知道最好别跟天兆耍花招，但接着他又回想起“7”是昨晚的房号。而且自从男孩离开，再也没有一辆车子经过。他现在就在外面，在烈日下想搭顺风车。

“好了，”桑迪用纸巾擦了擦嘴，“我现在能开车了。”她起身拿起手包：“别让那个混蛋等急了。”

# 第三部

# 孤儿与幽灵

## 17

父亲自杀后，阿尔文就被送去和奶奶一起生活，尽管爱玛每个礼拜天都确保他跟莱诺拉和自己一起去教堂，但她从没要求他祈祷、唱歌或是在祭坛前下跪。俄亥俄州福利部门的工作人员跟老太太说了那个恐怖的夏天，男孩在母亲走向死亡期间都忍受了什么，所以她决定除了定时参加礼拜，什么都不强迫他做。爱玛知道塞克斯牧师在吸纳犹豫不决的新人入教方面有时会过于热情，所以阿尔文到了几天后，她去找了他，解释说她孙子会在做好准备之后以自己的方式入教。在十字架上悬挂被车撞死的动物、往木头上泼洒鲜血，这些都让老牧师暗自钦佩——毕竟，所有知名的基督教徒都为了自己的信仰发狂，不是吗？——但他还是顺着爱玛，说也许那不是将年轻人引荐给上帝的最佳方式。“我明白你的意思，”塞克斯说，“没必要把他弄得像那两个陶波维尔的傻瓜一样。”他坐在教堂台阶上，用折叠小刀削着一个压坏了的黄苹果。那是9月里一个阳光灿烂的早上。他穿着体面的西装外套，里面是一条褪了色的背带裤，还有领子开始散架的白衬衫。近来他总是胸口疼，本来克利福德·奥德尔应该开车带他去路易斯堡看新医生，但他到现在还没出现。塞克斯在邦纳的商店里听人说那个医生读了6年大学，所以对跟他见面充满期待。他觉得念过那么多书的人什么病都能治好。

“这话是什么意思，阿尔伯特？”爱玛问。

塞克斯从苹果上抬眼一瞟老太太，发现她正严厉地盯着自己。他过了好一会儿才想起来自己刚才说了什么，满是皱纹的脸尴尬地红了。

“对不起，爱玛，”他急忙说，“我不是说威拉德，绝对不是。他是个好人。大好人。天呐，我还记得他得到救赎的那天。”

“没关系，”她说，“没必要恭维死人，阿尔伯特。我清楚自己儿子是什么人。只是别去纠缠他儿子，我只有这一个要求。”

莱诺拉则恰恰相反，似乎对自己的宗教信仰爱个没够。无论去哪里她都带着《圣经》，就连去厕所也不例外，就像海伦当年一样。每天早上她比所有人起得都早，要跪在她和爱玛床边开裂的木地板上祈祷一个小时。尽管她对自己的双亲都没有印象了，但这个姑娘的祈祷里让爱玛听得见的部分，大多数都是为了她被谋杀的母亲的灵魂，而多数她没有说出口的祈祷，都是为了得到失踪父亲的一些消息。老太太总是一遍遍跟她说，最好还是把罗伊·拉弗蒂忘掉，但莱诺拉还是忍不住想他。几乎每晚入睡的时候，她都会想着他身穿崭新的黑西服走上门廊，然后一切都会好起来。这给了她小小的安慰，因此她允许自己希望，在上帝的帮助下，只要父亲还活着，有一天真的会回来。不管天气如何，她每周总会去墓地几次朗读《圣经》，尤其是《诗篇》，就坐在母亲坟旁的地上。爱玛有一次告诉她，《圣经》中海伦最喜欢的部分就是诗篇了，六年级结束的时候，莱诺拉已经把它们熟记于心了。

警长早就放弃了对罗伊和西奥多的寻找。仿佛他们已经变成了幽灵。没人能找到他们中任何一个的相片或是记录。“见鬼，哪怕饥饿谷的白痴都有出生证。”每次有选民提起这两个失踪人口，他就会拿这句话当借口。他没跟爱玛提起过两人刚失踪时他风闻的传言，说是瘸子爱着罗伊，在牧师娶海伦之前，两人之间可能有些古怪的搞基行为。刚开始调查的时候，好几个人都作证说西奥多曾经愤怒地抱怨那个女人把罗伊的精神讯息削弱了。“那个下流娘们把一个好人给毁了。”据说瘸子喝了几杯之后这么说。“牧师，狗屎，”他又说，“现在满脑子就是干女人。”只要想到这两个死基佬也许在他县里杀了人又跑路，警长就烦得不行，所以他总是反复说着同样的故事，说很可能是杀了米勒斯堡全家的那个疯子杀了海伦，又把罗伊和西奥多砍碎，抛尸于绿蔷薇河。说得多了，有时就连他自己也有些相信。

虽然阿尔文从没给爱玛惹过什么大麻烦，但她很容易从他身上看到威拉德的影子，特别是打架的时候。长到 14 岁，他已经因为动拳头被踢出学校好几次了。选对你的时机，阿尔文记得父亲跟他说过的话，而且学得很扎实，总是选敌人在洗手间、楼梯间或是操场看台下面不注意落单的时候下手。不过多数时间里他在煤溪都以随和著称，而且值得肯定的是，他打架大部分都是因为莱诺拉，因为总有人欺负她，嘲笑她虔诚的做派、瘦削的脸颊和她坚持要戴的软帽。尽管她只比阿尔文小几个月，可看起来已经干巴了，就像冬天被忘在地里太久了的灰土豆。他把她当亲妹妹一样疼爱，但早上她乖乖跟在他脚后跟后面进学校的时候，他还是觉得有点丢人。“她永远也当不上拉拉队员，这是肯定的。”他跟伊尔斯科尔舅爷说。他巴不得奶奶从没给过她那张海伦站在教堂后面苹果树下的黑白照片：身穿毫无曲线可言的长裙，头戴一顶荷叶边软帽。在他看来，莱诺拉已经足够精通怎么把自己打扮得跟可怜的母亲一模一样了。

每次爱玛问他打架的事情，阿尔文总会想到自己的父亲，还有很久以前那个潮湿的秋日，他在“牛栏”停车场捍卫了夏洛特的尊严。尽管那是他记忆中和威拉德共度的最棒的一天，但他却从没跟任何人说过，也没提起过接踵而至的那些倒霉日子。相反，他只会告诉她一句话，伴随着隐约回响在脑中的父亲的声音：“奶奶，混蛋狗杂种可多了。”

“上帝啊，阿尔文，为什么你总是这么说？”

“因为的确如此。”

“唉，那你也许应该试着为他们祈祷，”她建议道，“祈祷总没坏处，对吧？”每到这种时候，她就会后悔跟塞克斯牧师说让男孩按照自己的方式找到通往上帝的路。至少在她看来，阿尔文总是濒临背道而驰的边缘。

他翻了翻眼睛，无论遇到什么事她都这么建议。“算了吧，”他说，“莱诺拉已经把我们两人份的祈祷都做完了，我也没看出来对她有什么好处。”

## 18

他们和“火烈鸟女士”共用马戏团顶头的一顶帐篷，那女人骨瘦如柴，长着罗伊见过的所有人中最长的鼻子。“她不会真是只鸟吧？”和她初次见面之后，西奥多问他，平日里的大嗓门变得怯生生的，还带着颤音。她奇怪的样子吓到他了。他们以前也和长相奇怪的人共事过，但还是头一回见到这样的。

“不是，”罗伊向他保证，“她这样只是为了演出。”

“我看不像，”瘸子说，但知道她不是只真鸟，还是松了口气。他一回头，刚好发现罗伊在她往自己房车走的时候偷看她的屁股。“真不知道那东西是得了什么病。”他又补充了一句，等她走远了听不见他们说话的时候，他又立刻自大起来。“那样的女人，只要给她一两块钱，让她干狗、干驴，干什么都行。”

“火烈鸟女士”不羁的浓发漂染成粉色，肉色比基尼上粘着破破烂烂的鸽子羽毛。她的大多数表演都是单腿站在一个小橡胶游泳池里，里面盛着脏水，用尖尖的鹰钩鼻子梳理羽毛。身后桌上的点唱机播着缓慢、忧伤的小提琴曲，如果哪天她不小心吃多了镇定剂，有时还会跟着哭起来。正如西奥多担心的那样，几个月后他发现罗伊在跟着音乐打拍子，尽管他努力尝试了，但他从来没有真的抓住两人做什么丑事。“那个丑婊子总有一天会孵出个蛋来，”他对罗伊抱怨着，“我愿意拿一块钱赌你一个甜甜圈，那只混蛋小鸡一定长得跟你一模一样。”他有时候在乎，有时候不在乎。这取决于他跟“烙饼小丑”那阵子相处得如何。“烙饼小丑”来找西奥多，想学几个吉他和弦，结果接下来却变成了他为瘸子表演如何“吹箫”。罗伊有一次不小心对表弟指出他和小丑的所作所为在上帝眼里是作恶。西奥多把吉他放在锯末地板上，往纸杯里吐了一口棕色烟汁。最近他开始喜欢嚼烟叶了。虽然胃里有点犯恶心，但“烙饼小丑”喜欢他呼吸里嚼烟的味道。“见鬼，罗伊，说得好像你是个好人似的，你个神经病混蛋。”他说。

“你他妈这话什么意思？我又不是死基佬。”

“也许你不是，但你用螺丝刀杀了你老婆，这可不假吧？你不会连这个都忘了吧？”

“我没忘。”罗伊说。

“那就好，你觉得上帝会觉得我比你更坏吗？”

罗伊在回答前犹豫了片刻。他有一次在救世军庇护所枕头下找到了一本小册子，根据上面的说法，男人和男人睡觉也许和杀害妻子同罪，但罗伊不确定是不是更坏。某些特定罪行孰轻孰重，他有时会算不过来。“不，我不这么认为。”他最终这样说道。

“那我建议你去跟那个粉头发乌鸦或是鹈鹕或是别的什么鬼东西待在一起，别管我和‘烙饼小丑’的闲事。”西奥多说着，从嘴里抠出一块湿漉漉的嚼烟，丢进了“火烈鸟女士”的水池子里。两人听见一声水花轻响。“我们没有伤害别人。”

帐篷外挂着的横幅上写着“先知与弄弦人”。罗伊会做恐怖版本的末世演讲，西奥多弹奏背景音乐。进帐篷要花 25 美分，想说服人们宗教也很有趣着实困难，因为几码外就有很多更加刺激和不那么严肃的消遣，因此罗伊想到了在布道时生吞昆虫的点子，和他以前的蜘蛛把戏大同小异。每过几分钟，他就暂停布道，从一个旧鱼饵桶里抓出一条蠕虫，或是硬脆的蟑螂、黏糊糊的鼻涕虫，像吃糖一样嚼着。从那以后生意好起来了。根据观众的数量，他们每晚表演四五场，每过 45 分钟和"火烈鸟女士"轮班一次。每场表演结束的时候，罗伊都飞快地跑下帐篷后面的台阶，把虫子吐个干净。西奥多会坐着轮椅跟出来。在等待下一场表演开场时，他们抽着烟，对着瓶子小口喝酒，有意无意地听着帐篷里的醉汉大呼小叫，哄假鸟脱下她的羽衣。

到了 1963 年，他们已经跟着这个嘉年华——"比利·布拉福德家庭游乐会"——演出快 4 年了，从湿热南方的一头到另一头，从早春到深秋，坐在报废了的校巴里，里面塞满了烂糟糟的帆布、折叠椅和金属杆，总是在灰头土脸、猪屎一样的小镇里安营扎寨，当地人觉得几个快塌了的旋转游乐设施、几头满身跳蚤的没牙美洲虎再加上破衣烂衫的怪人秀就是高级娱乐了。光景好的时候，罗伊和西奥多一晚上可以挣二三十美元。除去消磨在酒瓶里和热狗摊上的钱，大多数都进了火烈鸟女士和"烙饼小丑"的腰包。西弗吉尼亚似乎远在百万英里之外，两个逃亡者觉得煤溪的执法者应该鞭长莫及了。距离他们掩埋海伦、逃往南方已经过去了将近 14 个年头。他们连名字也懒得再改了。

## 19

阿尔文 15 岁生日那天，伊尔斯科尔舅爷给了他一把包裹在软布里的手枪，还有一盒落满了灰尘的子弹。"这是你父亲的，"老人告诉他，"是把德国鲁格手枪。从战场上带回来的。我觉得他会想把枪给你。"手枪对老人来说没什么用处，所以威拉德刚去俄亥俄，他就把枪藏在了熏肉房的一块地板下。只有偶尔擦枪的时候，他才会碰它。看到孩子满面欣喜，他很高兴自己忍住没把它卖掉。他们刚吃过晚饭，桌子中间的盘子里还剩下最后一块油炸兔肉。伊尔斯科尔抉择了一下要不要留着这个兔腿当自己明天的早饭，但还是拿起来一口咬了下去。

阿尔文小心翼翼地打开包布。父亲在家里只放了一把点 22 口径的来复枪，而且威拉德从不允许他碰，更别提打枪了。而伊尔斯科尔恰恰相反，他刚搬过来和他们住了三四周，就递给男孩一把 16 号口径的雷明顿霰弹枪，带他进了林子。“在这个家里，你最好知道怎么用枪，如果你不想饿死的话。”老人告诉他。

“但我什么也不想打。”那天阿尔文这么说，当时伊尔斯科尔正停下脚步指给他看山核桃树高处树枝上前后蹦跶的两只灰松鼠。

“我见你早上不是在吃猪排吗？”

“对啊。”

老人耸了耸肩：“总得有人宰了那头猪，再切成猪排，对吗？”

“我想是的。”

伊尔斯科尔举起自己的霰弹枪开了火。其中一只松鼠掉在地上，老人向它走了过去。“别一枪崩得稀烂，”他回头说，“总得留点什么下锅。”

鲁格手枪表面有层油膜，在房间两头挂着的煤油灯波动的光影里闪耀如新。“我从没听他说起过，”阿尔文说，握住手柄把枪举起来对着窗户，“参军的事儿，我是说。”母亲警告过他有几件事别在父亲面前提起，问他关于参军的事排名尤其靠前。

“嗯，我知道，”伊尔斯科尔说，“我还记得他刚回来的时候，我想让他跟我说说日本兵，但只要我一提起，他就把话头转到你母亲身上。”他啃完了兔肉，把骨头放在盘子上：“见鬼，我想当时他可能连她的名字都不知道，只是在他回家的路上见到她在餐馆端盘子。”

“木勺子，”阿尔文说，“她生病以后他带我去过一次。”

“我觉得他在岛上看到了什么吓人的东西。”老人说。他看了一圈，想找块抹布，但最后还是在背带裤前襟上擦了擦手：“所以一直没人告诉我他们到底吃不吃自己死去的战友。”

这时，爱玛端着一个小平底锅走进厨房，里面有块光秃秃的黄色蛋糕，当中插着一根孤零零的蜡烛。莱诺拉跟在后面，身上是她通常只有去教堂才会穿的蓝色长裙和软帽。她一手拿着一盒火柴，另一只手里是已经开裂了的皮面《圣经》。“那是什么？”爱玛看见阿尔文拿着鲁格手枪，便问道。

“那是威拉德给我的枪，”伊尔斯科尔说，“我觉得是时候传给这个孩子了。”

“哦，天呐。”爱玛说。她把蛋糕放到桌上，撩起自己的方格围裙，用下摆拭去了泪花。看见这把枪，她又想起了自己的儿子，还有许多年前自己未能信守的诺言。有时候她忍不住想，如果她劝威拉德留下娶了海伦，他们如今是不是都还活着。

大家沉默了片刻，像是都知道老太太心里在想什么。随后莱诺拉划了根火柴，淡淡地说了句：“生日快乐，阿尔文。”她点着了蜡烛，跟几个月前他们庆贺她14岁生日用的是同一支。

“这玩意儿没多大用处，”伊尔斯科尔接着说，没理会蛋糕，对着枪示意道，“你想打中什么东西，得离得特别近才行。”

“来吧，阿尔文。”莱诺拉说。

“跟扔石头差不多。”老头儿开玩笑说。

“阿尔文？”

“还是霰弹枪好用。”

“许个愿吧，趁蜡烛还没烧完。”爱玛说。

“那种 9 毫米的子弹，”伊尔斯科尔提醒道，“邦纳店里没有，但可以特别订购。”

“赶紧呀！”莱诺拉叫了起来。

“好啦，好啦，”男孩说着，把枪放回了软布上。他弯腰吹灭了小小的火苗。

“你许了什么愿？”莱诺拉问。她希望这个愿望跟上帝有关，但对阿尔文她不抱什么希望。每晚她都祈祷他一觉醒来心中闪耀着对耶稣基督的爱。她不愿意去想他会像他在广播里听的猫王或是其他罪人一样下地狱。

“你就不该问。”爱玛说。

“没事啦，奶奶，”阿尔文说，“我许的愿是希望有朝一日可以带你们所有人回俄亥俄，让你们看看我们以前住的地方。那个地方很棒，在山上。至少在妈妈生病以前很棒。”

“我跟你们说过我住在辛辛那提的日子吗？”伊尔斯科尔说。

阿尔文看着两个女人，挤了挤眼睛。“没有，”他说，“我想不起来你说过。”

“上帝啊，又来了。”爱玛轻声抱怨着，莱诺拉则暗自一笑，拿起蛋糕上的蜡烛头放进了火柴盒里。

“嗯，有个姑娘跟我一块儿去的，”老人说，“她是狐狸丘人，在莱利家隔壁长大。她们家的房子已经不在了。想去读秘书学校。我当时比你现在大不了多少。”

“谁想去读秘书学校？”阿尔文问道，“你还是那个姑娘？”

“哈！是她。”伊尔斯科尔说。他深吸了一口气，又缓缓呼出：“她的名字叫爱丽斯·露易丝·贝里。你记得她，对吧，爱玛？”

“嗯，我记得，伊尔斯科尔。”

“那你干吗不留在那儿？”阿尔文不假思索地问道。虽然故事的各个部分他已经听了上百次，但他从没有问过老人他为什么最后会回到煤溪。和父亲一起生活的日子里，阿尔文学会了不要打探别人的隐私。每个人都有不想谈论的事情，包括他自己。父母离世后的5年间，他一次都没有提起过他对威拉德的恨，他恨他就这样抛下了自己。现在他觉得自己张嘴就问，让老人家难堪，简直就像个混蛋。他开始把枪包回布里。

伊尔斯科尔暗淡、浑浊的双眼凝视着屋子的另一头，像是在花墙纸里寻找着答案，但其实他对个中原因心知肚明。爱丽斯·露易丝·贝里入读吉尔摩·桑德森秘书学校几周之后，就和300多万人一起死于1918年的大流感。如果他们还待在山上，伊尔斯科尔常想，她也许还活着。但爱丽斯总是志向远大，这也是他爱上她的原因之一，而且他很高兴自己没有劝她放弃理想。他确定，在她发烧之前，他们在辛辛那提的高楼大厦间和繁华街道中度过的日子是她一生中最幸福的时光。也是他的。片刻之后，他眨眨眼睛赶走了回忆："这蛋糕看起来真不错。"

爱玛拿起刀子，把蛋糕一分为四，每人一块。

## 20

有天放学后阿尔文去找莱诺拉，发现她背靠着校车车库旁边的垃圾焚化炉，被三个男生包围着。他走到他们身后，听见吉恩·丁伍迪跟她说："妈的，你丑得像鬼一样，我得用袋子套上你的头才能硬得起来。"另外两个人是奥威尔·巴克曼和汤米·马特森，他们笑了起来，又朝她逼近了一些。他们是毕业班学生，留级了一两年，都比阿尔文大。他们在学校多数时间都坐在小卖部里和不正经的工艺美术课老师讲黄笑话，抽号手牌手卷烟。莱诺拉紧闭双眼开始祈祷。泪水从她粉色的脸颊上滚落。阿尔文刚揍了丁伍迪几下，就被其他人摁在地上轮流痛打。他躺在砂石地上，和他平时打架打到一半经常想到的一样，想着那天在厕所外面的泥地上被父亲痛打的猎人。但和那个人不同的是，阿尔文绝不认输。如果不是看门的带着一推车纸箱来烧，他可能会被他们打死。他头疼了一个礼拜，而且好几周都看不清黑板。

尽管花了将近两个月，阿尔文还是想办法挨个找到了他们落单的机会。有天傍晚天快黑的时候，他尾随着奥威尔·巴克曼到了邦纳的商店。他躲在路旁100码开外的树后看着男孩走了出来，大口喝着汽水，吃着最后一点小黛比蛋糕。奥威尔路过他身边的时候，刚好又仰天喝了一口汽水，阿尔文走了出来。他一巴掌拍在百事汽水瓶底上，玻璃瓶颈戳进大男孩喉咙一半深，磕掉了他的两只烂门牙。等到奥威尔意识到什么东西击中了他，这场战役基本上已经结束了，一记重拳让他昏了过去。一个小时后，他从路边的排水沟里醒了过来，满嘴是血，头上套着纸袋。

几周后，阿尔文开着伊尔斯科尔的旧福特去了煤溪高中生篮球赛。他们的对手来自米勒斯堡，来观战的人总是很多。他坐在车里抽着骆驼牌香烟，看着前门等汤米·马特森出现。那是11月初一个阴冷、漆黑的周五夜晚，下着毛毛细雨。马特森觉得自己是学校的采花大盗，总是吹嘘球赛上他能泡到多少妞，而她们的傻瓜男友还在体育馆球场里跑前跑后地追逐着橡皮球。中场休息之前，就在阿尔文把第二个烟头抛出窗外的时候，他看见自己的目标走了出来，搂着名叫苏西·考克斯的高一女生往停车场后面的一排校巴走去。阿尔文跳下福特车，拿着一根卸轮胎的铁棒跟着他们。他看见马特森打开一辆黄色巴士的后门，帮助苏西爬了进去。几分钟后，阿尔文一扭门把手，车门伴随着刺耳的吱嘎声打开了。“什么声音？”他听见女生说。

“没事，”马特森跟她说，“肯定是我门没关紧。快点，姑娘，把灯笼裤脱下来。”

“除非你把门关上。”她说。

“该死的，”马特森嘟囔着，从她身上爬了下来，“你最好值得我跑一趟。”他沿着车厢狭窄的过道走了过来，一只手提着裤子。

就在他探身抓住门闩把门拉上的时候，阿尔文挥起卸胎棒敲在马特森的膝盖上，他从巴士上跌了下来。“老天！”他叫喊着摔下砂石地，右肩重重地砸在地面上。阿尔文又挥起卸胎棒，砸断了他两根肋骨，接着开始踢他，直到他不再试图爬起来为止。他从夹克衫里掏出一个纸袋，跪在呻吟的男孩身旁。他抓住马特森的卷发，提起他的脑袋。巴士里的姑娘一声也没响。

周一在学校食堂里，吉恩·丁伍迪走到阿尔文面前说：“我倒要看看你怎么把纸袋套到我脑袋上，你个狗娘养的。”

阿尔文坐在桌旁，身边是玛丽·珍·特纳，一个新来的姑娘。她父亲在煤溪长大，当了15年商船海员，随后回家继承了爷爷留给他的遗产——一处山坡上的破败农场。这个红头发姑娘逮着机会就会像水手一样骂人，虽然阿尔文不清楚为什么，但他就是迷她这一点，特别是他们亲热的时候。“少来烦我们，你个傻屌。”她不屑地盯着站在他们旁边的高个子男孩说道。阿尔文微微一笑。

吉恩没理她，又说：“拉塞尔，等我干掉你之后，也许会带你的小女朋友好好去兜个风。她虽然算不上选美皇后，但要我说，她还是比你那个老鼠脸妹妹强点。”他站在桌子旁边攥着拳头，等着阿尔文跳起来，好一拳挥过去，但眼见着男孩居然闭上双眼双手合十，他惊呆了。“你他妈开什么玩笑。”吉恩扫视了一眼拥挤的食堂。大块头红胡子体育老师正对他怒目而视，他在周末会去亨廷顿和查尔斯顿摔跤挣外快。学校里风传说没人能打得过他，而他赢了所有的比赛是因为他讨厌西弗吉尼亚的每一个人、每一件事。就连吉恩也怕他。他俯身压低嗓门对阿尔文说：“别以为祈祷能让你逃得过去，杂种小子。”

吉恩走开后，阿尔文睁开眼睛，喝了一口纸盒装巧克力奶。“你还好吧？”玛丽说。

“好着呢，”他说，“干吗这么问？”

“你刚才真的是在祈祷吗？”

“对，”他点了点头，“祈祷一个合适的时间。”

一周之后，他终于在丁伍迪老爸的车库里逮住了他，当时他正在为他1956年款的雪佛兰汽车换火花塞。那个时候，阿尔文已经攒了一打纸袋。几个小时后吉恩的弟弟发现他时，他的脑袋紧紧地裹在那些纸袋里。医生说他没闷死算走运。“阿尔文·拉塞尔。”吉恩清醒过来以后对警长说。他在医院度过的12小时里，觉得自己就像是印地500赛垫底的车手。那是他这辈子最长的一夜，每次他一踩油门，车子就慢得像爬。从他身边咆哮而过的引擎声还回响在他耳中。

“阿尔文·拉塞尔？”警长的声音里有一丝怀疑，“我知道那孩子是挺喜欢打架的，但是天呐，小子，你的块头是他两倍大。”

“他趁我不备袭击了我。”

“所以你亲眼看见他在你的脑袋上打了个绳结？”警长问道。

“没，”吉恩说，“但肯定是他。”

“你究竟怎么知道的？”

吉恩的父亲靠墙站着，用阴沉、充血的眼睛盯着儿子。隔着房间，男孩都能闻到他老爸身上飘过来的爱尔兰野玫瑰葡萄酒味。卡尔·丁伍迪只喝啤酒的时候还不算太坏，但只要一沾葡萄酒，他就变得危险十足。我要是不小心反而会吃亏，吉恩想。他母亲和拉塞尔家去的是同一座教堂。要是他父亲听说他骚扰了莱诺拉那个小贱人，一定又会把他揍个半死。“我可能搞错了。”吉恩说。

“那你为什么说是拉塞尔家的孩子干的？”警长说。

“不知道。可能是我梦见的。”

角落里吉恩的父亲发出了狗作呕般的声音，说道：“19 岁了还混在学校里。你对此怎么看，警长？他就跟公猪的奶头一样没用，不是吗？”

“你说谁？”警长一脸困惑。

“床上那个不中用的家伙，说的就是他。”卡尔说完，转身趔趄着出了门。

警长又看着男孩：“那你到底知不知道是谁把纸袋套在你头上的？”

“不，”吉恩说，“一点也不知道。”

## 21

“你拿的是什么啊？”伊尔斯科尔见阿尔文走上门廊，问道，“我听见你在那边打你的玩具枪来着。”他的白内障一周比一周厉害，像本就幽暗的房间缓缓拉上了脏兮兮的窗帘。只怕再过几个月他就不能开车了。变老是发生在他身上第二糟糕的事情。近来，他越来越想爱丽斯·露易丝·贝里。她死得这么早，他们错过了太多。

阿尔文举起 3 只红松鼠，裤腰带里别着父亲的手枪。“我们今晚有大餐吃了。”他说。这 4 天爱玛光给他们吃豆子和炒土豆。每个月底收到她的养老金支票之前，日子总不太好过。他和老爷子都馋肉了。

伊尔斯科尔从椅子上往前探着身子：“肯定不是用那把德国破玩意儿打来的，对吧？”其实他为孩子能用好那把鲁格暗自骄傲，但他还是看不起手枪。他宁愿要一把胡椒喷雾枪或是来复枪。

“这枪不赖，”阿尔文说，“只要你知道该怎么打。”老头儿好一阵子没笑话过这把枪了。

伊尔斯科尔放下看了一早上的工具目录，从口袋里掏出折叠刀：

“去拿个装肉的东西，我来帮你清理。”

老爷子抓着松鼠的前腿，阿尔文把皮剥了下来。他们在报纸上开膛，切掉头和爪子，把血淋淋的肉放进装着盐水的锅里。干完以后，阿尔文把报纸一卷，拿出去扔到院子边上。等他回到门廊上，伊尔斯科尔从口袋里掏出酒瓶喝了一口。爱玛让他跟孩子谈谈。她听说了最近发生的事情，觉得实在没招了。他擦了擦嘴说：“我昨天晚上在老斯图布家车库里打牌来着。”

“你赢了吗？”

“没，不算赢。”伊尔斯科尔说。他伸开两腿，低头看着自己破破烂烂的鞋子。又得想办法修了。“卡尔·丁伍迪也在。”

“怎么了？”

“他看起来不太高兴。”

阿尔文在舅爷对面淘汰的厨房椅子上坐下，椅子吱嘎作响，全靠铁丝绑着。他端详着马路对面灰色的林子，咬了会儿嘴唇。“他是生吉恩那事儿的气吗？”他问。距离他把那个狗杂种的脑袋塞进袋子里已经过去一周了。

“可能有一点吧，但我觉得让他更生气的是要付的医院账单，”伊尔斯科尔低头看着漂浮在锅里的松鼠，“到底出什么事了？”

虽然阿尔文不想把打人的任何细节透露给奶奶，主要是因为他不想让她不开心，但他知道老爷子如果不知道真相是不会满意的。“他捉弄莱诺拉，他和他那几个窝囊废同伙，”他说，“骂她什么的。所以我修理了他一顿。”

“另外几个人呢？”

“一样。”

伊尔斯科尔长叹一声，抓了抓脖子上的胡茬：“你觉不觉得自己下手应该轻一点儿？孩子，我理解你说的那些，但你不能因为别人骂了几句就让他进医院。在人家脑袋上打几个绳结是一回事，但我听说你把人家伤得很重。”

“我不喜欢欺负人的家伙。”

“老天爷啊，阿尔文，你将来还会遇到很多你不喜欢的人呢。”

“也许吧，但我打赌他肯定不敢再欺负莱诺拉了。”

“听着，我想让你帮我一个忙。”

“什么忙？”

“把鲁格手枪放进抽屉，暂时先忘了它。”

“为什么？”

“手枪不是用来打猎的。是用来杀人的。”

“我又没拿枪打那个混蛋，”阿尔文说，“只是揍了他一顿。”

“嗯，我知道。但你可能忍得了一时忍不了一世。”

“那松鼠呢？每一只我都正中脑袋。霰弹枪可办不到。”

“先放一阵子，好吗？想打猎就用来复枪。”

男孩盯着门廊的地板看了一阵子，抬头看着老人，怀疑地眯起眼睛：“他对你嘴巴不干净了？”

“你说卡尔？”伊尔斯科尔问，“没有，他不至于。”他觉得没必要告诉阿尔文昨晚他最后抽了个同花顺，本可以赢到最大一笔赌注，但他没亮出来，所以卡尔才能凭着一对烂牌赢钱回家。虽然他知道这么做是对的，但想到了心里还是不舒服。那一把肯定有200美元。他只希望其中大部分能交到孩子医生的手里。

## 22

3月一个清朗的周六深夜，阿尔文靠着门廊粗糙的栏杆，看着挂在山头上的星星，它们遥远而神秘，发出清冷的光辉。他和两个最好的兄弟，霍巴特·芬利和达里尔·库恩，傍晚早些时候从饥饿谷的独臂酒贩子“老虎机”那儿买了一罐酒，他还在小口品着。寒风像刀子一样，但威士忌让他暖洋洋的。他听见屋里伊尔斯科尔在睡梦中呻吟、咕哝着什么。天气好的时候，老爷子睡在几年前他搬进来时钉在姐姐屋后的斜顶棚子里，但只要天气转冷，他就躺在木柴炉边的地铺上，身下是扎人的手织毯子，一股煤油和樟脑丸味。山脚下路边伊尔斯科尔的福特车后面停着阿尔文的宝贝，一辆蓝色的1954款雪佛兰贝莱尔，变速器有点松。他花了4年时间，干了一切能找到的活儿——砍木柴、筑篱笆、摘苹果、喂猪——才攒够买车的钱。

那天早些时候，阿尔文开车送莱诺拉去公墓妈妈坟前。尽管他从来没有承认过，但现在他跟她一起去墓地的唯一原因就是希望她能唤起尘封的回忆，想起她父亲或是和他一起逃跑的瘸子。他们失踪的神秘事件让他着了迷。尽管爱玛和绿蔷薇县的很多人一样，似乎都确信这两个人还好端端地活着，但阿尔文很难相信蠢得像罗伊和西奥多一样的两个混蛋能如同传闻所说消失在空气中，从此杳无音讯。要是这么简单的话，他觉得很多人都可以这么做。很多次他都希望自己的父亲也走了这条路。

“你不觉得很有意思吗？我们最终都成了孤儿，同住在一个屋檐下。”他们走进公墓后莱诺拉说。她把《圣经》放在附近的墓碑上，把软帽松开一点，往后拉了下来。“发生的一切仿佛就是为了让我们遇见彼此。”她站在母亲坟边，低头看着平躺在地上的方形墓碑——海伦·哈顿·拉弗蒂，1926—1948。墓碑上方两个角落各刻着一个长着翅膀的无脸小天使。阿尔文从齿缝间往外挤着口水，瞥了一眼周围其它墓上去年留下的凋零的花，还有公墓周围丛生的杂草和生锈的铁丝围栏。莱诺拉一这么说话他就不自在，而且她自从16岁以来就经常这么说。他们也许的确没有血缘关系，但他只把她当妹妹，想到其它任何关系都觉得恶心。尽管他意识到可能性不大，但他还是一直希望她能在说出真正的蠢话之前找到个男朋友。

他脚下微微发着飘，从门廊边上走到伊尔斯科尔的摇椅上坐了下来。他开始想念自己的父母，突然喉头一紧，直发干。他爱喝威士忌，但有时酒后深深的悲伤只有睡眠才能缓解。他想哭，但转而举起酒瓶又喝了一口。隔壁山上有只狗在叫，他的思绪飘向了杰克，可怜、温顺的狗，他父亲杀它只是为了多得到一些讨厌的血。在他记忆里，那是那个夏天最坏的日子之一，几乎和母亲去世那夜一样糟。阿尔文暗自发誓，不久之后，他就要回祈祷木看看狗骨头是不是还在。他想好好安葬它们，尽力弥补疯狂父亲的所作所为。他发誓，哪怕自己活到 100 岁，也永远不会忘了杰克。

有时他觉得也许他只是嫉妒莱诺拉，她的父亲可能还活着，可他的已经死了。他把所有已经褪色的报纸都读了一遍，甚至仔细搜索了找到海伦尸体的林子，希望发现一个证据，证明大家都错了：地上浅坑里渐渐显露出两具并排的骸骨，或是无人留意的溪谷里有一部弹痕累累的生锈轮椅。但他唯一的发现就是两发霰弹枪弹壳和箭牌薄荷口香糖包装纸。既然那天早上莱诺拉无视他关于她父亲的问题，自顾自胡扯着她从学校图书馆借来的书上那些命运和不幸的恋人之类浪漫的鬼话，他意识到自己还不如留在家里修贝莱尔汽车。这车从买来的第一天起就一直不对劲。

“该死的，莱诺拉，别说那些废话了，”阿尔文对她说，“还有，你也许根本就不是孤儿。这里每个人都觉得你老爸还好端端地活着。见鬼，说不定哪天他就会活蹦乱跳地从山上冒出来。”

“希望如此，”她说，“每天我都祈祷他会出现。”

“哪怕他真的是杀害你母亲的凶手？”

“我不在乎，”她说，“我已经原谅了他。我们可以重新开始。”

“你疯了。”

“不，我没有。那你的父亲呢？”

“关他什么事？”

“嗯，如果他回来了——”

“姑娘，闭嘴，”阿尔文往公墓大门走去，“我们都知道那不可能。”

“对不起。”她的声音有些哽咽。

阿尔文做了一个深呼吸，停下脚步转过身来。有时仿佛她这辈子一半都花在哭泣上。他举起手中的车钥匙：“听着，如果你还想坐车，就快点走。”

到家后，他用铁丝刷子蘸着汽油清理了贝莱尔的汽化器，晚餐过后就又出门去接霍巴特和达里尔了。他低落了一个礼拜，思念着玛丽·珍·特纳，觉得需要好好大醉一场。她父亲没过多久就觉得商船上的日子要比在石头缝里耕地、担心雨水够不够轻松得多，于是上周日一早带着全家奔赴了巴尔的摩的一艘新船。虽然从他们第一次约会起阿尔文就对她穷追猛打，但他现在很高兴玛丽没让他上她的床。现在这样道别已经足够伤心了。“拜托。”她离开的前夜，他们站在她门前，他请求道。她微微一笑踮起脚尖，最后一次在他耳边低语了些脏话。他和霍巴特、达里尔把钱凑到一块儿买了瓶威士忌，还有12听啤酒、几包长红香烟和一罐汽油。随后他们在路易斯堡乏味的街道上开车转到了午夜，听着断断续续的广播，吹着牛皮，说自己高中毕业了要如何如何，直到香烟、威士忌和不着边际的未来计划嘶哑了他们的嗓子。

阿尔文靠在摇椅上，想着现在谁会住在自己的老房子里，想着那个商店售货员是不是还孤身一人住在野营车里，而珍妮·瓦格纳会不会已经被搞大了肚子。“小妹妹。”他喃喃自语道。他又想到他带着名叫博德克的副警长去了祈祷木之后，他把自己锁在了巡逻车后面，像是这个执法人员害怕他，一个脸上粘着蓝莓派的10岁孩子。那天晚上他们把他安置在一间空牢房里，不知道该拿他怎么办，第二天下午福利部门的女士出现了，带着一些他的衣物和他奶奶的地址。他举起瓶子，看见瓶底还剩大约两英寸高的酒。他把它塞到了椅子下面，留给伊尔斯科尔明早喝。

## 23

塞克斯牧师轻咳了一声，煤溪圣灵教堂的会众眼看着一缕鲜血从他下巴上流了下来，滴到他衬衣上。然而他还是坚持布道，十分得体地为人们讲完了帮助你的邻居，但接下来结束的时候，他宣布了自己辞职的消息。"只是暂时的，"他说，"等我觉得好点了就回来。"他说他太太在田纳西有个外甥，刚从某所圣经学院毕业。"他说他想为贫困人口工作，"塞克斯说，"我觉得他肯定是个民主党。"他咧了咧嘴，希望听到一点笑声，好缓和一下气氛，却只听见后排门口的几个女人和他太太一起哭了起来。他现在意识到今天应该劝她留在家里的。

他小心地吸了口气，清了清嗓子："他长大以后我还没见过他，但他母亲说他挺好。他和他妻子应该两周后就会到，就像我说的，他只是来帮一阵子忙。我知道他不是本地人，但还是尽量请大家对他表示欢迎。"塞克斯打了个晃，赶紧抓住讲坛稳住身子。他从口袋里掏出五兄弟牌空烟盒，高高举了起来："我会把这个移交给他，以备你们的需要。"一阵剧咳袭来，他弯下了腰，但这一次他用手帕捂住了嘴，藏起了鲜血。等缓过气来，他直起身子环视四周，憋得满脸通红，都是汗水。他实在不好意思告诉他们自己快要死了。他终于敌不过这些年来与之斗争的发黑的肺叶。按照医生的说法，只要再过几周或是几个月，他就要去见造物主了。塞克斯不能说自己盼着这一天到来，但他知道自己这辈子已经比多数人过得都要好了。毕竟，他不是比那些死于矿难的倒霉家伙多活了42年吗？就是那次事故让他走上了布道之路。是的，他很幸运。他从眼中拭去一滴泪水，把染血的手帕塞进裤袋。“好吧，”他说，“不多耽误大家时间了。我的话讲完了。”

## 24

罗伊抱起轮椅上的西奥多，穿过一片脏兮兮的沙滩。他们在一片公共海滩的北端，位于坦帕市往南一点的圣彼得堡。瘸子的两条废腿像布娃娃一样前后晃着。他浑身尿臊味，罗伊留意到他已经不再用牛奶瓶子接尿了，内急的时候就尿在沤烂了的工装裤上。他放下西奥多休息了好几次，但最后还是把他带到了水边。两个戴着宽边帽的矮胖女人起身朝他们张望了一下，随后迅速卷起毛巾和防晒霜往停车场走去。罗伊回到轮椅那儿拿来了他们的晚餐——两瓶白波特酒和一包煮火腿。这是他们刚被拉橙子的卡车司机放下后，从几个街区外的一间杂货铺偷来的。“有一次我们在这里被关了几天，对吧？”西奥多问道。

罗伊咽下最后一片肉，点了点头：“3天吧，我想是。”那次天黑前警察以流浪罪逮捕了他们。他们当时正在一个街角布道。美国变得像俄国一样糟了，一个消瘦的秃头男人冲他们喊道，当晚他们被押送进牢房的时候经过了他的牢房。为什么仅仅因为一个人没有钱或是住址，警察就能把他扔进监狱？如果这个人就是不想要什么臭钱或是破住址呢？他们吹嘘的自由在哪儿？警察每天早上都会把抗议者带到楼外，让他抱着一摞电话簿楼上楼下跑个一整天。其他犯人说，这个人仅去年一年就因为流浪罪入狱22次，警察已经懒得再喂这个共产主义混蛋了。至少，他们得让他为自己那份博洛尼亚大红肠和玉米糊糊流上点汗。

“我记不清了，”西奥多说，“坐牢是什么滋味？”

“还不赖，”罗伊说，“我记得他们还发咖啡当甜点。”他们坐牢的第二晚，警察带进来一个身大肉沉的大块头，脸上带着刀疤，叫作“吃痘人”。快睡觉的时候，他们把他塞进了走廊尽头共产主义者旁边的牢房里。除了罗伊和西奥多，牢里的每个人都听说过“吃痘人”。他在墨西哥湾岸区上下十分出名。“为什么他们这么叫他？”罗伊问他们隔壁牢房留着八字胡开假支票的人。

“因为这个杂种会把你摁倒，挤你脸上的痘痘，”这人说，他绕着自己打过蜡的黑胡须尖尖，“还是我走运啊，脸蛋总是光溜溜的。”

“他干吗这么做？”

“他喜欢吃痘痘，”走廊对面牢房里的另一个人说，“有人说他是个食人魔，整个佛罗里达到处都有他埋起来的残骸，但我不买账。他只是喜欢被关注，我觉得。”

“天呐，这样的狗杂种一定得被干掉。”西奥多说着，瞟了一眼罗伊脸上的痘疤。

八字胡摇了摇头。“想干掉他可没那么容易，”他说，“你见没见过能扛起一部汽车的智障？有年夏天我在那不勒斯的鳄鱼养殖场干活，那里就有一个。那个混蛋发起疯来你用机关枪都打不倒。‘吃痘人’就是那样的。”随后他们听见走廊尽头传来一阵骚动。很明显，共产主义者并不打算轻言放弃，这让罗伊和西奥多振奋了一点，但几分钟之后传来的就只剩他的哭喊声了。

第二天早上，3 个虎背熊腰的白大褂男人带着警棍进来，把“吃痘人”塞进约束衣拖走了，送去了城市另外一边的疯人院。从那以后共产主义者再也没有对法律发过牢骚，一次也没有抱怨过脸上新添的挤压伤痕或是脚上的水泡，只是抱着自己的电话簿上下楼梯，像是很感激他们给了他一些有意义的工作。

西奥多叹了口气，远眺着湛蓝的海湾，那天的水面平静得就像一块玻璃："听起来真好，有咖啡当甜点。也许我们该让他们把我们抓进去，休息一下。"

"见鬼，西奥多，我可不想在监狱里过夜。"罗伊盯着新轮椅。这是几天前他溜进一个老人家中"借"来的，上一部的轮子彻底废了。他在想他们离开西弗吉尼亚后他推着西奥多走了多少英里。尽管他对数字不太擅长，但他估计到目前为止应该有100万左右了。

"我累了，罗伊。"

自从上个夏天西奥多搞黄了他们在嘉年华的工作以后，他就一直不太正常。一个大约五六岁的小男孩，吃着纸筒装棉花糖，在罗伊忙着在前台招揽观众时溜达到了帐篷后面。西奥多发誓说孩子只是请他帮忙把裤链拉上，但这话就连罗伊也不相信。几分钟后，比利·布拉福德就把他们塞进他的凯迪拉克，丢到了几英里外的乡下。他们甚至没来得及跟"烙饼小丑"或是"火烈鸟女士"道别。从那以后，尽管他们尝试接洽了几个别的演出团体，但关于瘸子恋童癖和他的吃虫伙伴的风声在嘉年华业主中传得很快。"想让我把吉他给你拿来吗？"罗伊问。

"不用啦，"西奥多说，"我今天没什么音乐细胞。"

"你病了？"

"我不知道，"瘸子说，"像是永远也没法喘口气。"

"想吃个卡车司机给我们的橙子吗？"

"绝对不要。橙子我吃得够多了，都够我撑到审判日了。吃得我直拉稀。"

"我可以把你送到医院去，"罗伊说，"过一两天再来接你。"

"医院，比监狱更糟。"

"想让我为你祈祷吗？"

西奥多笑了起来："哈。这笑话不错，罗伊。"

“也许这就是你的症结所在。你不再虔诚了。”

“不要再说这种屁话了，”西奥多说，“我尽我所能地侍奉了主。我的腿就是证明。”

“你只是需要休息，”罗伊说，“天黑前我们找棵好树，在树底下好好睡一觉。”

“听起来还是很棒啊。牢里发咖啡当甜点。”

“老天，你要是想喝咖啡，我去给你弄一杯。我们还剩点零钱。”

“我希望我们还跟着那个嘉年华，”西奥多叹了口气，“那是我们最好的一份工作了。”

“是啊，哼，你要是这么觉得，就不该碰那个孩子。”

西奥多捡起一块卵石扔进水里：“真是让人想不明白啊，对吧？”

“想不明白什么？”罗伊问。

“我不知道，”瘸子耸了耸肩，“只是让人想不明白，仅此而已。”

# 第四部

# 寒　冬

## 25

那是1966年早春2月一个寒冷的早晨，卡尔和桑迪在一起的第5年。公寓冷得像冰箱，但卡尔担心如果他继续敲楼下房东太太的门让她调高暖气，他也许会控制不住自己，用她的脏发网把她勒死。他还没在俄亥俄州杀过人，不想脏了他自己的地盘。那是规定中的第2条。因此尽管伯奇威尔太太比谁都该死，她还是逃过了一劫。桑迪在快到中午的时候醒了过来，窄肩膀上披着毯子走进了客厅，下摆拖过地上的尘土。她浑身发抖，在沙发上缩成了球，等着卡尔给她端来一杯咖啡，打开电视。接下来的几个小时里，她抽着烟，看着肥皂剧咳嗽。3点卡尔会从厨房里吼她去上班。桑迪每周6天做酒保女，尽管她应该在4点接朱厄妮塔的班，可她总是迟到。

她哼哼唧唧地起身在烟灰缸里摁灭烟头，抖落肩头的毯子，关上电视，哆嗦着进了洗手间。她俯身对着洗脸池，往脸上泼了些水，擦干脸，端详着镜中的自己，徒劳地试图刷去牙齿上的黄斑。她用一管口红涂了嘴唇、画了眼影，把棕色的头发在脑后梳成一条软塌塌的马尾辫。她浑身酸痛，带着擦伤。昨晚酒吧关门后，她为了20美元在台球桌上“接待”了一个造纸厂工人，他最近被复卷机绞掉了一只手。自从那通该死的电话之后，她哥哥最近对她看得很严，但是20美元毕竟是20美元，不管你怎么看。有了这么多钱，她和卡尔能开车穿过半个州，或是付一个月的电费。李那些不正当的勾当，还有他对她会让他丢了选票的担心，这一切都让她心烦。那个男人告诉她，如果她让他把金属钩子伸进她的身体里，他还会再掏10美元，但桑迪告诉他，听起来这种事情应该留给他老婆。

“我老婆又不是妓女。”那人说。

“是啊，说得对，”桑迪褪下内裤的时候还击道，“可她嫁给了你，不是吗？”他往她身上撞的时候，她一直紧紧抓着那20美元。她好一阵子没有“接待”过这么难缠的家伙了，看来老混蛋下定决心要干回本。他又是咕哝又是喘不上气，听起来像是心脏病快要发作了。冰冷的金属钩子紧压着她右边屁股。等他完事以后，钞票已经在她手心里攥成了一个小球，被汗浸透了。他从她身上下来以后，她把钱在绿毛毡上摊平塞进了毛衣。“再说了，”她走去开门把他放出去的时候说，“那玩意儿又没有感觉，还不如一个啤酒罐子呢。”有时，这样的夜晚之后，她多么希望自己能回到木勺子餐馆上早班。至少那个老烧烤厨子亨利还算怜香惜玉。他是她的第一个，就在她刚满16岁之后。那天晚上他们一起在仓库地板上躺了好久，浑身都是面粉，因为他们撞倒了一个50磅的面粉袋子。他每隔一阵子还会来酒吧闲聊一会儿，逗她说要再擀些馅饼皮面团。

她进厨房的时候，卡尔正坐在炉子前面，当天第二遍读着同一份报纸。他的手指都被油墨染灰了。炉子上所有的煤气头都点着火，烤箱门也开着。蓝色火苗在他身后跳跃，就像迷你营火。他的手枪放在厨房桌面上，枪管指着门口。他的眼白密布着红血丝，在桌子上方挂着的裸灯泡的映照下，他肥胖、苍白、胡子没刮的脸看起来就像某个冰冷、遥远的星球。昨晚多数时间他都缩在走廊上用作暗房的小衣帽间里，把上一个夏天留着的一卷胶卷冲出来。他讨厌看到这一切结束。最后一张照片洗出来的时候，他快哭了。距离下一个八月还有好久。

“那些人真是一团糟。”桑迪边在手袋里找车钥匙边说。

“哪些人？”卡尔问道，翻了一页报纸。

“电视上那些人。他们不知道自己想要什么。”

“见鬼，桑迪，你对那些白痴也太关心了吧，”他说着，不耐烦地看了一眼钟，“该死，你觉得他们在乎你吗？”5 分钟前她就应该开始上班了。他花了整整一天等她离开。

“要不是因为医生，我就不看了。”她说。她一直很喜欢某部戏中的医学博士，是个又高又帅的男人，卡尔相信他一定是地球上最幸运的混蛋。那个男人就算掉到老鼠洞里，也能提着装满钱和凯迪拉克“黄金时代”车钥匙的箱子爬出来。这些年桑迪追的戏里，他可能比耶稣创造的奇迹还要多。卡尔受不了他，那个电影明星的假鼻子，那些 60 美元的西装。

“他今天又被谁爆口了？”卡尔说。

“哈！你真会聊天。”桑迪说着，套上了大衣。她已经懒得再为自己的肥皂剧辩护了。

“你他妈什么意思？”

“随便你觉得是什么意思，”桑迪说，“你又在那个衣帽间待了一整夜。”

“我告诉你，我还真想会会那个狗杂种。”

“我看你是该会会。”桑迪说。

“我会让他叫得像只猪，我对上帝发誓！”卡尔喊道，她摔门而去。

她走后几分钟，卡尔就停止了对演员的诅咒，关上了炉子。他趴在桌上打了个盹儿。醒来的时候屋里已经黑了。他饿了，但冰箱里只能找到两块发霉的面包和塑料容器装着的一点硬邦邦的甜椒乳酪。他打开厨房窗户，把面包扔进了前院。房东太太门廊透出的一束光线里，几片雪花飘落。他听见街对面的牲畜围场里有人在笑，还传来门猛地关上时金属的哐当声。他意识到自己已经一周多没有出过门了。

他关上窗户走进客厅，踱着步，唱着古老的宗教歌曲，挥舞双臂，像在带领一个唱诗班。《收禾捆回家》是他的最爱之一，他会连唱好几遍。在他小时候，他母亲会在洗衣服的时候唱这首歌。老爷子过世之后，她会为每一种家务、每一次心痛和老爸死后发生在他们身上的每一件破事配一首特定的歌。她为有钱人洗衣服，一半时间都被王八混蛋骗。有时他会逃课，躲在朽掉的门廊下面，和鼻涕虫、蜘蛛还有邻居猫的一点残骸在一起，花上一整天听她唱歌。她的歌喉似乎永不疲倦。他会把她给他当午饭带着的黄油三明治分成几顿吃，从他藏在猫胸腔骨中生锈的汤罐子里喝脏水。他会假装那是蔬菜牛肉汤或是鸡汤面条，但不管他怎么努力，喝起来总是泥土的味道。他真希望自己上次去商店的时候买了汤。关于那个旧罐子的记忆让他又饿了。

他唱了好几个小时，嘹亮的歌声回荡在屋里，因为用力脸涨得通红，满是汗水。快到 9 点的时候，房东太太开始用扫帚柄疯狂地敲楼下的天花板。激昂的《一路向前，基督的士兵》他正唱到一半。其它时候他会对她置之不理，但今晚他立刻停了下来，兴致勃勃地准备去做其它事情。但她如果不赶紧把破暖气温度调上去，他会让她到午夜都睡不成觉。他冷点没什么，但桑迪总是全身发抖、抱怨连连，让他神经紧张。

他回到厨房，从放勺子的抽屉里拿出手电筒，确认门已经锁好。接着他走了一圈，拉上了所有窗帘，最后来到了卧室。他双膝着地，从床下摸出一个鞋盒。他拿着鞋盒走进客厅，把灯全部关上，在黑暗中坐定在沙发上。冷风从关不紧的窗户钻进来，他把桑迪的毯子披到了肩上。

他把盒子放在大腿上，闭上双眼，一只手探进纸板盖子下面。里面有 200 多张照片，但他只摸了一张出来。他用拇指缓缓摩挲着光滑的纸面，试着猜出是什么画面，这是他的一个小把戏，拉长了片刻欢愉。做出猜测之后，他睁开眼睛，打开手电筒一秒钟。咔嗒，咔嗒。尝到一点滋味之后，他把相片放在一边，又闭上双眼，拿出另一张。咔嗒，咔嗒。裸露的脊背，流血的弹孔，两腿分开的桑迪。有时他拿完了整盒相片，一张也没有猜对。

一度他觉得自己听见了什么声音——车门的响声，后面台阶上的脚步声。他起身拿着手枪蹑手蹑脚地从一个房间溜达到另一个房间，往窗户外面窥探。随后他检查了门，回到了沙发上。时间像是会转换，一会儿加速，一会儿变慢，前后推移，像是他一遍遍在做的那个疯狂的梦。上一秒钟他还站在印第安纳州贾斯伯城外泥泞的大豆田里，手电光一闪，又把他带到了科罗拉多州糖城北面的岩石谷底。以前的那些声音像蠕虫爬过他的大脑，有些是苦涩的咒骂，有些还在乞求他开恩。午夜时分，他已经转遍了中西部的大部分地区，再现了24个陌生男人生命的最后时刻。一切他都记得。每次他拿出盒子就像给他们还魂，把他们唤醒，允许他们用自己的方式歌唱。再“咔嗒”一次，今晚圆满了。

他把盒子放回床下藏好，打开灯，用她的小毛巾尽可能地把毯子擦干净。接下来的几个小时，他都坐在厨房桌前清理手枪，研究公路地图，等着桑迪下班回来。每次跟盒子独处一回之后，他都会觉得需要她的陪伴。她跟他说了那个造纸厂的男人，他思量片刻，想着要是他们遇到了那样一个搭车客，他会拿那个钩子怎么办。

他忘了自己有多饿，直到她带着两个撒了芥末酱的冷汉堡、三瓶啤酒和一份晚报走进来。他吃东西的时候，她坐在他对面仔细地数着自己的小费，把5分、1角和2角5分的硬币整整齐齐地摞成几小堆，他回想起今天早些时候他对她愚蠢的电视剧的态度。“你今晚干得不错。”等她数完，他说道。

“对于周三来说是不错，我想，”她疲惫地笑笑，“你今天干吗了？”

他耸了耸肩：“哦，清理冰箱，唱了几首歌。”

“你没再惹老太太生气吧？”

“开玩笑啦，”他说，“我想给你看几张新照片。”

“哪些？”她问。

“头上裹着大手帕的那个家伙。拍出来很不错。”

“今晚不了，”她说，“看了我会睡不着的。”接着她把一半零钱推给了他。他拢起零钱丢进了他放在水槽下面的一个咖啡罐里。他们总是在攒钱，为了下一部破车、下一卷胶卷、下一次旅行。他打开最后一瓶啤酒，给她倒了一杯。然后他跪在她前面，为她脱下鞋子，开始帮她按摩双脚，缓解工作的疲劳。“今天我不该说你那个医生的坏话，”他说，“你想看什么都行。”

“只是找个事做，宝贝，”桑迪说，“让我换换脑子，明白吗？”他点了点头，轻柔地摁着她柔软的足心。“就是这里。”她说着，伸开了双腿。等她喝完啤酒，抽完最后一支香烟，他拢起她消瘦的身子，抱着咯咯直笑的她穿过走廊走进卧室。他好几个礼拜没听她笑过了。他今晚会让她睡得暖暖和和的，至少这一点他还能做到。已经快凌晨 4 点了，头顶吉星，心无留恋，他们又撑过了一个漫长的冬日。

## 26

几天后，卡尔开车送桑迪去上班，告诉她自己需要离开公寓一会儿。前一天晚上下了好几英寸的雪，那天早上太阳总算从低垂在俄亥俄州上方好几个礼拜、阴魂不散如诅咒的浓厚乌云中探出了脸。米德的一切，就连造纸厂的大烟囱，都闪闪发光、一片洁白。“想进来坐坐吗？”他把车停在特库姆塞酒吧门前的时候她问，“我给你买杯啤酒。”

卡尔环顾着满是雪泥的停车场，很惊讶居然中午就有这么多车。他把自己关在公寓里太久了，觉得无法容忍圣诞节前第一次回到现实世界里就遇到这么多人。“啊，我想还是算了，”他说，“我觉得我还是开车转转吧，尽量天黑前回家。”

“随便你，”她打开自己那边的车门，“今晚别忘了接我下班就好。”

她刚走进酒吧，卡尔就径直回到了位于瓦特街的公寓。他坐着，盯着厨房窗外，直到日落，随后出门上了车。他把相机放进手套箱，手枪塞在座椅下。旅行车里还剩半箱油，钱包里有5美元，是他从他们的旅行经费罐里拿的。他对自己发誓一定什么都不做，只开车在镇上转转，装装样子。不过有时他也希望自己从没立过那些该死的规定。见鬼，在这种地方，只要他想，每晚都能干掉一个乡巴佬。“但这就是你立下规定的初衷，卡尔，”他开上街的时候对自己说，“这样你才不会把所有事情搞砸。”

他经过高街白牛餐馆的时候，看见他大舅子站在停车场边上自己的警车旁，和坐在一辆闪亮的黑色林肯里面的什么人说着话。从博德克挥舞胳膊的样子看，他们像是在吵架。卡尔放慢车速，从后视镜里尽可能久地看了他们一会儿。他想起几周前有天晚上桑迪说过的话，说她哥哥如果继续跟塔特·布朗和布波·麦克丹尼尔斯这样的人鬼混，他最后得去坐牢。“他们是什么人？”他问。他正坐在厨房桌前，剥开她从工作的地方给他带回来的一只奶酪汉堡的纸衣。边上被别人咬了一口。他用折叠小刀刮去了洋葱丁。

“他们控制了从索克维耳到朴茨茅斯的所有生意，”她告诉他，“所有违法的生意。”

“原来如此，”卡尔说，“你怎么知道的？”她总会带着醉汉跟她讲的鬼话回家。上周有个人跟她说自己参与刺杀了肯尼迪。卡尔有时觉得很光火，她居然这么容易受骗上当，但话又说回来，他知道也许这是长久以来她一直跟着他的主要原因之一。

“因为今天朱厄妮塔刚走，就有人来酒吧给了我一个信封，让我交给李，”她点了支烟，对着斑斑点点的房顶吹了一口，“鼓鼓囊囊装满了钱，而且不是一块两块的票子哦。里面肯定有四五百美元，也许更多。”

“老天爷啊，你拿了吗？”

“你开什么玩笑？那种人不是你偷得起的。”她从卡尔面前油渍渍的纸盒里拿起一根薯条，在一小坨番茄酱上蘸了蘸。整个晚上她都在想着带上信封跳进车里溜之大吉。

“但他是你哥哥，见鬼。他不会把你怎么样的。”

“放屁，卡尔，看看李现在的样子，要是他想干掉我们，保准眼都不眨一下。至少对你肯定是这样。”

“那你到底拿钱怎么办了？现在还在你身上吗？”

“当然不在了。他一来我就装傻给他了。”她看了看手里的薯条，又丢进了烟灰缸。“不过他看起来还是不太开心。”她说。

卡尔一面想着自己的大舅子，一面转进了藤街。每次他遇到李的时候，谢天谢地这种时候不太多，那个狗娘养的都要问他：“你在哪儿上班，卡尔？”他巴不得看到他因为拿着警徽招摇过市惹上摆脱不掉的麻烦。他看见前面有两个男孩，大约十五六岁，沿着人行道慢慢走着。他停过去，关上引擎，摇下窗户，深吸了好几口冰冷的空气。他看着他们在街区尽头分手，一个往东，一个往西。他摇下副驾驶座的窗户，发动了车子，在停车标志处往右一转。

“嗨，”卡尔停在那个瘦瘦的男孩旁边，他穿着一件深蓝色夹克衫，背后用白线绣着“米德高中”，“要不要搭车啊？”

男孩停下脚步，看着矮墩墩的旅行车里的司机。那个男人满脸是汗，在明晃晃的路灯映照下泛着光。他的肥下巴和脖子上满是棕色的胡茬。他的眼睛警觉而冷酷，像是某种啮齿动物。“你说什么？”男孩问。

“我在开车转悠，”卡尔说，“也许我们可以一起喝杯啤酒。”他咽了下口水，在几乎要开始乞求的时候控制住了自己。

男孩嘿嘿一笑。“你找错人了，先生，”他说，“我不是那种人。”随后他又迈开了步子，比之前速度更快。

“去你妈的。”卡尔小声说。他坐在车里，看着男孩进了几间门面外的一间房子。尽管有点失望，可他更多的还是释然。他知道如果那个小混混上了车，他肯定会控制不住自己。他几乎可以看到那个小混蛋开膛破肚躺在雪地上的情景。总有一天，他想，他得拍些冬天的场景。

他又开回了白牛餐厅，发现博德克已经走了。他停车走了进去，坐在吧台前点了杯咖啡。他的双手还在发抖。“靠，外面真冷。”他对高高瘦瘦的红鼻子女招待说。

“欢迎来到俄亥俄州。”她说。

“我还不习惯。”卡尔说。

“哦，你不是本地人？”

“不是，”卡尔啜了口咖啡，拿出一支“狗屌”，“我从加利福尼亚来，路过这里。”随后他皱起眉头，低头看着雪茄。他不知道自己为什么这样说，也许是想打动姑娘。只要提到这个州名他就觉得恶心。他和桑迪结婚几周后便搬到了那个地方。卡尔觉得他能在那里获得成功，给明星和帅哥靓女拍照片，为桑迪找到一份模特的工作，但结果他们穷困潦倒，肚子都填不饱，最后他把她卖给了自己在一个不靠谱的经纪公司外面遇到的两个男人，他们想拍黄片。她一开始拒绝了，但那天晚上，他给她灌了伏特加，又许下诺言之后，两人开着破车进了雾茫茫的好莱坞山，来到一处又小又黑、窗户上糊着报纸的屋子前面。“我们可能要时来运转了，”卡尔带着她走向门口，“建立些人脉。”

除了跟他谈生意的两个人之外，还有另外七八个男人站在客厅柠檬黄色的墙前，屋里只有支在三脚架上的一部电影摄像机和一张床单皱巴巴的双人床。一个男人递给卡尔一杯饮料，另一个柔声命令桑迪把衣服脱下来。有几个人在她宽衣解带的时候拍了些照片。大家都一言不发。随后有人一拍巴掌，洗手间的门砰然打开。一个顶着和身高不相称的大光头的侏儒牵着一个神情迷茫的高大男人走进了客厅。侏儒穿着尖头意大利皮鞋和光鲜的长裤，裤脚卷起来几英寸，还有一件夏威夷衬衫。但那个大块头却一丝不挂，晒得黝黑、肌肉强健的双腿之间摇晃着长长的阴茎，有咖啡杯那么粗，青筋暴突。桑迪一见咧嘴笑着的侏儒放开了男人脖子上狗套的带子，赶紧翻身下床，发了疯般地抓起自己的衣服。卡尔起身说："不好意思，兄弟们，这位女士改变了想法。"

"把那个狗杂种弄出去。"电影摄像机后面的那个人咆哮着。卡尔还没弄清楚状况，就被 3 个男人拖出门外，塞进了他的车里。"你等在这里，否则她会伤得很惨。"其中一个跟他说。他嚼着雪茄，看着糊上的窗户里黑影前后闪动，试图让自己相信不会出事。毕竟这是电影行业，能出什么大问题。两个小时之后，前门打开了，同样的 3 个男人把桑迪带了过来，丢在车后座上。其中一个绕到驾驶位这边递给卡尔 20 美元。"不对啊，"卡尔说，"说好了是 200 的。"

"200？去你的，她连 10 块都不值。那个大块头一捅进她的后门，她就昏过去了，躺在那里像条死鱼。"

卡尔扭头看着躺在后座上的桑迪。她开始慢慢醒过来了。他们把她的上衣穿反了。"扯淡，"他说，"我要跟和我谈生意的那几个人说话。"

"你说的是杰瑞和泰德？他们一小时前就撤了。"那人说。

"我要报警，我一定要报警。"卡尔说。

"不，你不会的。"那人摇了摇头。他把手伸进窗户，用力掐住卡尔的喉咙："要是你还叽叽歪歪不赶紧滚远，我就把你也弄进去，放弗兰基干你的肥屁股，让他和东条再挣个 100 块。"那人走回屋子的时候，卡尔听见他回头说："别想着再带她回来。她不适合干这一行。"

第二天早上，卡尔出门去当铺买了一把样式古老的史密斯威森点 38 口径手枪，拿拍黄片的给他的 20 美元付了账。"我怎么知道这东西还能不能用？”他问当铺老板。

“跟我来。”老板说。他带卡尔进了后屋，对着装满了锯末和旧杂志的桶开了两枪：“这种型号 1940 年左右就停产了，但它仍然是把好枪。”

他回到蓝星汽车旅馆，桑迪正泡在放满了热水和泻盐的浴缸里。他给她看了枪，发誓说要让那两个陷害了他们的人吃枪子。但随后他走上街头，在公园的长椅上坐了一天，想着还不如把自己崩了。那天有些东西在他体内破灭了。他第一次发现自己的人生毫无意义。他唯一会的就是摆弄相机，但谁需要又一个快秃了的胖子拍无聊的照片？拍抽抽搭搭的红脸婴儿、穿着晚礼服的荡妇、阴沉着脸庆祝共度 25 年悲惨人生的夫妇？那天晚上他回到房间，她已经睡着了。

第二天下午他们启程回俄亥俄州。他开车，她坐在他们从汽车旅馆房间偷来的枕头上。他发现自己无法正视她的双眼，穿过沙漠开进科罗拉多的路上他们几乎没有说过话。他们开进落基山脉的时候，流血终于止住了，她告诉他，她还是宁愿开车，总比坐着想自己被侏儒下了药的奴隶强奸，还被其他人耻笑强。她往方向盘后面一坐，点了支烟，打开了广播。他们只剩下最后 4 美元了。几个小时后，他们载了一个身上有金酒味道的男人，说要搭顺风车回奥马哈他妈妈家。他告诉他们，自己把包括车在内的所有东西都赔进妓院了——其实只是一个活动汽车房，当班的是 3 个浪荡女人，一个阿姨和她的两个外甥女——在雷诺市北边的沙漠里。“女人，”他说，“我总是栽在她们手上。”

“所以你被什么疾病困扰着吗？”卡尔说。

“老兄，你说话真像我有次去看的心理医生。”他们开了几分钟车，谁都没有说话，随后那男人身子往前一探，胳膊随便搭在前座上。他请他们喝烧瓶装的酒，但两人谁都没心情快活。卡尔打开手套箱拿出照相机。他觉得可以拍点风景照。很有可能他再也见不到这些山了。“这是你老婆？”那人坐回去之后问道。

“是啊。”卡尔说。

“告诉你，伙计。我不知道你的处境如何，但我愿意给你 20 块跟她来一发。实话告诉你，我觉得我撑不到奥马哈。”

“闭嘴，”桑迪说。她一脚刹车，打开转向灯。“我受够你这种混蛋了。”

卡尔扫了一眼手套箱里半掩在地图下面的手枪。“等等。”他低声对桑迪说。他转过身来打量着那个男人：衣服体面，头发乌黑，肤色健康，颧骨高耸。金酒的味道里还夹杂着一丝古龙水。“你不是说钱都没了吗？”

“是啊，我身上的钱是都没了，但我到拉斯维加斯之后给我妈打了电话。她这次不会给我买车了，但她还是给了我几个小钱当作回家的路费。她可擅长这一套了。”

“50 怎么样？”卡尔说，“你有这么多钱吗？”

“卡尔！”桑迪失声尖叫。她差点让他也滚下车，但她看见他从手套箱里把枪摸了出来。她把目光转向了公路，车速又提了上去。

“老兄，我不知道，”那人边说边抓着下巴，“钱我是有，但 50 块够搞点花头了，你懂我意思吗？你不介意来点赠品吧？”

“当然不，你爱干吗干吗，”卡尔说着，心跳加快，嘴巴发干，“我们只需要找个隐蔽点的地方停下。”他吸了口气缩着肚子，把枪塞进了裤裆里。

一周后，他终于壮起胆子把那天的照片洗了出来，一瞥之下，带着从未如此确定的感觉，卡尔明白，他毕生杰作的开端正在那盘浅浅的定色剂里盯着自己。尽管再一次看见桑迪双臂缠绕着那个采花大盗的脖子在第一次真正的高潮中挣扎让他很是受伤，但他知道他再也停不下来了。至于他在加利福尼亚受到的屈辱？他发誓再也不会重演了。第二年夏天他们开始了第一次猎杀之旅。

女招待等卡尔点着了雪茄，随后问道：“你在那儿做什么呢？”

“我是个摄影师。拍的多数都是电影明星。”

“真的吗？你拍没拍过泰布·亨特？”

“没，好像还没有，”卡尔说，“但我敢说他会是个很棒的合作对象。”

## 27

没过几天，卡尔已经成了白牛餐厅的常客。在公寓里躲了大半个冬天之后再回到人群中间也挺好的。女招待问他什么时候回加州，他告诉她自己决定在这儿待一阵子，远离好莱坞的纷扰，休息一下。有天傍晚他坐在吧台前面，两个目测六十开外的男人把长长的黑色凯迪拉克“黄金时代”停得离前门只有几英尺，大摇大摆地走了进来。一个是西部打扮，满身亮片，啤酒肚抵着一个温切斯特来复枪样式的皮带扣，走起路来弓着腿，卡尔觉得他要么刚从烈马上下来，要么屁眼里捅了根黄瓜。另一个穿着深蓝色西装，胸前挂满各式徽章和爱国绶带，得意地顶着美国海外退伍军人的帽子。两个人的脸都涨得通红，因为喝高了，又自命不凡。卡尔认出牛仔打扮的上过报纸，是个市政厅的共和党大嘴巴，总是在月度会议上抱怨世风日下，米德城市公园有打野炮的。尽管卡尔晚上开车经过那里上百回了，可他撞见最热辣的场景也只不过是一对笨手笨脚的少男少女试着在小小的二战纪念碑前给对方一个吻。

两人在卡座里坐下，点了咖啡。女招待上过咖啡之后，他们开始聊起从美国退伍军人协会过来的路上看见人行道上走着的长发男。“以前咱们这儿没见过。”西装男说。

“等着吧，”牛仔说，“要是不管管，一两年之后就多得像猴子屁股上的跳蚤了。”他喝了一口咖啡。“我有个住在纽约市的侄女，她儿子看起来跟女孩子一模一样，头发长得都盖住耳朵了。我一直让她把他送过来，我肯定能把他收拾得服服帖帖，但她不愿意。说什么我肯定对孩子太厉害了。”

他们把声音压低了一点，可卡尔还是能听见他们说自己以前怎么把黑人吊死，还得再开始用私刑，累是累了一点，但必须这么对付这次的长发男们。“拽长几根他们的脏脖子，”牛仔说，“他们脑子才会清醒，老天啊。至少他们就不敢再来这儿了。”

卡尔隔着整个餐厅都能清楚地闻到他们身上的须后水味。他盯着面前吧台上的糖碗，试图想象他们的人生，那些他们迈出去收不回的步子，带他们来到俄亥俄州米德镇这个寒冷、漆黑的夜里他们所在的地方。刚才他的感觉就像过了电，他意识到自己在这个地球上短暂的人生和自己的所作所为，还有这两个老不死的以及他们跟自己的联系。这跟模特给他的感觉如出一辙。他们选了一段旅程或是一个方向，最终上了他和桑迪的车。这让他怎么解释？不，他无法解释，但他确实可以感觉得到。这是个谜，卡尔只能这么说。明天，他知道，这一切就会失去意义。直到下一次这种感觉才又会出现。随后他听见了后厨水槽的流水声，一个星夜他挖的那个潮湿墓穴的清晰画面从记忆里浮现出来——他在一片湿地上挖着，半弯的月亮高悬在空中，白得就像新雪，颤巍巍地落在洞底渗出来的水上，有一种他前所未见的美丽——他试图将思绪停留在这个画面上，因为他有一阵子没想到它了，但老头子的声音又插了进来，搅扰了他的平静。

他开始感到有点头痛，就问年轻的女招待要一片阿司匹林，他知道她藏在手包里。她喜欢吸阿司匹林，有天晚上她对他承认，碾碎了把粉末放在香烟里。小镇毒品，卡尔想，他好不容易才忍住没有笑话她，这个可怜的傻姑娘。她递给他两片，挤挤眼——上帝啊，好像她给他的是一剂吗啡什么的。他对她笑了笑，又想到是不是该试着带她出去兜一圈，看着搭车的跟她快活一番，他拍几张照片，向她保证模特们都是这样起步的。她肯定会相信的。他跟她说了好多天马行空的故事，她也不再显得尴尬了。接着他吞下阿司匹林，从吧椅上侧过身子，这样听两个老头儿讲话更清楚些。

“民主党会毁了这个国家，”牛仔说，“我们需要做的，‘巴士’，是创建我们自己的小军队。杀鸡儆猴。”

“杀掉民主党还是长发男，J.R.？”

“先拿娘娘腔开刀，”牛仔说，“还记得那次高速公路上有个疯杂种把自己卡在鸡身上吗？‘巴士’，我向你保证，长发男比那个还要糟10倍。”

卡尔喝了一口咖啡，听着两人幻想成立私人民兵团。那会是他们死前对国家最后的贡献。如果需要，他们很乐意为国捐躯。那是他们作为公民的义务。接着卡尔听见其中一个大声说：“你看什么看？”

两人都盯着他。“没什么，”卡尔说，“只是在喝我的咖啡而已。”

牛仔对着西装男挤了挤眼，问道：“你怎么想，伙计？你喜欢长发男吗？”

“我不知道。”卡尔说。

“他妈的，J.R.，可能他家里有个长发男等着他回去呢。”西装男开玩笑说。

“是啊，他没有我们需要的勇气，”牛仔说着，又转身对着自己的咖啡，“很可能他妈的从来没有服过兵役。软得像个甜甜圈，那个男的。”他摇了摇头：“整个该死的国家都变成了那副样子。”

卡尔一言未发，但他在想杀掉一对他们那样的老不死的会是什么感觉。有一瞬间，他想过要在他们离开之后跟踪他们，让他们干对方作为序曲。他打赌等他开始动真格的，那个牛仔一定会吓尿在西装男的小帽子里。那两个死变态大可以认为卡尔·亨德森一文不名，他不在乎。他们可以从现在把牛皮吹到世界末日，吹嘘自己要怎么怎么杀人，但两个人都没有胆子动手。15 分钟之内他就能让他俩求他结果了他们。他知道该做什么能让他们为了好受两分钟吃掉对方的手指。他只需要作出决定。他又喝了一口咖啡，看着窗外的凯迪拉克，还有雾蒙蒙的街道。当然，只是个老胖子，老大。软得像个该死的甜甜圈。

牛仔又点了支烟，咳出一口棕色的浓痰，吐在了烟灰缸里。“把其中一个混蛋变成宠物，我倒是想试试看。”他说着，用对方递给自己的纸巾擦了擦嘴。

“你想要个男人还是个女人，J. R.？”

“见鬼，他们看起来都一样，不是吗？”

西装男咧嘴一笑：“你会喂宠物吃什么？”

“你他妈最清楚我会喂什么，‘巴士’。”牛仔说完，两个人都大笑起来。

卡尔把身子转了回来。这倒是他以前没想过的。宠物。现在养个宠物不太可能，但以后也许可以。你看，他自己琢磨着，总有新鲜、刺激的玩意儿值得期待，哪怕在这样的人生中。除了出去“捕猎”的那几个礼拜，他总是很难高兴起来，但接下来就会发生点什么，提醒他人生并不全是一坨屎。当然，要是想把模特变成某种宠物，他们就得搬出城区，住到乡下。你得弄个地下室，至少得有个离房子近的外屋，一个工具房或是谷仓。也许最终他真的能把宠物训练听话，但他想到这里有些怀疑，因为他可能耐不下性子。让桑迪守规矩已经够难了。

## 28

二月将尽的一个下午，桑迪刚上班，博德克就走进了特库姆塞酒吧，点了杯可乐。酒吧没有别的客人。她给他倒了饮料，一句话也没说，转身回到吧台后面的水槽旁清洗昨晚留下的脏啤酒杯和一口杯。他注意到了她的黑眼圈和开始露白的头发。她看起来还不到 90 磅，牛仔裤松松垮垮地挂在身上。他把她的每况愈下归罪于卡尔。博德克一想到那个死胖子还要靠她养就生气。虽然这些年他和桑迪走得并不是很近，但她毕竟是他妹妹。她才刚过完 24 岁生日，比他要小 5 岁。可她这副样子像是撑不过 40 了。

李挪到吧台顶头的一个吧椅上，方便看着门口。自从那晚他来酒吧拿那包钱之后——这是塔特·布朗迄今对他做过最蠢的一件事，他也已经告诉过那个混蛋了——桑迪几乎没再跟他说过话。她觉得他是坏人，这让他心烦，至少他花时间去想的时候觉得有点烦。他觉得她还在生气，因为他提到她在这个垃圾堆后面卖肉什么的。他转身看着她。这个地方死气沉沉，唯一的声响就是她拿起杯子洗的时候玻璃杯在水中的碰撞。去他妈的，他想。他开始说话，提到卡尔最近花了很多时间跟白牛餐馆的一个年轻女招待聊天，而她却困在这里端茶送水挣钱付账单。

桑迪把杯子放在塑料滤水器上，擦干双手，想着该说什么。卡尔最近的确让她干了很多活，但这跟李没有关系。他去找女孩子干什么？卡尔只有看着自己拍的照片才硬得起来。“那又怎样？”她最终说道，“他很孤单。”

“是啊，他还是个说谎精呢。”博德克说。有天晚上，他看见桑迪的黑色旅行车停在白牛餐馆门口。他把车停在街对面，看着自己的妹夫跟苗条的女招待东拉西扯。他们看起来相处甚欢，让他很好奇。卡尔离开后，他进去坐在吧台前，要了杯咖啡。“那个刚走的男的，”他说，“你知道他叫什么吗？”

“你是说比尔？”

“比尔啊？”博德克努力憋着没笑出来，“他是你朋友吗？”

“我也不知道，”她说，“我们处得还行。”

博德克从衬衣口袋里掏出一个小笔记本和一支铅笔，装作写下了什么：“废话少说，告诉我你知道的关于他的一切。”

“我遇上什么麻烦了吗？”她问。她咬着一缕头发，紧张地前后挪动着。

“你老实交待就不会有麻烦。”

听完姑娘复述的卡尔的几个故事后，博德克瞟了一眼手表，站了起来。“目前我知道这些就够了。”他把笔记本放回了口袋。“听起来他不是我们要找的人。”他思索片刻，看着姑娘。她还咬着头发。“你多大了？”他说。

“16。”

“这个叫比尔的让你去拍过照吗？”

姑娘脸红了。“没有。”她说。

“他要是这么说，你就打电话给我，知道吗？”如果想跟这个姑娘上床的不是卡尔，他才不操这份闲心。但这个狗娘养的毁了他妹妹，博德克不会忘记这一点，不管他提醒自己多少次这并不关他的事。这个事实啃噬着他，就像癌症。他现在最多只能让桑迪知道这个小女招待的存在。但总有一天他还是要让卡尔狠狠地偿还这一切。不会很难的，他想，和阉一只公猪没有什么区别。

他盘问完姑娘就离开了餐馆，开到监狱旁边的州立公园等塔特·布朗拿钱给他。无线电里调度员吱吱嘎嘎说着亨廷顿峰发生了一起撞车逃逸，博德克伸手调低了音量。几天前，他又为塔特办了一件事，用他的警徽把一个名叫孔罗德的家伙从漆溪下游岸边藏身的旧窝棚里撵了出来。他戴着手铐坐在后座，以为警长会把他带回城里审讯，没想到警车停在了鲁伯山顶的砂石路边。博德克一言未发，拽着手铐把他拉出警车，半拖进100码外的林子里。就在孔罗德从叫喊着要维护自己的权利变成求饶时，博德克在他背后上前一步，一枪射中了他的后脑勺。现在塔特欠他 5 000 美元，比警长最开始的收费高了 1 000。这个施虐狂打了在塔特脱衣舞俱乐部楼上工作的高级妓女，试图用马桶搋子把她的子宫吸出来。土匪头子只得又多花了 300 块上医院把所有器官塞回她体内。这场生意里唯一的赢家只有博德克。

桑迪叹了口气说："好吧，李，你究竟想说什么？"

博德克喝光了杯中的饮料，开始嚼冰块："那个姑娘说，你老公的名字叫比尔，是个来自加利福尼亚的大牌摄影师。他告诉她，他和好多电影明星关系很铁。"

桑迪转身回到水槽边，又多拿了几个脏玻璃杯浸在温水里："他很可能在跟她闹着玩。有时卡尔喜欢捉弄别人取乐，看他们作何反应。"

"据我亲眼所见，他得到的反应还不赖。我得说，我从没想到那个混蛋胖子这么有一套。"

桑迪扔下脏抹布，转过身来："你他妈到底在干什么？跟踪他？"

"嗨，我可没想惹你生气，"博德克说，"我只是觉得你可能会想知道。"

"你从来都没喜欢过卡尔。"她说。

"老天爷啊，桑迪，他让你卖肉养他。"

她一翻白眼："好像你自己是正人君子似的。"

博德克戴上墨镜，挤出一个笑容，对着桑迪露出他的大白牙。"但我是这儿的执法者，姑娘。你会发现这就是区别所在。"他扔了一张 5 美元在吧台上，走出门去上了警车。他在那儿坐了几分钟，透过挡风玻璃盯着几辆破烂的房车，全都停在"天堂地业"里——那是酒吧旁边的一个活动房屋停放场。随后他脑袋一仰靠在了座椅上。已经一个礼拜了，还没有人来汇报那个马桶搋子混蛋的失踪。他想他也许会用这些钱的一部分给弗洛伦丝买辆新车。他真想闭一会儿眼，但最近在室外睡着不是什么好主意。泥潭越陷越深。他在考虑再过多久就得杀了塔特，趁着自己还没被某个狗娘养的干掉。

## 29

一个周日的早上，卡尔给桑迪做了些她最爱的煎饼。前天晚上她回家的时候喝醉了，显得很伤心。只要她又陷入了这些无谓的情绪里，他不管说什么做什么都无济于事。她只有自我疗愈。喝上几晚酒，抱怨抱怨，她就会恢复正常。卡尔比桑迪还要了解她自己。明天晚上，或是后天晚上，她会在酒吧关门以后跟某个老主顾干上一炮，也许是个平头乡巴佬，家里有老婆和三四个拖着鼻涕的小屁孩。他会告诉桑迪，他多么希望在和那个老母猪结婚之前碰到她，她是他最美的遇见，然后一切都会好起来，直到下一次她情绪低落。

他在她的盘子旁边放了一支点 22 口径手枪，是几天前他花了 10 美元从白牛餐馆遇见的一个老头儿手里买下来的。那个可怜的狗杂种怕留着枪会忍不住自杀。他太太去年秋天去世了。他对她一直不好，他承认，就连她躺在床上快死的时候也一样，但现在他如此孤单，几乎无法承受。他把这一切告诉卡尔和服务员小姑娘的时候，冰雪咻咻拍打着餐馆的玻璃窗，大风摇晃着马路边的金属标牌。老人身上的长大衣带着熏木和维克斯伤风膏的气味，头上紧紧压着一顶粘满了毛球的蓝色水手冬帽。就在他忏悔的时候，卡尔突然觉得他们出去“狩猎”时桑迪有自己的武器也挺好，出了乱子可以作为后备。他不知为什么以前没想到。尽管他总是很小心，但好马也有失蹄时。他买了这把枪，心里很高兴，觉得也许这意味着他越来越聪明了。

用点 22 口径的手枪杀人，你得把子弹打进眼睛里或是把枪插进耳朵里，但也聊胜于无。有一次他用这种方法干掉了一个大学男生，把枪管插进了他耳朵里。桑迪告诉那个普渡大学的卷发蠢货，她以前曾经梦想过去上美容学院，后来却变成了酒保女，接下来的事情也就自然而然地发生了。她说这些的时候，那个男生还在偷笑。卡尔把他绑起来之后，从他大衣口袋里找出一本书——《约翰·济慈诗集》。他好声好气地问那个混蛋最喜欢哪首诗，但那时自作聪明的小杂种已经吓尿了裤子，神情涣散。他翻开书，开始读其中的一首，而男生哭喊着求他饶命，卡尔的声音越来越大，盖过了讨饶声，直到读完最后一行，时至今日他已经忘了是哪一句，总之是些关于爱情和名誉的鬼话，但他必须承认当时读来让他手臂上汗毛直立。随后他扣动了扳机，一坨湿淋淋的灰色脑浆从大学男生的头部另一侧喷了出来。他应声倒下，鲜血积满了他的眼眶，像是两汪小小的火焰之湖，拍出照片真他妈棒极了，但那次用的是点 38，不是什么点 22 玩具手枪。卡尔相信要是臭烘烘的糟老头看了那个男生的照片，那个伤心的家伙一定会对自杀这件事三思而后行，至少不会再想用枪了。女招待觉得卡尔在老头儿打伤自己之前把枪弄走实在再聪明不过了。那天晚上只要他想，完全可以在旅行车后座把她上了，因为她一直在夸他真是太棒了。要是几年前那阵子，他可能会对这个小贱人很感兴趣，但最近他对那种事情提不起劲儿来。

“这是什么？”桑迪看着盘子旁边的手枪说。

“只是以防万一。”

她摇了摇头，把枪朝他这半边桌子推了过来：“那是你的工作：确保万无一失。”

“我只是说——”

“听着，如果你没胆子再干，直接说就是了。老天，在你让咱俩都送命之前，至少通知我一声。”桑迪说。

“我之前告诉过你，我不喜欢你这样说话。”他说。他看着那叠慢慢变凉的煎饼。她碰都没碰。“还有，你给我把这些该死的烙薄饼吃了，听见没有？”

“去你妈的，”她说，“我只吃我想吃的。”她站了起来，他看着她端着咖啡走进客厅，听见她打开电视。他拿起点22对准了厨房和沙发中间隔着的那堵墙，毫无疑问，她的瘦屁股正陷在沙发里。他就这么站了几分钟，想着该不该开枪，然后把枪放进了抽屉里。那个冰冷的早晨剩下的时间里他们没有再说话，只是看着第10频道的泰山系列电影连播，随后卡尔去了大熊超市，买回来一加仑香草冰淇淋和一个苹果派。她一直很喜欢甜食。如果需要的话，他可以逼着她吃下去，他在付钱给店员的时候这么想。

多年以前，他听他妈妈的一个男朋友说过，过去如果男的缺钱或是烦透了他的妻子，可以把她卖掉，只要用马颈圈紧紧勒住她的脖子拖到城里的市集上就行了。与之相比，桑迪被一点儿冰淇淋噎住算不了什么。有时她们不知道自己最适合什么。反正他妈妈绝对不知道。有个叫林登·兰福德的男人是她在世的时候一大堆胡搞过的混蛋里面最聪明的一个，在哥伦比亚通用公司工厂里当工人，想戒酒的时候会看真正的书，给小卡尔上了关于摄影的第一课。只要记住，林登有一次告诉他，多数人都很喜欢被拍照。只要你举起相机对着他们，几乎让他们做什么都可以。他永远不会忘记第一次看见母亲的裸体，就是在林登的一张相片上：她被延长电线绑在自己的床上，头上罩着一个纸箱，挖了两个洞露出眼睛。他在不喝酒的时候还算半个君子。但卡尔把一切都搞砸了，他吃了一片林登存在冰箱里的熟食店火腿，那是林登留在他们家过夜时吃的。这件事就连他母亲也从未原谅过他。

## 30

俄亥俄州转暖返青的时候，卡尔开始认真规划起下一次旅行来。这次他考虑去南边，暂时先放过中西部。每个傍晚他都在研究公路地图册：佐治亚州、田纳西州、弗吉尼亚州、南北卡罗来纳州。每周开1 500英里，那是他一贯的计划。尽管芍药吐蕾的时候他们一般都会换车子，但他觉得这台旅行车车况尚可，还能再出征一次。而且桑迪带回家的钱没有以前多了，因为她不能再定时卖肉了，李盯得很紧。

一个周四的深夜，桑迪躺在床上说："我在想那把枪，卡尔。也许你是对的。"尽管她从来没有提过，但她也时常想起白牛餐馆的女招待。她甚至专程去了一次，点了杯奶昔，打量那个姑娘。她真希望李从来没有告诉过她。最让她难受的，就是这个姑娘让她想起卡尔走进她的生命之前自己的样子：紧张、害羞、一心想讨好别人。几天前的一个晚上，她给最近免费打炮的一个男人倒酒的时候，注意到他现在甚至不愿多看自己一眼。几分钟之后，她目送着男人和一个穿假皮草夹克、咧嘴傻笑的女人离开，突然意识到也许卡尔在物色她的替代品。想到他会这样离自己而去不免心痛，但凭什么他就得和她认识的其他混蛋不一样？她希望自己是错的，但有一把自己的枪也许不是个坏主意。

卡尔什么也没说。他一直苦着脸盯着天花板，希望房东太太去死。桑迪过了这么久突然提起那把枪，让他吃了一惊，但也许她终于清醒过来了。干他们那种事的人，有谁会不想带上一把枪？他翻了个身，把他那边的床单从粗腿上蹬了下去。凌晨3点，外面足足有15℃，可那个老婊子居然还开着暖气。他确定她是故意的。他们有天又因为他晚上唱歌吵了一架。他起床打开窗户，站着吹小风凉快一下。"什么让你改变主意了？"他最终问道。

"哦，我不知道，"她说，"就像你说的，你永远也不知道会发生什么，对吧？"

他盯着外面的黑夜，搓着脸上的胡茬。他真不想再回到床上。他那半边床都汗透了。也许他今晚应该睡在窗边的地板上，他想。他俯身靠近破烂的纱窗，深吸了几口气。见鬼，他觉得自己快窒息了："她这么做太恶毒了，见鬼。”

“什么？”

“开着该死的暖气。”他说。

桑迪用胳膊肘撑起身子，看着他蜷在窗边的黑影，就像一只焦虑、神秘的野兽，准备展开双翼起飞。“你会教我怎么打枪的，对吧？”

“当然，”卡尔说，“没什么难的。”他听见她在身后划了一根火柴，深吸了一口香烟。他转身对着床说：“哪天你不上班的时候我们带出去练练，让你打几发子弹。”

星期天快到中午的时候他们离开公寓，开车翻过鲁伯山顶，来到山的另外一边。他左转上了一条泥泞的小路，在尽头的一个垃圾堆停了下来。“你怎么知道这个地方的？”桑迪问。卡尔出现之前，好多个夜晚她都在这里跟男孩打炮，现在她连他们是谁都不记得了。她总是希望自己遇到的下一个会待她像女朋友，也许会带她去参加在冬日花园或是军械库举行的舞会，但这种好事从来没有发生过。他们打完炮就不理她了。有几个甚至拿走了她的小费，让她自己走回家。她从她那边的车窗看出去，发现沟里有个布恩农场牌甜酒瓶子，上面耷拉下来一个用过的避孕套。男生以前把这个地方叫作“火车小道”，看样子她觉得他们现在还是这么叫的。现在想来，她这辈子从没去过舞会。

“有天出来兜风的时候发现的，”他说，“让我想起衣阿华州的那个地方。”

“你是说埋‘稻草人’的那个地方？”

“是啊，”卡尔说，“加利福尼亚，我来了，狗杂种。”他伸手从她那边的手套箱里拿出那支点22，还有一盒子弹。“快下车，让我们看看你的本事。”

他把子弹上了膛，在一个受潮、脏污的床垫上摆了几个生锈的锡罐子。随后他走回车前面，在30英尺外连射6发子弹。他击倒了4个罐子。他教了她怎么上子弹，把枪交到了她手里。“打出去有点往左偏，”他说，“但没什么大问题。不需要像用手指瞄准那样对着一个点。吸口气扣动扳机，尽管打。”

桑迪双手握枪，顺着枪管瞄向目标。她闭上双眼，扣动了扳机。“不要闭眼。”卡尔说。她尽可能快地射出了剩下的5发子弹。她在床垫上打出了好几个洞。“挺好，快上道儿了。”他说。他把子弹盒递给她：“这次你来装。”他掏出一支雪茄点上。第一次命中罐子的时候，她叫得像个找到了复活节彩蛋的小姑娘。下一发子弹没有打中，再下一发卡壳了。“打得不错，”他说，“给我看看怎么回事。”

他刚装好下一轮子弹，他们就听见一辆皮卡车飞快地沿着小路向他们驶来。卡车在几码外猛地停住，下来一个面容憔悴的中年男人。他穿着蓝色西装裤和白衬衫，黑皮鞋擦得锃亮。很可能整个早上都困在教堂里，和自己的大屁股老婆一起坐在长椅上，卡尔想。现在正准备吃上一口炸鸡，再打个盹儿，如果那个老婆娘能闭上嘴几分钟的话。第二天一早起来又要干活了，忙得要死。你不得不佩服有人有本事过这样的日子。“谁允许你们在这儿打枪的？”男人说。声音听起来很严厉，说明他不怎么开心。

“没人，”卡尔环顾四周，耸了耸肩，“见鬼，老兄，这是个垃圾堆。”

“这是我的地盘。”男人说。

“我们就是练练打靶，没别的，”卡尔说，“只不过想教我老婆自卫。”

男人摇了摇头：“我不准别人在我的地盘上打枪。该死的，小子，我那边还有牛呢。而且你不知道这是主日吗？”

卡尔长叹一口气，扫了一眼垃圾堆周围的褐色土地。目之所及，半头牛也没有。天空好像压得很低的灰色穹顶，没有边际、凝固不动。虽然出城这么远，他还是觉察得到空气中造纸厂刺鼻的臭味。“行，我知道了。”他看着农民摇着发白的脑袋往卡车走去。“喂，先生。”卡尔突然喊了一嗓子。

农民停下脚步，猛地转过身来：“又怎么了？”

“我在想，”卡尔朝他走了几步，“你介意我给你拍张照吗？”

“卡尔。”桑迪说，但他挥手示意她保持沉默。

“拍照干什么？”男人说。

“我是个摄影师，”卡尔说，“我只是觉得你的照片拍出来会很棒。哈，也许我可以拿去卖给杂志什么的。我总在留心寻找你这样的好模特。”

男人看着卡尔身后站在旅行车旁的桑迪。她正在点烟。他不赞成女人抽烟。他知道的多数这样的女人都是垃圾，但他觉得一个以拍照为生的男人很可能也找不到什么正经女人。很难说他是从哪里把她捡回来的。几年前他在自己的猪圈里找到一个名叫米尔德丽德·麦克唐纳的女人，半裸着吸着香烟。她告诉他自己在等一个男人，口气随便极了，还试图让他跟自己一起躺在猪粪里。他扫了一眼卡尔拿在手里的枪，注意到他的手指还扣在扳机上。“你们最好赶紧给我离开这里。”男人说完，快步朝自己的卡车走去。

“你想干吗？”卡尔说，“报警吗？”他回头瞟了桑迪一眼，挤了挤眼睛。

男人打开车门，伸手从驾驶室里拿东西：“见鬼，小子，我才不需要黑心警察来收拾你。”

一听这话，卡尔笑了起来，但随后发现农民举着来复枪站在卡车门后，从打开的车窗里瞄准了他。他的褶子脸上挂着一个大大的笑容。“你说的是我大舅子。”卡尔告诉他，声音变得严肃起来。

“谁？李·博德克？”男人扭头啐了一口，“我要是你，才不会到处吹嘘这一点。”

卡尔站在小路中间盯着农民。他听见身后车门嘎吱一响，桑迪已经钻进车里关紧了车门。有那么一瞬间，他幻想自己举起手枪冲那个混蛋射了出去，就像一场平常的枪战。他的手开始微微颤抖，他深吸一口气试图平静下来。随后他想到了将来。总会有下一次“捕猎”的。再过几周他和桑迪就会再次上路。自从他在白牛餐馆听了共和党对话之后，就一直想要杀个长发男。从最近的电视新闻来看，这个国家已经开始陷入骚乱，他想见证这一切。没有什么比有朝一日看见整个烂摊子在烈火中化为灰烬更让他高兴的了。而且桑迪最近吃饭好了很多，开始长肉了。她的容貌衰退得很快——他们始终没有弄好她的牙齿——但他们还有几年好光景。没必要因为跟某个傻瓜农民置气葬送了这一切。一旦打定了主意，他的双手就不再抽动了。他转身往旅行车走去。

“别再让我逮到你们回来，明白吗？”卡尔钻进驾驶座把手枪递给桑迪的时候，听见男人喊道。他发动引擎的时候又看了一遍周围，但还是没见到任何该死的牛。

# 第五部

# 牧　师

# 31

有时候，如果风声太紧或者肚子太饿，他们就会往内陆走，远离西奥多喜爱的广阔水域，好让罗伊找点活干。罗伊摘水果的几天或几周里，西奥多每天都坐在孤零零的树丛中或是有荫凉的灌木丛下，等着他傍晚回来。他的身体只剩下了一层空壳。他的皮肤灰得像石板，眼神虚弱无力。他会无缘无故地昏过去，抱怨尖锐的疼痛让他双臂麻木，胸口重重的压迫感有时会让他呕吐，把早饭吃的午餐肉和罗伊每天早上留给他作伴的半瓶温酒都吐出来。然而每晚他还是会努力打起精神几个小时，试图弹奏一些音乐，尽管他的手指已经不那么灵便了。罗伊会拿着酒壶绕着他们的篝火打转，想要说点什么，说点心里话，西奥多会边听边用吉他伴奏。他们会为盛大的复出排练一阵子，随后罗伊会倒在他的毯子上，因为在果园整日劳作而精疲力竭。一两分钟后就响起了他的鼾声。如果他足够幸运，他会梦见莱诺拉。他的小姑娘。他的天使。最近他思念她的时候越来越多，但还没等到在梦中见到她，他就睡沉了。

篝火一灭，蚊子就又扑了过来，让西奥多抓狂。蚊子从来不咬罗伊，瘸子真希望自己也有那样的血。有天晚上他被耳边嗡鸣的蚊子吵醒，还坐在自己的轮椅上，吉他躺在面前的地上。罗伊像狗一样蜷着身子躺在灰烬的另一边。他们已经在这个地方露营两个礼拜了。枯草上散布着西奥多的粪便和呕吐物。“神啊，我们也许得考虑挪个窝。”罗伊那天晚上从路边的商店回来之后这么说。他用手在面前扇了扇风：“味儿太窜了。”那是几个小时之前，白天的暑热还没散去。但现在吹来了凉爽的微风，隐约闻得到40英里外海水的咸味，轻拂着西奥多头上的树叶。他俯下身子拿起脚边的酒壶。他喝了一口，盖上盖子，看着漆黑夜空中的星星，像是散落的镜子碎片。这让他想起以前“烙饼小丑”刷在眼睑上的闪粉。有天晚上在查特胡奇河的上游，他和罗伊偷偷溜进了嘉年华几分钟，那是小男孩事件发生后的一年左右。不在了，热狗小贩告诉他们，“烙饼小丑”已经不在团里了。我们在阿肯色州一个乡巴佬镇子外面铺好摊子，有天晚上他突然消失了。见鬼，第二天我们发现他失踪的时候，已经穿过半个州了。老板说他最后会出现的，但他再也没有回来。你们也知道布拉福德什么德行，就是个生意人。他说反正“烙饼小丑”已经不那么好笑了。

西奥多累极了，烦透了这一切。“我们还是有过一些快活时光的，对吧，罗伊？”他大声说道，但地上的男人纹丝不动。他又喝了口酒，把瓶子放在大腿上。“快活时光。”他低声重复道。星光渐渐变得模糊，淡出了他的视线。他梦见穿着小丑服的“烙饼”和光秃秃的教堂，点着熏黑了的煤油灯，还有嘈杂的小酒吧，地上铺着锯末，然后是温柔的海水，轻拍着他的双脚。他能感觉到那清凉的海水。他微笑着，推着自己向前，开始往大海中漂去，越漂越远，比自己到过的任何地方都要远。他不害怕，上帝在召唤他回家，很快他的双腿就能康复了。但到了早上，他在坚硬的地上醒来，失望地发现自己还活着。他往下一摸自己的裤子，又尿了。罗伊已经去果园了。他侧身躺着，脸贴着泥地。他盯着几英尺外一堆自己的粪便，上面爬满了苍蝇。他想要回到睡梦中，回到海水里。

## 32

爱玛和阿尔文站在路易斯堡日杂店的肉柜前。快到月底了，老太太囊中羞涩，但新牧师周六就要来了。教堂会众要为他和他的太太在教堂举办一场百乐晚餐。“你觉得买鸡肝行不行？”她在脑子里算了又算，问道。内脏最便宜。

“有什么不行？”阿尔文说。奶奶要买什么他都会赞成的，哪怕要买猪鼻子他也没意见。老太太站在这儿对着一盘盘血淋淋的肉已经盯了20分钟了。

“我不知道，”她说，“大家都说喜欢吃我做的鸡肝，但是……”

“那好吧，”阿尔文说，“给他们买一块大牛排好了。”

“呸，”她说，“你知道我买不起。”

“那就买鸡肝，”他对着系白围裙的肉贩示意道，“奶奶，别担心了。他只是个牧师。我敢说他肯定吃过比这差得多的东西。”

周六晚上，爱玛把自己的一锅鸡肝用干净的布盖好，阿尔文小心地把锅放在车子后座的地板上。他奶奶和莱诺拉显得特别紧张，一整天都在练习打招呼。“很高兴见到您。”她们在小小的屋子里只要打个照面就要说一遍。他和伊尔斯科尔坐在前廊上咯咯直笑，但过一阵子就听腻了。“老天爷啊，小子，我实在受不了了。”老头儿终于说道。他从摇椅上站起来，绕到屋子背后，钻进了林子。阿尔文过了好几天才把这六个字从脑子里赶出去，该死的“很高兴见到您”。

他们6点钟到的时候，老教堂周围的砂石停车场里几乎已经停满了车。阿尔文把那锅鸡肝放在了桌上，摆在其它肉菜旁边。新来的牧师又高又胖，站在屋子中间和大家握手，一遍遍说着“很高兴见到您”。他名叫普雷斯顿·蒂加丁，一头微长的金发用芳香发油油光水滑地拢在脑后，一只多毛的手上戴着闪闪发光的大椭圆宝石戒指，另外一只手上戴着小小的金婚戒。他穿着过紧的闪亮深蓝色裤子，还有一双踝靴和带着荷叶边的白衬衫。尽管今天才4月1日，天气还有些凉，但他的衬衫已经汗透了。阿尔文估摸着他有30岁，但他太太未免也太年轻了一点，可能还不到20岁。她是个非常苗条的姑娘，一头中分的红褐色长发，脸色苍白，带着雀斑。她站在丈夫身边几英尺外，嚼着口香糖，往下拽着白圆点花纹的淡紫色裙子，裙子总是沿着她的小圆屁股往上出溜。牧师一直介绍她为“我来自田纳西州霍恩沃尔德的可爱、正直的新娘”。

蒂加丁牧师用绣花手帕从光洁的大脑门上擦去汗水，提到自己有阵子在纳什维尔的一家教堂做礼拜，那里有真正的空调。很显然，他对姨夫的安排很失望。神呐，这里甚至连个电风扇都没有。到了盛夏，这个旧窝棚会变成一个刑房。他的劲头疲软下来，开始变得像自己的太太一样昏昏欲睡、百无聊赖，但阿尔文注意到，当阿尔玛·里斯特太太带着自己的一对妙龄女儿走进来时，他一下子来了精神。她们是贝斯·安和帕米拉·苏，分别是 14 岁和 16 岁。仿佛一对天使飞进教堂，落在了牧师的肩上。他再怎么努力，也无法将目光从她们小麦色的紧致身体和与之相配的奶油色裙子上移开。蒂加丁突然来了灵感，开始跟聚集在他身边的人说要组建一个青年组织，他在孟菲斯城的好几个教堂都搞过，效果很好。他发誓会尽自己所能让年轻人参与进来。“他们是任何教堂的生命之源。”他说。随后他太太走上来，一边盯着里斯特姐妹，一边跟他耳语了些什么，有些会众觉得她的话一定狠狠刺了他一下，因为他噘起红彤彤的嘴唇，掐了一把她胳膊内侧。阿尔文简直无法相信这个死肥色鬼和阿尔伯特·塞克斯牧师有任何亲戚关系。

就在爱玛和莱诺拉鼓足勇气走上前去对新牧师介绍自己之前，阿尔文溜出去吸烟了。不知道牧师说“很高兴见到您”时她们会作何反应。他站在一棵梨树下，和几个穿着粗布工装裤和领口扣紧的衬衣的农民在一起，看着又来了几个人匆忙往里走，听着农民们说起小牛肉又涨价了。最后，终于有人走到门口喊道：“牧师准备吃饭了。”

人们坚持让蒂加丁和他的太太先行就餐，于是这个胖子抓起两个盘子绕桌走了一圈，仔仔细细地闻着食物，掀开盘子，把手指插进这里那里尝尝味道，演了一出好戏给里斯特家的两个姑娘看，她们娇声笑着，咬着耳朵。突然之间，他停了下来，把他还空着的盘子递给妻子。她胳膊上的掐痕已经开始发紫了。他望向天花板，一只手高高举起，随后指着爱玛那锅鸡肝。“朋友们，”他大声说道，“毫无疑问，今晚大家都作为谦卑的人来到这个教堂，你们对我和我可爱、年轻的新娘关爱有加，我衷心感谢你们的热情欢迎。如今，我们中没人拥有我们想要的金钱、豪车、珠宝、美服，但朋友们，这口破锅装着的鸡肝里那个贫苦的灵魂啊，它给了我启示，在我们坐下就餐之前，让我为它祈祷片刻。如果你们可以的话，回忆一下若干个世纪前，基督在拿撒勒城对穷人们说的话。的确，我们中是有一些人比别人过得宽裕，我看见桌上摆了很多白肉和红肉，虽然我怀疑带这些菜来的人多数时间吃得并没有这么好。但穷人只能带他们买得起的菜，有时他们囊中羞涩，什么也买不起，所以这些内脏在我看来就是天兆，告诉我，我作为这座教堂的新牧师应该做出牺牲，让你们今晚可以分享那些好肉。所以这就是我要做的，我的朋友们，我要吃下这些内脏，把最好的肉留给你们分享。不用担心，我就是这么一个人。只要圣主耶稣给了我机会，我就将以他为榜样，今晚他又赐予了我这样一个机会，追寻他的步伐。阿门。”随后蒂加丁低声对他的红发妻子说了点什么，她径直朝甜点走去，穿着纸板高跟鞋的脚摇晃了一下，在盘子里装满了蛋奶派、胡萝卜蛋糕和汤普森太太的糖霜饼干，而他端起整锅的鸡肝，走到了教堂前面一张长条胶合板餐桌顶头自己的座位上。

“阿门。”会众重复道。有些面露困惑，而其他人，那些带了好肉来的人，则高兴地咧开了嘴。几个人扫了爱玛一眼，她和莱诺拉一起站在后排。当她感觉到他们的目光落在她身上时，她一阵眩晕，姑娘扶住了她的胳膊肘。阿尔文赶紧从敞开的门口冲上前去，扶她走了出来。他让她在树下一片草地上坐了下来，莱诺拉给她端来了一杯水。老太太喝了一口，哭了起来。阿尔文轻拍着她的肩膀。“没事啦，”他说，“别管那个吹牛皮的脓包说什么。他也许口袋里连两个大子儿也没有。你想让我跟他谈谈吗？”

她用自己体面裙子的下摆轻揩着双眼。“我这辈子从没这么丢脸过，”她说，“恨不得钻到桌子下面去。”

“我带你回家吧？”

她又哼了几声，随后叹了口气。“我不知道该怎么办，”她看着教堂的门，“他肯定不是我期待的那种牧师。”

“见鬼，奶奶，那个白痴根本就不是什么牧师，”阿尔文说，“他和那些在广播里讨钱的家伙一样坏。”

“阿尔文，你不该那样说话，”莱诺拉说，“如果不是因为上帝的召唤，蒂加丁牧师也不会来这儿。”

“哼，是啊，”他扶着奶奶站了起来，“你看看他狂吞鸡肝的样子。”他开了个玩笑，想让她笑起来：“天呐，那家伙可能八百年没吃过那么好的东西了，所以才想一个人独吞。”

## 33

普雷斯顿·蒂加丁躺在沙发上，看以前大学里的心理学课本。这是会众为他们两口子租的房子，像个小小的方盒子，有 4 扇脏兮兮的窗户，屋外一条土路的尽头是垂柳环绕的厕所。漏气的煤气炉里都是老鼠的干尸，他们提供的旧家具闻起来像是狗或是猫，或是别的什么肮脏生物。天呐，看看周围人的居住状况，就算闻起来像猪他也不会惊讶。虽然他才刚来煤溪两个礼拜，却已经对这里充满了鄙视。他一直试图把自己来这种穷乡僻壤的任务看作是上帝降给他的某种精神测试，但其实是他母亲干的好事。哼，是啊，她狠狠地整了他一回，直插心肺啊，这个母老虎。一分零花钱也没有，除非你展现出毅力，她这么说道，因为她终于发现——就在她准备参加儿子毕业典礼那周——他第一个学期刚结束就已经从“抵达天堂圣经学院”辍学了。接着，一两天后，她姐姐就打来电话告诉她阿尔伯特病了。时间刚好。她问都没问他一声，就把她儿子卖了。

菲利普斯博士的心理学课程是他大学生涯里唯一的美好回忆。在一个属于俄亥俄大学和哈佛学院的世界里，从“抵达天堂”那样的地方搞到一个学位能有什么意义？跟在漫画书背后做广告的可邮寄购买学位差不多。他想去一所普通大学学习法律，但不行，她出钱就不行。她希望他成为一位谦卑的牧师，就像她姐夫阿尔伯特一样。她生怕自己宠坏了他，她说。她说的都是些鬼话，不经过大脑的鬼话，但她真正想要的，普雷斯顿明白，是他的依附感，把他系在围裙带子上，让他只能一直拍她的马屁。他总是能洞察人心，人们微小的需求和渴望，尤其是少女们的。

辛西娅是他的第一个战利品。当年她只有15岁，他帮自己在“抵达天堂”的一个老师给她受洗，把她浸在比目鱼溪里。当天傍晚，他就在学院操场的蔷薇丛下给她娇小的屁股开了苞，一年之内就把她娶了回来，这样他就能好好调教她，不用听她父母废话了。过去3年中，他教会了她男人对女人幻想能做的一切。花费在这上面的时间数不胜数，但她现在已经被训练得像狗一样听话了。只要他打个响指，她就开始对着他的“小弟”流口水。

他看着只穿内衣的她，正蜷缩在跟其它垃圾一起运来的油腻的安乐椅上，双腿之间毛发光滑的缝隙紧贴着纤薄的黄色布料。她眯起眼睛看着《热门游行者》杂志上关于戴夫·克拉克五人组乐队的文章，想把里面的词念出来。总有一天，他想，要是他还留着她，他必须得教她认字。最近他发现，只要他的某个小俘虏边念《圣经》边被他从后面干，他的时间能延长一倍。普雷斯顿爱死了她们娇喘着念《圣经》段落的样子，爱死了她们结结巴巴、弓起脊背还要挣扎着不念错的样子——一念错他就生气——然后他的小弟就会喷射。但是辛西娅？该死，就连阿巴拉契亚最偏僻的山村里一个脑子坏掉的二年级学生都比她念得好。无论何时，只要他母亲提到她的儿子，普雷斯顿·蒂加丁，学了4年高中拉丁文，到头来却娶了一个霍恩沃尔德的文盲，就几乎要再次崩溃。

所以到底该不该留下辛西娅，还是个问题。有时他目光扫过她，有那么一两秒钟，连她的名字也想不起来。在他的若干次试验下，曾经的新鲜和紧致已经洞开、麻木，成了褪色的记忆，她以前给他带来的刺激也是一样。但他和辛西娅之间最大的问题，是她已经不再相信基督了。普雷斯顿什么都可以容忍，但这一点不行。他需要一个跟他躺在一起的时候觉得自己犯了错的女人，觉得自己面临快下地狱的危险。要是那个女人不明白善恶之间、贞洁与肉欲之间绝望的激战，那他怎么兴奋得起来？每次他上了一个年轻姑娘，普雷斯顿都觉得内疚，觉得似乎他堕落了，至少一两分钟内如此。对他而言，这种情感证明他还有一线上天堂的机会，不管他有多么败坏、残忍，只要在断气前悔过了自己的淫邪就好。只要时机把握得好，这种感觉就会让一切变得更加刺激。然而辛西娅似乎怎样都无所谓。现如今干起她来就像把他的小弟往油腻的、没有灵魂的甜甜圈里插。

但那个姓拉弗蒂的姑娘，普雷斯顿想着，又翻了一页心理学课本，抚摩着睡衣底下半勃的阴茎——神呐，那个姑娘可真虔诚。过去的两个礼拜天，他都在教堂里盯着她的一举一动。的确，她没什么看头，但他在纳什维尔救济院做志愿者的那个月上过更丑的。他伸手从咖啡桌上苏打饼干袋子里拿出一块，塞进嘴里。他把它像圣饼一样放在舌头上慢慢融化，变成一坨湿软无味的东西。对，眼下有个莱诺拉·拉弗蒂小姐也不错，至少在勾搭上里斯特家的姑娘之前可以充充数。等他脱下她那条褪色的长裙，会让那张哀伤、起皱的面庞露出微笑的。他在教堂里风闻，她父亲曾经也是这个县的一位牧师，但后来——至少人们这么说——他谋杀了女孩的母亲，人间蒸发了。把当时还是婴儿的这位可怜的小莱诺拉留给了那个被鸡肝伤透了心的老太太。他预感到想搞定那个姑娘简直易如反掌。

他咽下饼干，一星快感突然闪过全身，从顶着金发的脑袋往下直达双腿，再到脚趾。感谢上帝，感谢上帝，他母亲多年以前决定让他成为一名牧师。要是他牌算得准，几乎可以得到一个男人所能承受的所有年轻娇嫩的肉体。那个老婆娘每天早上都会给他卷头发，教他注意个人卫生，让他对着镜子练习自己的面部表情。每天晚上她都会和他一起研读《圣经》，开车带他去各个教堂，成天让他穿着体面的衣服。普雷斯顿从来没打过棒球，但他能在恰好需要的时候一下子哭出来。他从来没有跟人动过拳头，但他哪怕睡着了都能背出《启示录》。所以，去他妈的，他会按照她要求的做，暂时替她病恹恹不中用的姐夫顶一阵班，住在这间屎坑屋子里，甚至装作喜欢的样子。他会向她展示出自己的“毅力”，看在上帝的分上。等到阿尔伯特好起来，他就可以跟她要钱了。他可能得骗骗她，给她编几个故事，但他至少还会感觉到愧疚的痛苦，那就够了。只要能让他撑到西海岸就行了。他新迷上了那里。最近他听到一些新闻。那里有些事情正在发生，需要他去见证。自由之爱、住在街上的落跑女孩，乱蓬蓬的湿发上插着鲜花。像他这么有手段的男人，得来全不费工夫。

普雷斯顿把他姨夫的旧烟盒当书签插在书里，合上了书。“五兄弟”？天呐，怎么会有人相信这种玩意儿？那个老家伙告诉他这个东西有治愈的力量时，他差点当着阿尔伯特的面笑出来。他又朝辛西娅看了一眼，她已经昏昏欲睡了，下巴上挂着一丝涎水。他打了个响指，她猛地睁开了双眼。她眉头一皱，想再把眼合上，但做不到。她尽力抵抗，但还是从椅子上起身，跪到了沙发旁边。普雷斯顿褪下睡裤，略微分开多毛的肥腿。就在她开始吞咽“小弟”时，他默默对自己祈祷：上帝啊，只要让我去加利福尼亚 6 个月，我就乖乖回家，跟一群好人踏踏实实过日子，我以我母亲的坟墓发誓。他把辛西娅的头往下按得更深，听见她开始作呕、呛住。随后她喉咙的肌肉放松下来，不再反抗。他摁住她直到她的脸因为缺氧开始泛红，随后发紫。他喜欢这样，他绝对喜欢。看着她快憋死的样子。

## 34

有一天，莱诺拉在从学校回家的路上去了煤溪圣灵教堂。前门大开着，蒂加丁牧师像老鼠一样的英式跑车——他刚去“抵达天堂”的时候他妈妈送的礼物——停在树荫下，跟昨天和前天一样。那是 5 月中旬一个暖和的下午。她躲开了阿尔文，从校舍里面往外看着，直到他放弃了等待，一个人走了。她走进教堂，让眼睛适应了一下昏暗。新来的牧师坐在走廊中间的一张长椅上。看样子像是在祈祷。她等着，直到听见他说：“阿门。”随后她慢慢走上前去。

蒂加丁感觉到她出现在身后。他已经耐心等待了莱诺拉 3 个礼拜。他几乎每天都来教堂，在学校放学前后打开大门。多数日子里他都看见她坐在那辆狗屎贝莱尔汽车里，和不知道是她同父异母的兄弟还是什么的男孩子在一起，但也有一两次他看见她独自走回家。他听见她轻柔的脚步声在粗糙的木地板上响起。她走近的时候，他可以闻到她口中黄箭口香糖的味道。一说到分辨年轻姑娘和她们不同的体味，他的鼻子灵得就像寻血犬。“哪位？”他说着，抬起脑袋。

“是莱诺拉·拉弗蒂，蒂加丁牧师。”

他在胸口画了个十字，微笑着转向她。“哎哟，稀客啊。”他说。接着他凑近了，对着她一番端详：“姑娘，你看起来像是刚哭过。”

“没事，”她摇了摇头，“就是学校里那些孩子。他们喜欢捉弄人。”

他看着她身后，等了片刻，搜寻着合适的回答。“我觉得他们只是嫉妒，”他说，“嫉妒会引出人的恶，特别是年轻人。”

“我觉得应该不是。”她说。

“你多大了，莱诺拉？”

“快 17 了。”

“我还记得自己的那个年纪，”他说，“那个时候，我满心都是上帝，其他孩子没日没夜地拿我取乐。搞得我满脑子都是糟心事，太可怕了。”

她点了点头，坐在他对面的长椅上。“那你怎么对付的？”她问。

他没有回答她的问题，像是陷入了沉思。“是啊，那段日子很难熬。”他最后长叹一口气说道。“感谢上帝它结束了。”随后他又微笑道，“接下来的几个小时你有事吗？”

“没什么事。”她说。

蒂加丁起身拉住她的手：“那正好，是时候咱俩开车去兜兜风了。”

20 分钟后，他们停在了一条破旧的农场小道上，他一到煤溪就来这里探了路子。这里曾经通往主路下来一公里左右的干草田，但现在地都荒了，长满了石茅草和浓密的灌木。过去两周这里只留下过他的轮胎印。带人来这儿很安全。他熄了火，祈祷了几句，把自己热乎乎的胖手放在莱诺拉的膝盖上，跟她说了一通她爱听的话。真见鬼，她们每个人想听的话都差不多，哪怕满脑子耶稣的也一样。他希望她能稍作抗拒，但她也太容易上手了，跟他预测得一模一样。尽管如此，虽然他已经无数次做过同样的事情，但每次脱下女孩的衣服时，他都会听见仿佛方圆几英里内林子里活动着的每只鸟、每只昆虫、每个动物。和新人的第一次总是如此。

完事之后，普雷斯顿从下面的车厢地板上抓起她灰暗、褪色的内裤，擦干身上的血迹，递给了她。他一巴掌拍死绕着自己裆部打转的苍蝇，套上棕色长裤，扣好白衬衣，看着她费劲地穿上长裙。“你不会跟别人说的，对吧？”他说。他已经开始觉得自己还不如留在家里读心理学书，也许甚至可以试着修剪草坪，上次辛西娅踩到厕所门口盘着的黑蛇后，阿尔伯特送来了一台除草机。只可惜，他根本干不了体力活。只要想到推着除草机绕着满是石头的院子打转，他就有点恶心。

“不，”她说，“永远都不会。我发誓。”

“很好。有些人也许无法理解。而且我衷心相信，人们和自己牧师之间的关系应该是很私密的。”

“你刚才说的都是真的吗？”她羞怯地问他。

他费劲地回忆着刚才跟她说了哪些鬼话。“当然是真的。”他口干舌燥。也许他该开车去路易斯堡喝杯冰啤酒，庆祝自己又给一个处女开了苞。“等我们结束的时候，”他说，“你们学校的那些男生肯定没办法从你身上移开眼睛。有些姑娘只是需要点训练，仅此而已。但我告诉你，这样的姑娘长大了肯定是美人。你应该为此感谢上帝。对，你的好日子在前头呢，莱诺拉·拉弗蒂小姐。”

## 35

5月底，阿尔文和其他9名毕业班学生一起从煤溪高中毕业了。下个周一，他就去施工队干活了，往60号公路绿蔷薇县的延伸段上新铺沥青。是对面山头上叫克利福德·贝克的一个邻居介绍他去的。战争开始之前他和阿尔文的父亲经常一起闹着玩，贝克觉得这孩子也应该得到和其他人一样的机会。这工作收入不错，几乎达到了工会工资水平，尽管他被分派为壮工，据说是整个施工队最差的工作，但伊尔斯科尔让阿尔文在屋后园子里干的活可比这重多了。他头一次拿到工资那天，从酒贩子“老虎机”那儿给老爷子买了两瓶上好的威士忌，从西尔斯百货商品目录上为爱玛订了一台洗衣机，还从梅菲尔商店给莱诺拉买了一条去教堂穿的新裙子，这可是3个县里最贵的一家商店。

就在姑娘忙着找能穿得下的衣服时，爱玛说：“我的天哪，我之前没注意到，你最近开始长肉了。”莱诺拉转身对着镜子微微一笑。她以前都是直上直下的，没屁股没胸。去年冬天，有人把《生命》杂志上一批集中营受害者的图片贴在她的衣柜上，用墨水写着“莱诺拉·拉弗蒂”，还画了个箭头指向左起第3具尸体。要不是因为阿尔文，她甚至懒得把它摘下来。但她现在终于看起来像个女人了，就像蒂加丁牧师承诺的那样。她现在每周会有三个、四个，甚至五个下午和他幽会。每次他们发生关系她都觉得糟透了，但又无法对他说不。这是她平生第一次意识到罪恶的力量有多么强大。难怪人们想上天堂那么难。每次他们见面，普雷斯顿都想尝试些新把戏。昨天，他拿来了一管他妻子的唇膏。“我知道这听起来很傻，因为我们一直都在犯罪，”她怯生生地说，“但我觉得女人不应该画脸。你不会生气吧？”

“哈，我才没有呢，亲爱的，没事，”他对她说，“天呐，我欣赏你的信仰。真希望我妻子能像你一样热爱耶稣。”随后他咧嘴一笑，把她的裙子往上一拉，用拇指勾住她内裤上方拉了下来：“何况我本来想画的也不是脸。”

一天傍晚，爱玛洗晚餐碟子的时候往窗外看去，发现莱诺拉从屋子外面马路对面的林子里钻了出来。他们之前等了她一会儿才吃的饭。“这姑娘最近花了不少时间待在林子里。”老太太说。阿尔文靠在椅背上喝着最后一点咖啡，看着试图卷起一支香烟的伊尔斯科尔。老头儿俯身趴在桌上，沟壑遍布的脸上带着专注的神情。阿尔文看着他颤抖的手指，想着舅爷爷的身子是不是开始走下坡路了。

“你知道她的，”阿尔文说，“可能在外面跟蝴蝶说话呢。”

爱玛看着姑娘跌跌撞撞地爬上通往门廊的小坡。看样子她刚才一直在跑，因为脸很红。老太太注意到过去几周姑娘身上发生了天翻地覆的变化。头一天她还高高兴兴，第二天就满脸绝望。很多姑娘在刚来例假的时候会有点儿不太正常，爱玛想到，但莱诺拉早在两年前就经历过了这一切。不过她看见她还在研读《圣经》，而且似乎比以往更爱去教堂，虽然从做一场好的布道这一点来说，蒂加丁牧师连给阿尔伯特·塞克斯提鞋都不配。有时爱玛不禁想，这人到底是不是真的对传播福音上心，因为他看起来总是心不在焉，像是另有所思。又来了，她意识到，自己又开始为那些鸡肝生气了。今晚上床睡觉前她又得再为这件事祈祷一遍。她转身看着阿尔文：“你觉得她会不会是交男朋友了？”

“谁？莱诺拉？”他翻着眼睛，像是从没听过这么奇怪的事情。“我觉得你不用担心这个，奶奶。”他瞟了一眼伊尔斯科尔，发现他把卷烟弄得一塌糊涂，只能张着嘴坐在那儿，盯着桌上的材料。男孩伸手拿过那一小包烟草和烟纸，开始帮老爷子卷一根新的。

“样貌不是全部。”爱玛严厉地说。

“我不是这个意思。”他着急地说，为自己开了姑娘的玩笑而羞愧。已经有太多人开她的玩笑了。他突然意识到自己再也无法在学校里替她把那些人挡开了。下个秋天她可有得受苦了。“我只是觉得她不会对附近的任何男生感兴趣，仅此而已。”

一声吱嘎轻响，前面的纱门开了又关上，他们听见莱诺拉哼着歌进来了。爱玛仔细一听，发现是《可怜悲伤的朝圣者》。她暂时放下心来，把手浸入温水中，开始刷锅。阿尔文也把注意力重新放在了卷烟上。他舔湿烟纸，把烟扭紧，递给了伊尔斯科尔。老人微微一笑，伸手从衬衣口袋里摸火柴。他找了好久才摸到一根。

## 36

8 月中旬，莱诺拉知道自己有麻烦了。她已经两个月没来例假了，阿尔文给她买的那条裙子也几乎穿不下了。几个礼拜前蒂加丁和她断了关系。他说如果继续和她幽会，恐怕他妻子会发现，甚至会众也可能觉察。“我们两个都不想那种事情发生，对吗？”他说。她路过教堂好几天，发现有天他在里面，大门开着，他的小汽车停在树荫下。她走进去的时候，他正低着头坐在靠近前排的阴影里，和 3 个月前她第一次来找他那天一样，只是这次他回头发现来者是她，没有露出微笑。“你不该来这儿。”蒂加丁说，虽然他并不怎么惊讶。有些女孩无法一次断干净。

他不禁注意到现在女孩的乳头凸起，顶住了裙子上半身。这景象他已经见过很多次了，她们一旦开始规律的性生活，年轻的身体就开始发育。他瞟了一眼手表，发现自己还有几分钟空闲。也许他应该跟她好好来一场告别炮。就在他这么盘算的时候，莱诺拉脱口而出说她怀了他的孩子，歇斯底里的声音有些撕裂。他一听赶紧跳了起来，随后冲过去把前门关上。他低头看了一眼自己的手，手掌很厚，但像女人的手一样柔软。他深深地吸了一口气，想着能不能用这双手把她掐死，但他深知自己绝对没有胆量做那种事情。而且如果他一不小心被逮住了，要坐牢，特别是西弗吉尼亚那些可恶的地牢，对像他这么娇贵的人来说未免太艰苦了一点。一定会有其它办法的。不过他脑子得动快一点。他考虑了一下她的处境：一个可怜的孤女，被搞大了肚子，忧心忡忡几近疯狂。所有这些想法就在他锁门的时候从脑中闪过。随后他走到教堂前面，她坐在一张长椅上，面庞抽动，泪如雨下。他决定开始说话，这是他最擅长的事情。他告诉她自己听过像她这样的情况，当一个人被自己的所作所为和某些自己觉得太过恐怖的罪行所蛊惑并对其极端厌恶的时候，就会产生幻觉。他说自己在书上看到过，有些普通人连自己的名字也写不出来，却突然坚信自己是总统或是教皇，甚至是某个电影明星。这种人，蒂加丁用悲伤的声音警告道，通常会被关进疯人院，被勤杂工强奸，被迫吃下自己的排泄物。

莱诺拉此时已经停止了抽泣。她用长裙的袖子擦去眼泪。“我不明白你在说什么，”她说，“我怀上了你的孩子。”

他伸开双手，长叹一声。“书上说这也是其中的一部分——无法理解发生了什么。但你想想看。我怎么可能是孩子的父亲？我从没碰过你，一次也没有。看看你自己。我老婆就坐在家里，比你漂亮100倍，我让她干什么都可以，我是说真的。”

她抬起头来，目瞪口呆：“你是说你不记得我们在你车里做的所有事情了？”

“我是说，你到教堂里来满口胡言肯定是疯了。你觉得会有人相信你而不是我吗？我可是牧师。”老天啊，站在这里看着这个抽抽搭搭的红鼻子小丑妞，他心想，自己怎么就不能多忍忍，等到里斯特姐妹上钩呢。帕米拉可是早年的辛西娅之后他遇到的极品尤物了。

“但你就是孩子的父亲，”莱诺拉呆呆地轻声说道，“我没和别人在一起过。”

蒂加丁又看了一眼手表。他得赶快把这个小贱人打发走，否则他整个下午就毁了。“我给你一个建议，姑娘，”他的声音变得低沉，充满了厌恶，“你自己想办法解决这个孩子，如果真的如你所说，你被搞大了肚子的话。如果你留下这个孩子，它只会长成个有破鞋母亲的小杂种。不为别的，就想想那个把你养大的可怜的老太婆，每个礼拜天带你来教堂的那个。她会丢脸丢死的。现在趁你还没惹其它乱子，快给我出去。”

莱诺拉没有再说一句话。她看着祭坛后面墙上挂着的木头十字架，站了起来。蒂加丁开了锁，撑着门，脸上凝结着怒容，她垂首从他身边走过。她听见门在身后飞快地关上。尽管有些眩晕，但她还是勉强走了几百码，最终瘫倒在距离砂石路边几英尺的一棵树下。她还能看见教堂，她这辈子一直去的那间教堂。她在那儿无数次感觉到上帝显灵，但她现在方才意识到，自从新牧师来了以后，她就一次也没感觉到过了。几分钟之后，她看见帕米拉·里斯特从路的另一端走来，进了教堂，漂亮的脸蛋上洋溢着欢乐。

那天傍晚，晚餐之后，阿尔文开车送爱玛去教堂参加周四晚上的礼拜。莱诺拉说自己病了不愿意去，说她头痛欲裂。她什么都没吃。“嗯，你的确看起来脸色不太好，”爱玛说，摸了摸姑娘的脸蛋，看她有没有发烧，“你今晚就待在家里吧。我会让大家替你祈祷的。”莱诺拉等在自己的卧室里，直到她听见阿尔文发动了车子，随后她确认了伊尔斯科尔还在门廊的摇椅上睡着。她出门去了烟熏室，打开门站在那里，等双眼适应幽暗的光线。她从角落里的小鱼网后面找到了一卷绳子，在一头胡乱打了个套结。随后她把一个空猪油桶挪到小屋中间，站了上去，把绳子另外一端在一根支撑梁上绕了七八圈。接着她从桶上跳下来关上了门。小屋里陷入了黑暗。

她站回金属桶上，把绳套绕在脖子上收紧。一股汗水从她脸上滑落，她发现自己在想应该在户外阳光下做这件事情，在温暖的夏日空气中，甚至或许再等上一两天。也许普雷斯顿会回心转意。这才是她应该做的，她想。他说的那些话不可能当真。他只是有些沮丧，仅此而已。她开始松开绳套，但猪油桶摇晃了起来。接着她脚下一滑，桶滚了开去，她吊在了空中。她只往下落了几英寸，还不足以把脖子一把扯断。她的脚趾几乎可以够到地面，可能只差一英寸左右。她踢着腿，抓着绳子，用尽全力往上爬，想够到大梁，但力气不够。她想叫，可窒息的声音传不到屋外去。绳子缓缓勒紧了她的气管，她越发狂乱，用指甲在脖子上乱抓。她的脸开始发紫。她模模糊糊地感觉到小便沿着腿往下流。她的眼中血管暴突，一切变得越来越暗。不，她想，不要。我可以留下这个孩子的，上帝啊。我可以离开这个地方，像我父亲一样远走高飞。我可以人间蒸发。

## 37

葬礼后大约一周，绿蔷薇县新上任的警长蒂克·汤普森在阿尔文下班的时候等在他车子旁边。“我得和你谈谈，阿尔文，”警长说，“关于莱诺拉。”是他和其他几个人一起帮着把莱诺拉的尸体扛出烟熏室的，就在伊尔斯科尔看见门没锁，发现了她之后。这些年来他也接到过几起自杀报警，但多数是男人，因为某个女人或是生意不好自己爆了头，从来没有年轻姑娘自缢。那天傍晚救护车开走之后他问了爱玛和阿尔文，但两人都说姑娘最近实际上看起来比以前高兴。这件事一定内有蹊跷。他已经一个礼拜没睡过踏实觉了。

阿尔文把午餐篮丢进贝莱尔车前座：“关于她什么？”

“我觉得这件事最好告诉你，而不是你奶奶。我听说她容易想不开。”

“告诉我什么？”

警长摘下帽子，拿在手中。他等到其他几个人从他们身旁走过去上了汽车，才清了清喉咙说道：“唉，见鬼，我真不知道该怎么开口，阿尔文，那我就直说吧。你知不知道莱诺拉怀着身孕？”

阿尔文盯着他看了半天，满脸困惑。“胡扯八道，”他最后说，“不知哪个狗杂种在说谎。”

“我明白你的感觉，真的，但我刚从验尸官办公室出来。虽然达德利是个酒鬼，但他从不说谎。据他估计，她已经怀孕差不多3个月了。”

男孩转过身去背对着警官，从裤子后袋里摸出一块脏抹布，擦拭着双眼。“天啊。”他强忍住上唇的颤抖。

“你觉得你奶奶知情吗？”

阿尔文摇了摇头，深吸了一口气，又缓缓地吐了出来，随后说：“警长，要是我奶奶知道了，她肯定不想活了。”

“那莱诺拉有男朋友吗？和什么人约会过吗？”警长问。

阿尔文想到了几周前的那个晚上，爱玛也问过同样的问题：“据我所知没有。见鬼，她可是我见过的最虔诚的人啊。”

蒂克又戴上了帽子。“听着，在我看来，”他说，“除了你、我和达德利之外，这件事没必要让其他任何人知道，达德利也不会到处乱说的，我敢保证。所以我们现在先保持沉默。你觉得怎么样？”

阿尔文又擦了擦眼睛，点了点头。“非常感激，”他说，“大家知道她对自己做了什么已经够糟糕的了。见鬼，我们甚至请不来那个新牧师——”他的脸色突然阴沉下来，望向了远处的泥溪山。

“怎么了，孩子？”

“啊，没什么，”阿尔文又把目光转回了警长，“他不愿意来葬礼上祷告，其它没什么。”

“嗯，有些人对这种事情很有偏见。”

“是啊，我猜也是。”

“所以你也不知道她跟谁在一起过？”

“莱诺拉多数时间都自己待着，”男孩说，“而且就算知道了你又能怎么样？”

蒂克耸了耸肩：“我想也做不了什么吧。也许我就不该说。”

“对不起，我没有丝毫不敬的意思，”阿尔文说，“而且我很高兴你告诉了我。至少现在我知道她为什么那么做了。”他把抹布塞回裤袋里，跟蒂克握了握手：“谢谢你还考虑到了我奶奶的感受。”

他看着警长开车离开，随后上车开了15英里回到煤溪。他把收音机开到最大，在饥饿谷私酒贩子的窝棚前停了一下，买了两品脱威士忌。到家后他进屋看了看爱玛的情况。据他所知她已经一个礼拜没下过床，身上都有味儿了。他给她倒了杯水，强迫她喝了一点。“奶奶你听着，”他对她说，“我希望你明天早上下床给我和伊尔斯科尔做早餐吃，好吗？”

“就让我这么躺着。”她说着，朝里翻了个身，合上双眼。

“再躺一天，不能再多了，”他跟她说，“我不是跟你开玩笑。”他去厨房炒了点土豆，给自己和伊尔斯科尔做了博洛尼亚红肠三明治。他们吃完饭后，阿尔文洗了平底锅和碟子，然后又去看了爱玛一趟。随后他把两品脱威士忌拿到门廊上，递了一瓶给老爷子。他在椅子上坐下，终于开始允许自己思考警长说的话。3个月。让莱诺拉怀孕的肯定不是附近的男孩子。阿尔文认识他们每个人，而且知道他们是怎么看她的。她唯一爱去的地方就是教堂。他又想到新牧师刚来的时候。应该是4月，距离现在4个月多一点。他回想起那天晚上吃百味餐的时候，蒂加丁看到里斯特两姐妹走进来时兴奋的样子。除了他和牧师年轻的妻子之外，似乎没有人注意到这一点。蒂加丁出现不久之后，莱诺拉就不再戴她的软帽了。他本来以为她终于烦透了在学校里受到的那些嘲笑，但也许另有原因。

他从烟盒里抖出两支烟点着，递了一支给伊尔斯科尔。葬礼前一天，蒂加丁告诉某个教友，说他不愿意为自杀者做祷告。他叫他可怜的病姨夫代替他来说了几句话。两个男人用一把木头厨房椅抬来了阿尔伯特。那是全年最热的一天，教堂就像个火炉，但老人还是来救了场。几个小时之后，阿尔文出门在后街上开车转悠，不顺心的时候他总喜欢这么做。他路过蒂加丁的房子，看见牧师穿着卧室拖鞋，戴着一顶像女人的粉色软帽，往厕所走去。他老婆正穿着比基尼晒日光浴，在杂草丛生的院子里铺了一条毯子，四仰八叉地躺在上面。

“见鬼，热死了。”伊尔斯科尔说。

“是啊，”阿尔文过了一两分钟后说道，“我们今晚也许应该睡在外面。”

“真不知道爱玛在卧室里怎么受得了。里面就像个烤箱。”

“她早上会起来的，给我们做早餐。”

“真的？”

“对，”阿尔文说，“真的。”

她真的做到了。不等他们从门廊的毯子里醒来，她已经早起一个钟头了，做了松饼、鸡蛋和香肠末肉汁。阿尔文注意到她洗了脸，换了长裙，用一条干净的布束起稀薄、灰白的头发。她没说什么话，但当她坐下给自己也拿了个碟子时，他知道现在不用再担心她了。第二天，工头刚下皮卡车指着手表说下班，阿尔文就冲向自己的车，又开过了蒂加丁家一次。他沿着公路又开了1/4英里才停下车，再穿过林子走了回来。他坐在一棵两头刺槐树下，看着牧师的房子，直到太阳落山。他还不知道自己在找什么，但他对于去哪里找已经有了主意。

## 38

3天后收工的时候，阿尔文跟老板说他不干了。“别这样，小子，”工头说，“该死，你可是我最好的工人。”他往自己皮卡车前轮上啐了一口浓腻的烟汁：“再干两周？到时我们就完工了。”

“跟工作无关，汤姆，”阿尔文说，“只是我现在有别的事情要处理。”

他开车去路易斯堡买了两盒9毫米子弹，又回家看了一下爱玛。她正跪在地上擦洗着厨房的油毡地板。他去自己的卧室，从橱柜最下面的抽屉里拿出那把德国鲁格手枪。自从一年多以前伊尔斯科尔让他把手枪收起来之后，这是他第一次碰它。他告诉奶奶自己很快回来，随后去了石溪。他花了些时间把枪清理干净，往枪膛里装了8发子弹，把几个罐子、瓶子排成一排。在接下来的一个小时里，他又上了4次子弹。等他再把枪放回手套箱的时候，感觉它已经成了自己手的一部分。他只有3发子弹打偏。

回家的路上他去了一趟公墓。他们把莱诺拉葬在她母亲旁边。制碑工人还没把石碑立起来。他站在那里，低头看着属于她的那一方干燥的棕色土地，想起上次他陪她来看海伦的墓地。他还隐约记得那天下午她如何尝试着用自己笨拙的方式和他调情，说着孤儿和不幸的情侣，惹得他对她发了火。如果他稍微对她多关注一点，他想，如果人们对她的嘲笑少一点，也许事情不会变成这个样子。

第二天早上，他在平常出门的时间离开了家，装作去上班。尽管他坚信那个人就是蒂加丁，但他还是得确认。他开始跟踪牧师的一举一动。一周之内他看见这个混蛋干了帕米拉·里斯特3次，就在乱岭路边上的一条旧农场小道上。每隔一天的正中午，她都从父母家走过来，穿过田地和他会面。蒂加丁坐在跑车里顾镜自赏，等她过来。看着他们在这里幽会了3次之后，阿尔文花了一个下午用枯枝和飞蓬草做了个掩体，离高高的橡树下牧师停车的地方仅有几码之遥。蒂加丁向来一完事就把姑娘赶走。他喜欢在树下游荡一会儿，排空膀胱，听着车子收音机里的泡泡糖摇滚乐。阿尔文偶尔会听见他自言自语，但听不清说了什么。二三十分钟之后，蒂加丁就会发动车子，在小道尽头掉头回家。

再下一周，牧师把帕米拉的妹妹也加入了“值勤名单”，但他和贝斯·安的幽会在教堂里面。此时阿尔文已经确信无疑，当他被周日早上传遍全镇的教堂钟声敲醒时，他决定开始行动。如果再等下去，他怕自己会失去勇气。他知道蒂加丁总是在周一和姐姐幽会。至少那个色魔狗杂种的习惯很有规律。

阿尔文数了数过去几年自己好不容易攒下来的钱。床底下的咖啡罐里一共有 315 美元。周日晚餐后他开车去“老虎机”那里买了一瓶威士忌，和伊尔斯科尔在门廊上喝了一晚上。“你对我真好，孩子。”老人家说。阿尔文强忍了好几回眼泪。他想到了明天。这是他们最后一次一起喝酒了。

那是个美好的傍晚，几个月来从没这么凉快过。他进屋叫来了爱玛，她和他们坐了一会儿，拿着她的《圣经》和一杯冰茶。莱诺拉走的那晚之后，她再也没有去过煤溪圣灵教堂。“今年秋天来得有点儿早啊。”她用枯瘦的手指把书里看到的位置折了一下，凝望着马路对面，树叶已经开始泛起了铁锈色：“我们得开始考虑弄点柴火过冬了，对吧，阿尔文？”

他看着她。她还盯着山边的树林。“是啊，”他说，“一不留神就冷下来了。”他恨自己骗了她，装作若无其事的样子。他真想和他们道个别，但万一警察要追捕他，他们还是什么都不知道为好。那晚他们上床休息之后，他在一个运动背包里装了几件衣服，放进了车子后备厢。他俯身靠在门廊栏杆上，听着运煤火车隐约传来的轰隆声，那列火车正越过往下一行山头，一路北上。他回到屋里，把 100 美元塞进爱玛放针线的锡盒里。当晚他彻夜未眠，第二天只喝了一点咖啡当早餐。

他在掩体里坐了两个小时，里斯特家的姑娘终于匆忙穿过田地走了过来，早了大概 15 分钟。她看起来忧心忡忡，不停地看着自己的手表。蒂加丁出现了，在满是车辙的路上放慢了车速，她没有像之前一样跳上车去。相反，她站在几英尺之外，等着他熄火。“快进来，甜心，”阿尔文听见牧师说，“我有满满一袋宝贝给你。”

“我急着走，”她说，“我们有麻烦了。”

“你什么意思？”

“你不应该碰我妹妹的。”姑娘说。

“哎呀，帕米拉，我对她又不是真心的。”

“不，你不明白，”她说，“她跟妈妈说了。”

“什么时候？”

“大概一小时前。我觉得我也逃不了干系。”

“那个小贱人，”蒂加丁骂道，“我几乎没碰她。”

“她可不是这么说的。”帕米拉说。她紧张地看着马路。

“她到底说了什么？”

“相信我，普雷斯顿，她全都说了。她害怕极了，因为她血流不止，”姑娘指着他，“你最好没做什么让她生不了孩子的事情。”

“妈的。”蒂加丁说。他下了车，前后踱了几分钟步，手背在身后，像是将军在帐篷里策划着一场反攻。他从裤子口袋里掏出一条真丝手帕，轻拍着自己的嘴。“你觉得你妈会怎么做？”他最后说道。

“据我对她的了解，等她带贝斯·安去了医院，第一件事情就是打电话给该死的警长。你也知道，他是我妈妈的表哥。”

蒂加丁双手按住姑娘的肩膀，盯着她的双眼：“但你没提我们两个的事情，对吧？”

“你觉得我疯了吗？让我说还不如让我去死。”

蒂加丁放开她，靠在车上。他望向他们面前的田地。不知为什么没人耕种。他想象着废旧的两层小楼，几台生锈的老式机器躺在野草中，也许还有一口手挖的井，满是清凉、洁净的井水，上面盖着朽坏的木板。有一瞬间，他想象着自己把这个地方修葺一新，安顿下来，过着简单的生活，周日做礼拜，平时就用满是老茧的双手在农场里工作，傍晚吃过一顿丰盛的晚饭，坐在门廊外面读几本好书，几个温软的婴孩在阴凉的院落里嬉戏。他听见姑娘说她要走了，等他终于转身看的时候，她已经消失不见。然后他想到也许帕米拉只是在骗他，想吓唬他放过自己的妹妹。如果真是这样，他也不觉得奇怪，但假使她说的都是真话，那他最多只有一两个小时可以收拾行李离开绿蔷薇县。就在他准备发动汽车的时候，他听见一个声音说："你这个牧师当得不怎么样啊，对吧？"

蒂加丁抬头一看，拉塞尔家的男孩正站在车子门外，用一把不知什么手枪对着他。他没有枪，对于枪的唯一了解就是它们通常会带来麻烦。从近处看男孩高大了很多。他注意到他身上没有一丝赘肉，深色的头发，绿色的眼睛。不知道辛西娅觉得他怎么样。尽管他知道这很荒谬，毕竟他搞过这么多雏儿，但刚才他的确感觉到了嫉妒带来的心痛。他悲伤地意识到自己的模样和这个男孩没法比。"你他妈干什么呢？"牧师说。

"一直在看你糟蹋那个刚走的里斯特家的姑娘。如果你敢发动汽车，我就把你的贱手打断。"

蒂加丁松开了点火钥匙："你不知道自己在胡说些什么，小子。我根本没碰过她。我们只是在说话。"

"也许今天没有，但你老汉推车推得挺有规律的。"

"什么？你在监视我？"也许这小子是个偷窥狂，他想，回忆起他收集的色情杂志上面的说法。

"你过去两周的一举一动我都一清二楚。"

蒂加丁朝挡风玻璃外望去，看着小道尽头那棵高大的橡树。他在想这是不是真的。他在脑中数了数过去几周之内和帕米拉来这里的次数。至少 6 次。的确很不像话，但与此同时他也松了一口气。至少这小子没看见他搞他妹妹。真不敢想象这个神经病乡巴佬会做出些什么。"不是你看到的那样。”他说。

“那是怎样？”阿尔文问。他拨开了手枪保险栓。

蒂加丁开始辩解，说那个小淫娃不肯放过他，但他又提醒自己要小心用词。他想到这个小流氓可能喜欢帕米拉。也许这就是症结所在。嫉妒。他试图回忆起莎士比亚对嫉妒的描写，但怎么都想不起来。“你是不是拉塞尔夫人的孙子？”牧师说。他低头看了一眼仪表盘上面的钟。他现在本该在回家的半路上了。油腻的汗水像小河般，从他刮得干干净净的粉色脸庞上滚滚而下。

“正是，”阿尔文说，“莱诺拉·拉弗蒂是我妹妹。”

蒂加丁缓缓转过头来，视线聚焦到男孩的皮带扣上。阿尔文仿佛可以看到他脑中的齿轮在飞速，看着他吞了好几回口水。“真遗憾，可怜的姑娘做了那种事情，”牧师说，“我每晚都为她的灵魂祈祷。”

“你也为孩子的灵魂祈祷了？”

“你全搞错了，我的朋友。我和那件事一点关系都没有。”

“哪件事？”

男人在车子窄小的座位上扭来扭去，瞟了一眼德国鲁格手枪：“她来找我，说她想忏悔，告诉我她怀孕了。我向她保证绝对不会说出去。”

阿尔文后退了一步，说：“我敢打赌你是这么说的，你这个死胖子狗杂种。”随后他连开 3 枪，打瘪了驾驶室一侧的两个轮胎，最后一枪射进了后门。

“住手！”蒂加丁叫了起来，“住手！见鬼！”他猛地举起双手。

“不许再说谎，”阿尔文说，上前一步用手枪抵住牧师的太阳穴，“我知道你就是害了她的那个人。”

蒂加丁猛地把脑袋从枪口上挪开。“好吧，”他说着，深吸了一口气，“我发誓，我会料理好一切，我真的会，但随后……随后我才知道她已经自杀了。她太疯狂了。”

“不，”阿尔文说，“她只是太孤单了。”他把枪管抵在蒂加丁的后脑勺上：“别担心，我不会让你像她那么受罪。”

“别开枪，该死。我的天呐，老兄，你不会想杀一个牧师吧？”

“你不是牧师，你就是一坨屎。”阿尔文说。

蒂加丁哭了起来，这还是他长大以后脸上第一次流下真正的泪水。“让我先做个祈祷。”他呜咽着，双手合十。

“我已经为你祈祷过了，”阿尔文说，“还加了一条你们这些混蛋总说的特殊要求，请他直接把你送进地狱。”

“不。”蒂加丁话音刚落，枪就开火了。一块弹片从他鼻子上方穿出，砰的一声落在仪表盘上。他肥大的身躯往前一栽，脸砸在方向盘上。他的左脚踢了刹车几次。阿尔文等在一边，直到他一动不动，随后把手伸进车里，从仪表盘上捡起那块黏糊糊的子弹碎片扔进草丛。他现在有些后悔刚才不该开那几枪，但没时间去挖子弹了。他飞快地打散自己修起来的掩体，捡起装烟头的罐子。5 分钟后，他已经上了自己的车，把烟头罐子扔进了水沟。就在他把德国鲁格手枪往仪表盘下面塞的时候，猛地想起了蒂加丁年轻的妻子。她现在也许正坐在他们的小屋里，等着他回家，就像爱玛今晚等他回家一样。他靠在座椅上闭了一会儿眼睛，努力去想别的。他发动引擎开出乱岭的尽头，左转上了 60 号公路。照这样计算，如果一路不停，他今晚就可以开到俄亥俄州米德镇。再往后他还没有计划好。

4 个小时后，在西弗吉尼亚查尔斯城外 50 英里的地方，贝莱尔车底部开始发出巨大的噪音。在传动液彻底流光之前，他好不容易下了高速，开进一个加油站停车场。他趴在地上，看见最后一点液体从变速箱里滴出来。“娘的。”他说。就在他站起来的时候，一个穿着宽松蓝色工装裤的瘦子走了出来，问他需不需要帮忙。“除非你能帮我换个变速箱。”阿尔文说。

“变速箱坏了？”

“漏了。”阿尔文说。

“你去哪儿？”

“密歇根。”

“你要是想找谁，可以用我们的电话。”男人说。

“没人可以打。”此话一出，阿尔文意识到竟然一点不假。他想了一会儿。尽管他舍不得放弃自己的贝莱尔汽车，可他不能停下。他必须得做出牺牲。他转向男人，挤出一个微笑。“你愿意出多少钱买下这辆车？”他问。男人瞟了一眼车，摇了摇头：“我要它没用。”

“引擎好着呢。我几天前刚换的触点和火花塞。”

男人绕着雪佛兰走了两步，踢了踢轮胎，看了看面漆。“我不知道。”他摩挲着下巴上灰白的胡茬。

“50 块怎么样？”阿尔文说。

“不是偷来的吧？”

“车本是我的名字。”

“我给你 30。”

“最多就这么多？”

“小子，我家里有 5 个孩子。”男人说。

“好吧，车归你了。”阿尔文说。“我把我的东西拿走。”他看着男人走回加油站。他从后备厢拿出背包，最后一次在车里坐了一会儿。刚买车那天，他和伊尔斯科尔开车兜风，整整烧光了一箱汽油，一路开到贝克利又开回来。他突然意识到，在这一切结束之前，他还要失去很多。他伸手从仪表盘下摸出鲁格手枪，塞进了裤腰里。随后他从手套箱里拿出车本和一盒子弹。他走进加油站，男人把 30 美元放在柜台上。阿尔文在车本上签了字，写好日期，把钱放进了钱包。他买了一根脆果仁糖棒和一瓶皇冠可乐。自从早上在奶奶的厨房喝了咖啡之后，这还是他头一次吃喝。他看着窗外高速公路上连绵不绝的车流，嚼着糖棒。“你搭过顺风车吗？”他问男人。

## 39

那天下午5点左右，罗伊摘完橙子拿到了工钱，一共13美元。他去十字路口的商店买了半磅甜椒咸菜肉卷、半磅奶酪、一条黑麦面包、两包切斯特菲尔德香烟和3瓶博尔德白葡萄酒。每天都有钱拿真不赖。走回他和西奥多露营地的路上，他感觉自己像个大款。这是他遇到过的最好的老板，罗伊已经安安稳稳地摘了3周了。今天老板告诉他，大概只有四五天活可以干了。西奥多听了应该很高兴。他实在太想回到海边了。他们上个月存下了将近100美元，是很久以来他们存下的最大一笔钱。他们计划买几件像样的衣服，重新开始布道。罗伊觉得他们能在慈善商店里找到些也许只要10或12美元的西装。西奥多吉他弹得不如以前了，但他们依然配合无间。

罗伊穿过一条排水沟，往他们的露营地走去，就在一片矮小的玉兰树下。他看见西奥多睡在轮椅旁边的地上，身边放着他的吉他。罗伊摇了摇头，掏出一瓶酒和一包烟。他在一截树桩上坐下，喝了一口酒，点了一支烟。等他把这瓶酒喝了一半，才注意到瘸子脸上爬满了蚂蚁。罗伊飞快地冲到他身边，把他翻了过来，仰面朝天。“西奥多？醒醒，伙计，快醒醒，”罗伊哀求着，摇着他，拍打着虫子，“西奥多？”

罗伊试着扶他起来，但刚动手就知道他已经死了。但他还是努力了15分钟，把他弄回轮椅上。他推着他穿过沙土路往高速公路走去，但只走了几英尺就停下了。警方一定会问他很多问题，他想，看着一辆豪车从远处驶过。他环视着露营地。也许最好还是呆在这儿。西奥多喜欢大海，但他也喜欢树荫。而且自从他们离开布拉福德游乐会以后，这片小树林和他们住过的其它地方一样，就相当于他们的家。

罗伊在轮椅旁边的地上坐下。他们这些年干了很多坏事，所以接下来的几个小时，他都在为瘸子的灵魂祈祷。他希望在自己大限将至的时候，也能有人为他做同样的事情。日落时分，他终于起身给自己做了个三明治。他吃了一点，把剩下的扔进草丛。另一支烟抽到一半，他突然意识到自己不用再当逃犯了。他现在可以回家了，可以去自首。他们想拿他怎么办都行，只要他能再见莱诺拉一面。西奥多永远无法理解这一点：为什么罗伊会思念一个他并不真正了解的人。的确，他几乎已经想不起来女儿的脸长什么样子了，但尽管如此，他还是无数次想着她现在过得怎么样。等他抽完了烟，已经在心里排练好了要对她说的话。

那天晚上，他最后一次和自己的老朋友大醉了一场。他生了一堆火，和西奥多聊着天，就像他还活着，又把老故事都说了一遍，关于"烙饼小丑"、"火烈鸟女士"和"吃痘人"，以及他们一路走来遇见的所有其他失落的灵魂。好几次他都发现自己在等着西奥多发出笑声，或是补充他忘记说的部分。几个小时之后，故事都说完了，罗伊陷入了这辈子前所未有的孤单。"这里离煤溪可真远啊，是吧，小子？"这是他在毯子上躺下前说的最后一句话。

他在黎明前醒了过来。他把一块布沾湿，用的是他们一直绑在轮椅后面加仑罐里的水。他擦去西奥多脸上的污垢，为他梳好头发，用拇指合上他的眼帘。最后一瓶酒还剩下一口，他把它放在瘸子的大腿上，为他戴好破草帽。随后罗伊用一条毯子卷起自己的几件东西，手搭在死人肩膀上站着。他闭上双眼又说了几句话。他明白自己再也不会布道了，但也无所谓。反正他从来都不怎么擅长。多数人只想听瘸子弹吉他。"我真希望你能跟我一起走，西奥多。"罗伊说。他沿着公路走了两英里，才搭上一辆顺风车。

第六部

# 蛇

# 40

谢天谢地，7月接近了尾声。卡尔已经等不及要再上路了。他抱着桑迪的两罐小费到银行换成纸币，在假期开始前的几天购买补给——从杰西潘妮百货商店给桑迪买了两套新衣服和几件带着花边的内衣，又买了一加仑汽油和备用火花塞，还买了一把打折的钢锯，心血来潮买下了50英尺绳子，又从AAA商店买了一套南部各州的公路地图，以及两盒沙龙牌薄荷香烟、一打“狗屌”雪茄。等他买完东西，又找机修工给车子安了一套刹车片之后，只剩134美元了，但也够他们撑好一阵子的。他坐在厨房桌边又数了一遍钱，想着这些钱够他们过一个礼拜国王般的日子了。他回想起两年前的夏天，他们离开米德镇的时候只带了40美元。一路上他们只能吃午餐肉和走油的薯条，用虹吸管偷汽油，睡在酷热难当的汽车里，但加上他们从“模特”身上搜刮来的钱财，他们一共挺过了16天。跟那个时候相比，他们这次的情况很不错。

但他依然觉得心烦。有天傍晚他翻看着照片，想让自己为这次“捕猎”兴奋起来，刚好看到去年夏天桑迪搂着年轻士兵的一张照片。他隐约觉得自从他杀掉那个小兵之后她就变了，就像那晚他带走了她的什么宝贝。但手中的照片里她脸上带着厌恶和失望的神情，这是他以前从未注意到的。他坐在那里盯着照片，开始希望自己没给她买过枪。白牛餐馆的女招待也是一件烦心事。桑迪开始问他在她上班的那些晚上他去了哪里，尽管她从来没有直截了当地对他进行谴责，但他已经开始琢磨她是不是听到了什么风声。女招待也不像以前那么友好了。也许只是他疑神疑鬼，但如果需要担心诱饵背叛自己，那对付起模特来就更是难上加难了。第二天，他去了一趟中央中心的五金商店。当晚她睡觉之后，他把她手枪里的子弹卸了——她开始在手包里带枪——换成了空包弹。他越想越觉得，反正也没什么机会真的需要她开枪。

他为旅行做的最后准备包括新洗一张他最喜欢的照片。他把它对折放进了钱包。桑迪对此一无所知，但他总是在再次出门之前带上这张照片。那张照片里，她轻搂着躺在自己大腿上“模特”的脑袋——那人是他们第一次“捕猎”的那个夏天遇到的，在此之前他们刚在科罗拉多杀了那个色情狂。这并不是他最好的作品，但对于还在学习的人来说已经够好了。它让卡尔想起那些圣母和小耶稣在一起的油画，桑迪低头看着“模特”，脸上挂着甜美、无辜的神情，那种神情卡尔头一两年捕捉到过几次，但此后就永远消失了。至于那个男孩？他记得当时他们 5 天都没有遇到一个搭车客。两人身上的钱花完了，吵着架，桑迪想回家，但他坚持继续走。接着他们在刚出芝加哥往南的地方转弯上了一条坑坑洼洼的双车道，他就伸着拇指站在那儿，像是天堂送来的礼物。那个男孩绝对是个活宝，一肚子蠢萌笑话，如果卡尔仔细盯着照片，还能从他脸上看出一丝戏谑。他每次看到这张照片，也是在提醒自己，自己再也找不到第二个女孩能成为像桑迪这么出色的拍档。

## 41

8 月的第一天是个酷热的周日，卡尔的衬衣一早就汗透了。他坐在厨房里盯着满是污垢的木头家具，还有炉子后面墙上一层酸败的油脂。他看了一眼手表，发现已经到中午了。他们 4 个小时前就应该上路了，可桑迪昨晚回家的时候浑身酒气，跌跌撞撞地走进门来，通红的脸上挂着难看的神色，一直在说这是她最后一次旅行。她一上午都在醒酒。等他们出门上车的时候，她停下脚步在包里乱翻墨镜。“老天爷啊，”她说，“我还在犯恶心。”

“我们出城之前要停下来加满油。”他没理她，说道。他等她出门的时候已经下定决定，绝不让她毁掉这次旅行。如果需要的话，他会在出了罗斯县以后对她施以颜色，到时她那个多事的哥哥就管不着了。

“见鬼，你之前一个礼拜干吗去了。”她说。

“我跟你说，姑娘，你说话最好给我当心点。”

到了主街的德士古加油站，卡尔下车开始加油。突然高亢、尖利的警笛声划破了天际，他差一点跳起来撞到正驶离加油站的一辆野马车上。他转过身来，看见博德克正坐在他们旅行车后面的警车里。警长关上警笛，下车笑了起来。“他妈的，卡尔，”他说，“我希望你别吓尿了。”他走过他们的车时，往里面瞟了一眼，看见后座上堆满了东西。“你们要去旅行？”

桑迪打开车门下来。“去度个假。”她说。

“去哪儿啊？”博德克问。

“弗吉尼亚海滩。”卡尔说。他突然感到一阵潮湿，低头一看，自己的一只鞋已经被手里的汽油打湿了。

“我记得你们去年去过那儿。”博德克说。他在想自己的妹妹是不是又开始卖肉了。如果的确如此，显然她这次小心了许多。自从去年夏天接到那个女人的电话以来，他还没有再听到过关于她的抱怨。

卡尔瞥了桑迪一眼说：“是啊，我们挺喜欢那儿的。”

“我最近也在想着让自己喘口气，”博德克说，“所以那儿不错？”

“是挺好的。”桑迪说。

“你们喜欢那儿的什么啊？”

她回头看向卡尔求助，但他已经又弯腰对着汽车，忙着加满最后一点油了。他的裤子耷拉着，她希望李没有注意到他露出来的那一丝白屁股。“就挺好的，其它没什么。”

博德克从衬衣口袋里掏出一支牙签。“你们准备去多久？”他说。

桑迪抱起胳膊，恶狠狠地盯着他。“你他妈哪儿来这么多问题？”她的脑袋又开始剧痛。真不应该用啤酒兑伏特加。

“没什么啊，老妹，”他说，“好奇而已。”

她盯着他看了一会儿，想象着如果自己告诉他真相，他那张得意洋洋的脸上会是什么表情。“大概两周。”她说。

他们站着看卡尔拧紧油箱盖。他走进加油站付钱的时候，博德克掏出嘴里的牙签哼了一声：“度假。”

“够了，李。我们爱干什么是我们自己的事情。”

## 42

他们第一次碰到杰米·约翰森这样的搭车客，头发长到肩膀，戴着一对纤细的金耳环。他一上这辆脏兮兮的车，车里的女人就这么告诉他，仿佛是她这辈子遇到过最刺激的事情。杰米去年从马萨诸塞州家里逃了出来，从此以后就再也没进过理发店。他并不觉得自己是嬉皮士——他在街上遇到过几个，简直像白痴——但就算是又怎么样？随便她怎么想好了。过去6个月，他一直和一家异装癖住在一起，待在费城一处破破烂烂、满屋是猫的房子里。直到两个大姐决定杰米应该拿出更多自己在克拉克街巴士站厕所里挣来的钱，他才终于和那家人闹崩了。去他的母夜叉，杰米想。只是一群化着乱七八糟的妆、戴着廉价假发的失败者。他会去迈阿密找一个有钱的老玻璃，只要玩玩他一头漂亮的长发、带他在海滩上秀秀，就激动得不行。他望向车窗外，看到一个标牌写着列克星敦。他都不记得自己是怎么跑到肯塔基州来的了。谁他妈会来肯塔基？

刚让他搭车的这两个人，也是一对失败者。女人似乎觉得自己很性感，总是在后视镜里对他笑，还舔着嘴唇，可他一看她就浑身发毛。车里不知什么地方发出一股腐败的腥臭味，他觉得一定是她身上的味道。他能看出那个胖子巴不得给他吹箫，因为他总是从前排座位上转过来问些傻逼问题，只是为了多看他裤裆一眼。才开出五六英里，杰米就打定了主意，一有机会就把他们的车偷走。虽然是部破车，但总比搭车强。昨晚让他搭车的那个男人，戴着黑色的圆顶礼帽，手指洁白修长，可差点让他吓破了胆，说着什么疯狂的红脖子帮和快要饿死的流民部落，还有他们对路上遇到的可爱小流浪儿做的那些可怕的事情。说了一堆听来的故事之后——活埋男孩，头朝下插在小洞里，像一排栅栏柱，还有人被做成了黏糊糊的蔬菜炖肉，用野洋葱和被风吹落的苹果调味——男人开出了一个好价钱，邀请他去一个高级汽车旅馆过夜，参加一个特殊的派对，会用到一包棉球和一个漏斗。自从离开家之后，这是杰米第一次拒绝了这么好的价钱，因为他仿佛可以看见第二天早上旅馆女服务员发现他躺在浴缸里，像讨糖之夜的南瓜一样被掏了个空。跟那个神经病混蛋相比，这两位简直就像"凯特尔爸妈[①]"。

尽管如此，当女人开下高速、男人直接问他有没有兴趣干他老婆让他拍照的时候，他还是吃了一惊。完全出乎他的意料，但他强作镇定。杰米并不喜欢女人，特别是难看的女人，但如果他能哄着那个肥仔也把衣服脱了，偷车就变得易如反掌了。他还从来没有一辆属于自己的车。他跟男人说，他当然感兴趣，只要他们肯付钱。他从男人前面糊满昆虫

---

① 凯特尔爸妈（Ma and Pa Kettle）：一对喜剧电影角色，20 世纪 40 年代晚期至 50 年代环球影业出品的《凯特尔爸妈》系列电影主角。

死尸的挡风玻璃望了出去。他们现在开上了一条砂石路。女人把车速放慢到像是在爬行，显然在找停车的地方。

“我还以为你们这种人会相信自由之爱之类的鬼话，”男人说，“就像那天晚上沃尔特·克朗凯特[①]在新闻里说的一样。”

“小伙子也得挣钱谋生吧？”杰米说。

“我觉得有道理。20块怎么样？”女人停下车，熄了火。他们在一片大豆田边上。

“哈，给我20美元，让我服侍你们俩都行。”杰米笑着说。

“我们俩？”肥仔转过身来看着他，眼神灰冷，“听起来你觉得我是个美男子。”女人咯咯一笑。

杰米耸了耸肩。不知车被他开跑的时候两个人还笑不笑得出来。“更差的我也遇到过。”他说。

“哦，难说。”男人说着，一把推开了车门。

## 43

“你只带了这一件衬衣？”桑迪问他。他们已经上路6天了，拍摄了两个“模特”——一个长发男孩和一个带着口琴的人，想去纳什维尔当乡村音乐明星。可几分钟后，他们就听他彻底毁掉了约翰尼·卡什[②]的《火环》，这碰巧是那个夏天卡尔最喜欢的一首歌。

“对。”卡尔说。

“好吧，我们得去洗衣服。”她说。

---

① 沃尔特·克朗凯特（Walter Leland Cronkite, Jr., 1916—2009）：记者，冷战时期美国最负盛名的电视新闻节目主持人，CBS明星主播，被誉为“最值得信赖的美国人”。

② 约翰尼·卡什（Johnny Cash，1932—2003）：美国著名乡村音乐创作歌手。

“为什么？”

“你臭死了，那就是为什么。”

几个小时后，他们在南卡罗来纳州的一个小镇找到了自动洗衣房。桑迪让他把衬衣脱掉。她拿着装满脏衣服的购物袋走进店里，放进洗衣机。他坐在门口一张长椅上，看着偶尔经过的汽车，嚼着雪茄。他的两个乳头都快耷拉到鱼肚白的啤酒肚上了。桑迪出来坐在长椅的另一端，用墨镜遮住自己，上衣被汗水溻在背上。她把脑袋往墙上一靠，合上了双眼。

“我们做的事情对他来说是最好的。”卡尔说。

天呐，桑迪想，他还在说那个带口琴的混蛋。他都叽里呱啦说了他一早上了。“这话我已经听过了。”她说。

“我就是想说，像他那样的人，唱歌唱得像屎一样。而且他，那什么，嘴里可能只有3颗牙？你见过那些乡村音乐明星吗？那些人的牙齿可金贵了。不，他们肯定会笑到他直接逃出城去，然后他只能回家，干大某只老母牛的肚子，被一帮小屁孩拴死，就这么结束了。”

“什么东西结束了？”桑迪说。

“他的梦，就这么结束了。也许昨晚他还无法预想到这一点，但我帮了那个男孩一个大忙。他死的时候，梦想还活在心中。”

“天啊，卡尔，你他妈犯什么病了？”她听见洗衣机停了，站起来把手一伸，“给我25美分，烘干机用。”

他给了她一点零钱，随后弯腰解开鞋带，踢开鞋子。他没穿袜子。现在他身上只剩下裤子了。他拿出折叠小刀，开始清理脚趾甲。就在他把一块灰泥抹在长椅座位上的时候，两个小男孩，也许只有9岁、10岁的样子，骑着自行车飞快地绕过街角。他抬头看他们的时候，两人都对他微笑挥手。他们蹬着小腿、无忧无虑地大笑飞驰而过，一瞬间，卡尔多么希望自己是另外一个人。

## 44

他们出门第 12 天的时候，有个“模特”跑了。这还是头一次。那家伙有前科，名叫丹尼·默多克，是那次旅行中第 4 个搭他们车的“模特”。他右边小臂上有个刺青，是两条长着鳞甲的蛇，绕在一块墓碑上。卡尔想象着拿下他之后用那个刺青来点特别的。他们整个下午都在开车闲逛，喝着啤酒，分吃着一大包炸猪皮，让他放松下来。他们在萨姆特国家森林开进去一英里左右的一处狭长的湖边找到了停车的地方。桑迪刚一熄火，丹尼就一把推开门下了车。他伸了个懒腰，打着哈欠，开始往水边溜达，边走边脱衣服。“你在干吗？”卡尔喊道。

丹尼把衬衣扔到地上，回头看着他们。“嘿，我让你老婆快活不成问题，但我得先洗干净，”他说着，猛地褪下内裤，“不过我可警告你，老兄，要是她习惯了我，可就再也不会喜欢你的那玩意儿了。”

“哎呀，他可真能说，是吧？”桑迪说着，绕过了旅行车的车头。她靠在保险杠上，看着那人纵身跳入了水里。

卡尔把相机放在车前盖上，笑了笑：“说不了多久了。”他们又分喝了一瓶啤酒，看着他在水中游来游去，拍打着胳膊，踢着脚，一直游到湖正中，翻过身来，仰面朝天。

“我得说，这看起来挺好玩的。”桑迪说。她踢掉凉鞋，把毯子铺在草地上。

“见鬼，谁知道那个臭水塘里有什么。”卡尔说。他又开了一瓶啤酒，试着享受片刻从脏臭的车里出来的时光。但最终，他对游泳者的耐心快消磨殆尽了。他已经玩水玩了一个小时了。他到湖边喊了起来，示意丹尼游过来，但每次那人都会潜到水底下，再吆喝着、泼着水游上来，像个小学生，卡尔有点生气了。丹尼最后从湖里走上来时，咧嘴笑着，阴茎半垂向膝盖，夕阳洒遍了他湿漉漉的身体。卡尔从口袋里拔出枪说："你他妈洗得够干净了吧？"

"搞什么鬼？"那人说。

卡尔举枪示意："该死，赶紧按我们刚才说的到毯子这边来。见鬼，光线都变差了。"他回头看着桑迪点了点头。她伸手到脑袋后面，开始解马尾辫。

"干你自己去吧！"卡尔听见那人吼道。

当他意识到发生了什么时，丹尼·默多克已经冲进了马路对面的林子。卡尔乱开两枪，追了上去。他一步一滑、跌跌撞撞地走进林子深处，直到他担心自己再也找不到回车子的路。他停下来仔细听着，但除了自己刺耳的喘息声，什么也听不到。他太胖了，什么人也追不上，更别提那个长腿屌人，整个下午都在跟他们吹嘘自己一周前凭两条腿跑过整个斯帕坦堡市中心，3 辆警车都没追上。当时已近黄昏，他突然意识到那人也许会绕回原地，桑迪还在车里等着。但就算她枪里是空包弹，他也应该听见枪响，除非那个混蛋偷袭了她。狡猾的狗杂种，真该死。他不想无功而返地回到车里。桑迪肯定会一直取笑他。他迟疑片刻，举枪对着空中射了两发。

当他满脸通红、汗流浃背地冲出路边的树丛时，她正举着那把点 22 口径手枪，站在车门大开的驾驶座旁边。"我们快走。"他喊道。他抓起他们铺在车后地上的毯子，又匆忙跑过来捞起男人留在草地上的衣服和鞋子。他把东西扔在后座，爬进了前排。

"老天啊，卡尔，发生了什么？"她一边发动汽车一边说。

"别担心，我把那个混蛋放倒了，"他说，"往他的蠢脑瓜子上来了两枪。"

她转头看着他："你追上那个混蛋了？"

他听出了她的怀疑。"先别说话，"他说，"我得想想。"他掏出一张地图研究了一两分钟，手指上下划拉着。“看样子我们离边境大概只有10英里。掉头在我们进来的地方左转，应该就上高速了。”

“我不相信你。”她说。

“什么？”

“那人跑起来就像只鹿。你不可能追得上他。”

卡尔深吸了几口气：“他躲在一截木头后面。我差一点踩上他。”

“那急什么？”她说，“我们回去拍几张照片好了。”

卡尔把点38口径手枪放在仪表盘前，撩起衬衫下摆擦去脸上的汗水，心还跳得像锤子敲在胸口：“桑迪，只管开该死的车，行不行？”

“他跑了，对吧？”

他望着副驾驶座窗外暗下去的林子：“对，那混蛋跑了。”

她挂上前进挡。“不许再跟我撒谎，卡尔，”她说，“还有一件事，既然我们说到撒谎：要是再让我听到你跟白牛餐馆那个小婊子乱搞，别怪我不客气。”她踩下了油门，20分钟后，他们穿过州界开进了佐治亚。

## 45

那天夜里晚些时候，桑迪把车停在亚特兰大往南几英里的一处卡车停靠站边上。她吃了一片牛肉干，爬到后座上睡着了。凌晨3点左右，开始下起雨来。卡尔坐在前排，听着雨点打在车顶上，想着那个前科犯。从中可以学到一个教训，他想。他只不过对那个胆小鬼混蛋放松警惕了那么一小会儿，但已经足以搞砸一切。他从椅子下面掏出那个男人的衣物开始搜查。他找到一把坏掉的弹簧刀，还有一个南卡罗来纳州格林伍德城的地址，写在一盒纸板火柴里面，还有钱包里的11美元。地址下面还写着3个字：“好口活”。他把钞票放进自己的口袋，把其它东西揉成一团，走过停车场，扔进了垃圾桶。

她第二天早上醒来的时候，雨还在下。他和桑迪在卡车停靠站吃着早餐，想着坐在周围的卡车司机中有没有谁杀过搭车客。这是个绝佳的差事，如果一个人对这种事情特别着迷的话。他们刚开始喝第 3 杯咖啡，雨停了，太阳冒了出来，像天上一个巨大、溃烂的疖肿。等他们付早餐钱的时候，沥青停车场上已经升起了一缕缕蒸汽。“昨天那件事，”他们走向车子时卡尔说，“是我不对。”

“就像我说的，”桑迪告诉他，“别再跟我撒谎。要是我们被逮住了，咱俩是拴在一根绳上的蚂蚱。”

卡尔又想了想他装在她枪里的空包弹，但决定最好还是别提。他们很快就要回家了，他可以再换回来，她自始至终不会知情。“反正我们不会被逮住。”他说。

“是吗，估计你也没想到有人会逃跑吧。”

“别担心，”他说，“下不为例。”

他们绕着亚特兰大开了一圈，停在一个叫罗斯维尔的地方加油。他们还有 24 美元和一点零钱作为回家的盘缠。卡尔付完钱给收银员，准备上旅行车的时候，一个穿着破黑西装的憔悴男人怯生生地靠了过来。“你们该不会刚好要去北边吧？”他问。卡尔脚下没停，从烟灰缸里拿起自己的雪茄，才回头看了男人一眼。西装大了好几码。裤脚得不时拉着才不会拖到地上。他看见外套袖子上还拴着一个小标价牌。那男人背着一个薄薄的铺盖卷儿，尽管看起来已经 60 好几了，但卡尔觉得这个徒步者实际上远没有那么老。不知为何，他让卡尔想起牧师，几乎已经绝迹的那种真正的牧师：不是贪得无厌、满身香气的混蛋，只想搞走人们的钱，借着上帝的名义坑蒙拐骗，而是那种笃信耶稣教诲的虔诚牧师。但转念一想，也许他的想法太离谱了。这个老小子可能只是又一个游手好闲的流浪汉。

“也许会去。”卡尔说。他望着桑迪，想看她是不是接翎子，但她只是耸耸肩，戴上了墨镜。“你去哪儿？”

“煤溪，西弗吉尼亚。”

卡尔想着昨晚逃跑的那个。那个大鸡巴狗杂种给他留下的余味会让他恶心好一阵子。“啊，见鬼，干吗不呢？”他跟那人说，“坐到后面去吧。”

他们上了高速之后，那人说：“先生，非常感激。我可怜的双脚都快走断了。”

“搭不到车？”

“走路比坐车的时候多，不瞒你说。”

“是啊，”卡尔说，“我真不明白人们为什么不愿意让陌生人搭车。那可是件好事啊，帮别人的忙。”

“你听起来像个基督徒。”那人说。

桑迪呛声忍住了笑，但卡尔没理她。“从某种角度来说，我猜的确是，”他跟那人说，“但我必须承认，我现在不像以前那么虔诚了。”

那人点点头盯着窗外。“做好人是很难的，”他说，“似乎魔鬼总是不愿放过大家。”

“你叫什么名字，亲爱的？”桑迪问。卡尔扫了她一眼，微笑起来，伸手过去碰了碰她的腿。自从昨晚把事情搞砸之后，他一直在担心，怕她在剩下的旅途中会变身超级贱人。

“罗伊，”那人说，“罗伊·拉弗蒂。”

“你去西弗吉尼亚干吗呀，罗伊？”她说。

“回家看我女儿。”

“真好，”桑迪说，“你上一次见她是什么时候？”

罗伊想了一会儿。上帝啊，他从未感觉如此疲倦。“差不多是17年前了。”一坐车他就犯困。他讨厌失礼，但再怎么努力，也无法睁开双眼。

“你离开家这么长时间都干吗去了？”卡尔说。等了一会儿，见男人没有回答，他转身看了看后座。“见鬼，他睡着了。”他告诉桑迪。

“让他睡好了，”她说，“至于让我干他，你想都别想。他闻起来比你还臭。”

“好吧，好吧。”卡尔说着，从手套箱里掏出佐治亚州高速公路地图。30 分钟后，他指着一处出口匝道，让桑迪开出去。他们沿着一条灰扑扑的土路开了两三英里，最后在路边找到了一块空地，散落着派对垃圾和一台四分五裂的钢琴。“就这儿吧，”卡尔说着，下了车。他打开搭车客那边的车门，晃了晃他的肩膀。“喂，伙计，”他说，“醒醒，我给你看一样东西。”

几分钟后，罗伊发现自己来到了一排高高的火炬松中。他们脚下的地面上落满了干掉的棕色松针。他不记得之前他究竟走了多久，也许有 3 天了。他运气不好，总搭不到车，走得双脚生疼，打了血泡。尽管他觉得多一步都走不动了，但他也并不想停下。他在想西奥多是不是已经被动物吃了。随后他看见那个女人脱下了衣服，这让他无比困惑。他环视周围，寻找着刚才坐过的车，却发现那个胖男人正举枪对着自己。他脖子上挂着一台黑色的相机，厚嘴唇上叼着一支没有点燃的雪茄。也许我在做梦，罗伊想，但该死，这也太真实了。他能闻到暑气中树汁渗出的味道。他看见女人躺在了一张红格毯子上，就是人们用来野餐的那一种，随后男人说了些什么，惊醒了他。“什么？”罗伊问。

“我说我要让你好好乐一乐，”卡尔重复道，“她就喜欢你这样精瘦的老种马。”

“这是怎么回事，先生？”罗伊说。

卡尔重重地叹了一口气：“老天爷啊，你给我听好了。我刚才说，你可以干我老婆，我给你们拍几张照片，就这样。”

“你老婆？”罗伊说，“我从没听过这种事情。我还以为你是个好人。”

“给我闭嘴，把你那件福利西装脱下来。”卡尔说。

罗伊看着桑迪，摊开了双手。“女士，”他说，“对不起，但西奥多死的时候我对自己保证，从此以后要过正派日子，我打算信守诺言。”

“哦，没事的，甜心，”桑迪说，“就拍几张照片，然后那个大块头混蛋就会放过我们了。”

“女人，看着我。我吃过很多苦。见鬼，我去过的地方有一半连我自己都不知道是哪里。你真的想让这双手碰你吗？”

“你个狗杂种，赶紧照我说的做。”卡尔说。

罗伊摇了摇头：“不，先生。我最后一次喜欢上的女人是只鸟，我不会再喜欢上别人了。西奥多很怕她，所以我没有告白，但普丽西拉——她真的是只火烈鸟。”

卡尔大笑起来，嘴里的雪茄都掉了。老天爷啊，真是一团糟。“好吧，看来我们找了个疯子。”

桑迪起身开始穿衣服。“我们走吧。”她说。

就在罗伊转身看着她往路边车子走去的时候，他感觉到枪管抵住了自己的脑袋一侧。“别想逃跑。”卡尔对他说。

“这你不用担心，”罗伊说，“我逃跑的日子已经结束了。”他举目仰望，从茂密、苍翠的松枝间找到了一小片蓝天。一缕白云飘过。那就是死亡的样子，他告诉自己。飘散在空中。倒也不赖。他微微一笑：“我觉得你不会再让我上车了，对吧？”

“说得不错。”卡尔说着，扣住了扳机。

“还有一件事。”罗伊说，声音急迫。

“什么事？”

“她的名字叫莱诺拉。”

“你他妈在说谁？”

“我女儿。”罗伊说。

## 46

难以置信，那个穿脏西装的混蛋疯子口袋里居然装着将近100美元。他们在诺克斯维尔黑人区的“小猪之家”烧烤店吃了烤肉和卷心菜沙拉，当晚入住了田纳西州约翰逊城的假日酒店。第二天早上，桑迪照例享受着她的美好时光。等她宣布自己可以出发的时候，卡尔已经陷入了恶劣的情绪。除了肯塔基州那个男孩的照片之外，这次他拍的多数都是些垃圾。什么都不对劲。他整晚都坐在三楼窗前的一把椅子上俯瞰着停车场，指间转着一支狗屌雪茄，直到它散架。他一直在思索着天兆，也许他漏掉了什么。但也没什么特别值得注意的，除了桑迪多数时间态度很坏和前科犯逃跑事件之外。他发誓再也不来南方“狩猎”了。

中午时分他们开进了西弗吉尼亚南部。“你看，今天剩下的时间还长，”他说，“要是还有可能的话，我想在回家前再拍一卷胶卷，拍点好片子。”他们在一个休息站停下，好让他检查汽车的油况。

“去拍好了，”桑迪说，“有很多东西可以拍。”她指着窗外：“看，有只青鸟刚停在那棵树上。”

“开什么玩笑，”他说，“你知道我什么意思。”

她打着了火：“我不管你干吗，卡尔，但我今晚想睡在自己的床上。”

“行。”他说。

接下来的四五个小时里，他们一个搭车客也没遇到。他们越接近俄亥俄州，卡尔就越坐立不安。他一直让桑迪开慢点，好几次让她停下来活动活动腿脚，喝杯咖啡，好让他的希望再苟延残喘一会儿。等他们开过查尔斯顿往快乐角进发的时候，他满心失望和怀疑。也许前科犯的确是个天兆。如果当真如此，卡尔想，那么它只意味着一件事情：他们应该趁早收手。就在他们靠近长长的车队，等着开过将要带他们进入俄亥俄州的银色金属大桥时，他还这么想着。然后他看见了那个英俊的黑发男孩，背着运动包，站在七八辆车前头的人行道上。他往前探着身子，吸着汽车尾气和河水发出的恶臭。车队往前移动了几英尺，又停了下来。他们后面有人按起了喇叭。男孩转身往车队尽头看了一眼，在阳光里眯起眼睛。

"你看见了吗？"卡尔说。

"你的鬼规定怎么办？该死，我们马上就要回到俄亥俄州了。"

卡尔一直盯着男孩，祈祷在他们能过去接上他之前没人让他搭车："就看看他要上哪儿去。见鬼，反正我们也没什么损失，对吧？"

桑迪摘下墨镜，仔细看了男孩一眼。她太了解卡尔了，知道要是不让他搭车，卡尔是不会罢休的，但在她看来，他也许比他们以前遇到过的所有搭车客都要帅。更何况这趟旅行一个天使般的男孩都没碰见。"我想也是。"她说。

"但我需要你去搭话，可以吗？给他一个你的招牌笑容，让他想要你。我不想说出来，但你这次旅行一直不太给力。靠我一个人可办不到。"

"当然，卡尔，"她说，"你想让我干吗都行。见鬼，他屁股一沾后座我就给他口。这下总行了吧。"

"老天啊，你可真下流。"

"也许吧，"她说，"我只想赶紧完事。"

第七部

# 俄亥俄州

## 47

前面像是出了交通事故，车队挪动缓慢。阿尔文刚打定主意想要穿过桥去，有辆车停了下来，一个胖男人问他要不要搭车。卖了贝莱尔之后，他走上高速，在查尔斯顿搭上了车，开车的是个卖肥料的男人——白衬衣皱巴巴的，领带沾着肉汁，粗大的毛孔散发着昨晚的酒臭——正要去印第安纳波利斯参加饲料与种子会议。销售员在尼特罗的 35 号公路把他放下，几分钟之后，他又搭上了一辆黑人家庭的皮卡车，把他带到了快乐角边上。他坐在后排，身边是一打装着番茄和四季豆的篮子。黑人为他指了上桥的路，阿尔文便开始步行。虽然还没看见俄亥俄河泛着蓝灰色油光的水面，但阿尔文在几个街区之外就闻到了它的气味。银行上面的钟显示现在是 5 : 47。他简直不敢相信，一个人只用拇指就能如此快捷地旅行。

他上了那辆黑色旅行车之后，方向盘后面的女人回头看着他，露出了微笑，像是很高兴见到他。两人名叫卡尔和桑迪，胖男人告诉他。“你要去哪儿？”卡尔问。

“俄亥俄州的米德镇，”阿尔文说，“听说过那里吗？”

“我们——”桑迪准备开口说话。

“当然，”卡尔打断了她，“要是我没弄错的话，那里应该是个造纸小镇吧。”他取出嘴里的雪茄，看着女人。“我们这次旅行正好会经过那儿，对吧，宝贝？”这绝对是个天兆，卡尔想，在这么个满地河鼠的地方，居然拉上了如此帅气逼人的男孩，还刚好要去米德镇。

“是啊。”她说。车队又开始动了。堵车是俄亥俄州那边的一起交通事故引起的，路上有两辆撞瘪了的车，满地碎玻璃。救护车拉起警笛猛地停到他们前头，差点撞上。一个警察吹起哨子，举手示意桑迪停车。

“上帝啊，当心点。”卡尔说着，在座位上扭动了一下。

“要么你来开？”桑迪猛踩了一脚刹车。他们又等了几分钟，一个身穿连体工作服的男人匆忙扫走了玻璃。桑迪调整了后视镜，又看了一眼男孩。她很开心自己今天早上洗过澡了。跟他在一起的她还会是干干净净的。就在她伸手从包里掏新香烟时，手掠过了枪。她看着快要扫完的男人，幻想着干掉卡尔，和男孩远走高飞。他也许只比她小六七岁。她还是有办法跟他好上的。也许还能生几个孩子。随后她合上包，开始拆沙龙香烟。当然，她永远不会那么做，但想想也挺好。

“你叫什么名字，亲爱的？”警察挥手让他们开过去之后，她问男孩。

阿尔文松了口气。他本以为这女人一定会害他们被警察拦下。他又看了她一眼。她骨瘦如柴，看起来很脏，脸上糊了太多的化妆品，牙齿因为多年吸烟和疏于照顾被染成了深黄色。前排座位上传来汗水和秽物的恶臭，他觉得这两个人都该好好洗个澡。“比利·伯恩斯。”他对她说。是那个肥料销售员的名字。

“名字真好听，”她说，“你从哪儿来？”

“田纳西州。”

“你去米德镇干什么？”卡尔问。

“哦，就是去玩玩而已。”

“在那儿有亲戚？”

“没有，”阿尔文说，“但很久以前我在那儿住过。”

“很可能没怎么变，”卡尔说，“那些小镇多数一成不变。”

“你们两位是哪里人？”

“我们从韦恩堡来。前阵子去佛罗里达度假。我们喜欢认识新朋友，对吧，甜心？”

“当然。”桑迪说。

他们开过罗斯县地界的标牌时，卡尔看了一眼手表。他们本该刚才就停下，现在已经开得有点远了，但他知道附近有个安全的地方可以带男孩去。去年冬天他有次开车转到过那里。现在距离米德镇只有 10 英里了，而且已经 6 点多了。这就意味着他们只剩下 90 分钟左右光线充足的时间。他以前从来没有破坏过任何一条主要规定，但他已经铁了心。今晚，他要在俄亥俄州杀一个人。见鬼，要是行得通，他也许该废了所有的规定。也许那就是这个男孩出现的原因，但也许又不是。没时间多想了。他从座位上转身说道：“比利，我的膀胱不像以前那么好使了。我们得停车让我撒个尿，怎么样？”

“好啊，没问题。我很感激你们让我搭车。”

“右边有条小路。”卡尔对桑迪说。

“多远？”桑迪问。

“差不多一英里。”

阿尔文往前探了探身子，看着卡尔脑袋前面的挡风玻璃外面。他没看见任何有小路的迹象，觉得有点奇怪：如果这个男人不是本地人，那他怎么知道前面会有条小路。也许他有地图，男孩对自己说。他又坐回去看着窗外闪过的风景。除了山小些、顶上圆一点，这儿看起来很像西弗吉尼亚。不知道蒂加丁的尸体有没有被人发现。

桑迪下了 35 号公路，开上一条砂石土路。她开过转角处的一大片农场。又开了大约一英里，她放慢车速问卡尔：“这里？”

“不，接着开。”他说。

阿尔文直起身子打量着周围。开过农场之后，他们再没经过任何一处房子。鲁格手枪抵住了他的大腿根，他把它挪了挪。

“这里看起来不错。”卡尔终于开口，指着一条依稀残存的车道，通往一座破败的房屋。这里显然已经空了很多年了。窗户破了几扇，门廊一端已经塌陷了。前门开着，只连着一个铰链，歪歪斜斜地吊着。路对面是一片玉米地，玉米秆子在干热的天气里萎黄着。桑迪刚一熄火，卡尔就打开了手套箱。他拿出一台显得很贵的相机，举着让阿尔文看。“我敢打赌你从来没想到我是个摄影师，对吧？”他说。

阿尔文一耸肩膀：“的确。”他能听见车外干草里昆虫的嗡鸣。成千上万。

“但是你听好了，我可不是那种笨蛋摄影师，只会拍你在报纸上看到的蠢照片，对吧，桑迪？”

“对，”她说，回头看着阿尔文，“他不是。他可棒了。”

“你听说过米开朗基罗或是莱昂纳多……？哦，见鬼，我忘了他叫什么名字了。你明白我的意思吗？”

“嗯，我想我明白。”阿尔文说。他想起有一次莱诺拉给他看过书里的一幅油画，叫作《蒙娜丽莎》。她问他，觉不觉得她看起来像画里那个苍白的女人，他很高兴自己告诉她，她比那个女人漂亮。

“哈，我总是觉得，有一天人们看着我的摄影作品，会认为它们和那些人的作品一样出色。我拍的那些相片，比利，就像艺术品，跟你在博物馆里看到的差不多。你去过博物馆吗？”

“没有，”阿尔文说，“没去过。”

“好吧，也许有天你会去的。所以，怎么样？”

“什么怎么样？”阿尔文说。

“我们何不下车，让我给你和桑迪拍几张照片？”

“不，先生，还是算了。我今天很累，想尽快赶路。我只想赶紧到米德镇。”

“哦，别这样，小伙子，花不了你几分钟。你看这样如何？让她脱光了衣服伺候伺候你？”

阿尔文抓住了车门把手。“算了，”他说，“我还是走回高速公路去吧。你们呆在这儿随便怎么拍。”

“等等，该死，”卡尔说，“我不想惹你生气。但是问问也不会让你少块肉，对吧？”他把相机放在座位上，叹了口气：“好吧，让我撒个尿，我们就走。”

卡尔拖着沉重的身子下了车，绕到了车后面。桑迪从烟盒里拿了支烟。阿尔文看过去，发现她的手抖得厉害，划了好几次才点着火柴。一种感觉，他说不清道不明的感觉，突然像一把尖刀搅动着他的内心。就在他从工装裤裤腰里往外拔鲁格手枪的时候，他听见卡尔说：“下车，小子。”那个胖男人站在离车屁股5英尺远的地方，举着一把长管手枪对着他。

“如果你想要钱，”阿尔文说，“我有一点。”他松开枪的保险。“你拿去好了。”

“现在开始装好人了？”卡尔说着，往草丛里啐了一口，“告诉你，混蛋东西，钱你现在先留着。等桑迪和我拍完该死的照片，自然会再处理你的钱。”

“最好照他说的做，比利，”桑迪说，“要是不顺着他，他的暴脾气就上来了。”她回头瞥了他一眼，咧开满是烂牙的嘴冲他一笑，阿尔文默默点了点头，一把推开了车门。卡尔还没意识到男孩手里拿着什么，第一发子弹就已经撕开了他的腹部。子弹的力量让他打了个转。他踉跄着倒退了三四英尺才停下来。他试图举枪瞄准男孩，但又一发子弹射进了他的胸口。他仰面朝天倒在草丛里，发出一声沉重的闷响。尽管他还能感觉到手里攥着的点38，但手指已经不听使唤了。遥远的什么地方传来了桑迪的声音，仿佛她在一遍又一遍地喊着他的名字：卡尔、卡尔、卡尔。他想回答她，觉得自己休息片刻就能把烂摊子摆平，但一阵寒意席卷了全身。他觉得身体开始陷入下面地上裂开的一个洞里，他害怕起来，那种感觉就像在吸走他的呼吸。他咬紧牙关，想在陷得太深之前拼命往外爬。他觉得自己升了起来。是的，以上帝的名义，他还可以解决这些问题，然后他们就洗手退出。他看见那两个小男孩骑着自行车冲他挥手。再也不拍照了，他想告诉桑迪，但他喘不上气来。随后一个有着巨大黑色翅膀的东西降落到他身上，又把他推了下去，尽管他用左手狂抓着草和泥土，不想滑落，但这次他停不下来。

女人开始尖叫男人的名字，阿尔文转过身来，看见前座的她正从包里翻着什么。“别这么做。”他摇了摇头。他从车子旁边退后一步，用鲁格手枪对着她：“求你了。”混着黑色睫毛膏的泪水从她脸上滚滚而下。她又哭喊了一遍男人的名字，然后便不再喊了。她深吸几口气，安静下来，盯着卡尔鞋子的掌心。她注意到其中一只有个圆圆的洞，大得就像50美分硬币。整个旅途中他都没有提过。“别这样，女士。”阿尔文说着，看见她笑了一下。

“去他妈的。”她悄声说，举枪朝座位后面开了火。尽管她瞄准了男孩身体正中，但他还站在那里。她发疯似的用拇指又扳动了一次击锤，但还没等她射出第二发子弹，阿尔文一枪打中了她的脖子。点22掉在车厢地板上，子弹的力量让她撞上了驾驶室车门。她用双手按住喉咙，试图止住从伤口喷涌而出的血流。她被呛住了，咳出一大口鲜血，喷在座位上。她的双眼直勾勾地盯着他的脸。它们瞪大了几秒钟，随后缓缓合上。阿尔文听见她断断续续地吸了几口气，最后发出一声叹息，黏滞而缓慢。他不敢相信女人竟然没打中他。老天啊，她离他这么近。

他坐在后座边上，往两脚间的草里呕吐了一口。一种麻木的绝望感笼罩全身，他想要摆脱这种感觉。他走到土路上，转着圈踱步。他把鲁格手枪插回裤子里，在男人身边跪下。他从他身下的裤子后袋里掏出钱包，快速翻看了一遍。他没看见驾照，但从几张纸币后面找到了一张照片。他突然又开始恶心起来。照片上那个女人把一个死掉的男人像婴儿一样搂在怀里。她只穿着黑色的胸罩和内裤。男人右眼上方像是有个弹孔。她低头看着他，脸上带着一丝悲伤。

阿尔文把照片放进衬衣口袋，钱包扔在胖男人胸口。随后他打开手套箱，发现里面只有公路地图和几卷胶卷。他又听了听有没有车开过来，擦去了流进眼睛里的汗水。“动动脑子，见鬼，动动脑子。”他告诉自己。但现在他唯一能确定的就是应该尽快离开这里。他捡起运动背包，穿过一排排焦枯的玉米，往西边走去。往田里走了 20 码后，他停下脚步，转过身来。他匆忙回到车边，从手套箱里拿了两罐胶卷塞进裤袋，又从包里掏出一件衬衫，把自己可能碰过的地方都擦了一遍。昆虫依旧在嗡鸣。

## 48

他决定不从公路上走，所以阿尔文终于走进米德镇的时候，已经过了午夜。他在小镇中心中央街旁边找到一座矮胖的砖块建筑，是个名叫“塞欧托旅店”的汽车旅馆，还挂着“有空房”的牌子。他之前从没住过汽车旅馆。前台是个比他大不了多少的男孩，正百无聊赖地盯着角落里小小的黑白电视，上面放着一部老电影：《两傻捉尸记》①。房间每晚 5 美元。“我们隔天换一次毛巾。”前台说。

阿尔文进了房间，脱下衣服，在淋浴房里冲了很久，想把自己洗干净。他既紧张又疲惫，在床罩上躺了下来，小口抿着威士忌。他很高兴自己记得带上这瓶酒。他注意到墙上有一帧小画，是被钉在十字架上的耶稣。他起身小便的时候，把画翻了过去。它和奶奶厨房里挂的那幅太

---

①《两傻捉尸记》(*Abbott and Costello Meet the Mummy*)：美国恐怖喜剧片，拍摄于 1955 年。

像了。到了凌晨3点，他终于酒意沉沉地睡了过去。

第二天早上10点左右，他从有那个女人的梦中醒了过来。梦里她举起手枪对他开火，跟昨天下午一模一样，只不过这次正中他的前额，死的是他而不是她。其余的细节已经模糊，但他觉得她好像拍了他的照片。他几乎希望梦是真的，走到窗边从窗帘后面往外窥探的时候，有些盼望着停车场里停满了警车。他看着桥街上来来往往的车辆，抽着香烟，然后又冲了个澡。穿好衣服之后，他去前台问能不能续住一天。昨晚那个男孩还在当班。他快睡着了，恹恹地嚼着一块粉色泡泡糖。“你这班时间够长的。”阿尔文说。

男孩打着呵欠点了点头，又在登记本上加了一晚。“是啊，”他说，“这是我老爸的旅馆，所以我不念书的时候就成了他的奴隶。”他把20美元的找头递了过来。“不过总比坐船被运到越南强。”

“嗯，我也觉得，”阿尔文说着，把零散票子放进了钱包，“以前这里有家餐馆叫木勺子。现在还开着吗？”

“当然，”男孩走到门口，指着街上，“到了有灯的地方左转。就在巴士站对面。他们家墨西哥辣酱做得不错。”

他在木勺子餐馆门口站了一会儿，望着对面的巴士车站，想象着20多年前自己的父亲跳下灰狗巴士，在这里第一次见到母亲的情景。他走进餐馆，点了火腿、鸡蛋和吐司。尽管自从昨天下午吃了糖棒之后他还没吃过东西，但他发现自己并不怎么饿。最后，那个上了年纪、满脸皱纹的女招待走了过来，一言不发地端走了他的盘子。她几乎看都没看他一眼，但他起身的时候，还是给她留了1美元小费。

刚一出门，3辆警车呼啸东去，闪着警灯，警笛长鸣。有一瞬间，他的心脏似乎在胸腔内停止了跳动，随后又开始加速。他靠在砖房一侧，想要点一支香烟，但手抖得太厉害，划不着火柴，就像昨天傍晚那个女人一样。警笛渐渐远去，他终于平静下来，把烟点着了。一辆巴士刚停进车站旁边的巷子。他看到大约十来个人下了车。有几个穿着军队制服。双下巴的巴士司机身穿灰衬衣，系着黑领带，阴沉着脸往椅背上一靠，拉下帽子遮住了眼睛。

阿尔文走回汽车旅馆，用那天剩下的时间在破旧的绿色地毯上来回踱步。警察早晚会发现是他杀了普雷斯顿·蒂加丁。他意识到突然离开煤溪是他做过最蠢的事情。还能再明显点吗？他在地板上走的时间越长就越清楚，打死那个牧师就像发动了什么东西，他的余生都会被紧追不放。他明知应该立刻离开俄亥俄州，但他无法忍受不能再见一次老房子和祈祷木。他告诉自己，不管会发生什么别的事情，他必须把关于父亲的那些事情处理妥当，因为它们还在啃噬他的内心。否则，他依然永远无法解脱。

他不知道自己还会不会再有一身清白的感觉。屋里没有电视，只有一台收音机。他能找到的唯一一个没有杂音的频道就是乡村和西部音乐台。他小声地播着音乐，试图睡过去。不时有人在隔壁房间咳嗽着，让他想起那女人咳血的样子。直到破晓时分，他还在想着她。

## 49

“我很遗憾，李，”博德克走近的时候豪瑟说，“全完了。”他站在卡尔和桑迪的旅行车旁边。那是周二中午时分，博德克刚到。大约一小时前有个农夫发现了他们的尸体，上高速公路招停了一辆运送“神奇面包”的卡车。4 辆警车在路上停成一列，身穿灰色制服的男人们站在周围，用帽子扇着风，等待指示。豪瑟是博德克的副手，每当出了小偷小摸和开超速罚单以外的事情，他是博德克唯一可以指望的人。在警长看来，其他人连在只有一间校舍的学校门口当交通协管都不配。

他低头瞥了一眼卡尔的尸体，随后去查看自己的妹妹。副警长已经用无线电向他通告了她的死讯。“上帝啊，”他几乎说不出话来，“我的上帝啊。”

“唉。”豪瑟说。

博德克深吸了好几口气稳住自己，把墨镜塞进口袋：“让我和她单独待一会儿。”

“当然。”副警长说。他走到其他站着的人身边，低声对他们说了几句话。

博德克在开着的副驾驶室车门旁蹲下，仔细端详着桑迪，看着她脸上的皱纹、坏掉的牙齿、腿上褪色的淤青。她总是不太争气，但她毕竟是他妹妹。他掏出手帕擦拭着双眼。她穿着一条几乎盖不住屁股的短裤和紧窄的上衣。打扮得还是像鸡，他想。他爬进前座把她拉起来，看了看她的肩膀后面。子弹打进她的颈部，又从伤口下面几英寸处的脊柱左侧后背上方穿了出去，埋进驾驶室车门的填充物中。他用折叠小刀把它挖了出来，看起来像是 9 毫米子弹。他在刹车踏板旁边发现了一把点 22 口径手枪。“你到的时候后门就这样开着吗？”他对豪瑟喊道。

副警长从路上那些人身边一路小跑回到旅行车边：“我们什么都没动，李。”

“发现他们的农夫在哪里？”

“他说他得回去照顾生病的小母牛。但走之前我都审问过了，他一问三不知。”

“照片都拍过了吧？”

“拍过了，你过来的时候刚拍完。”

他把子弹递给豪瑟，又俯身从前排座位下面用手帕包着捡起了那把点 22。他闻了闻枪管，打开弹筒，发现射过一发子弹。他往后一推退壳器，5 发子弹落入掌心，尾部都有褶缝。“该死，是空包弹。”

“空包弹？怎么会有人这么做，李？”

“不知道，但毫无疑问，这是个严重的错误。”他把枪放在座位上，和手包、相机放在一起。随后他下车走到卡尔躺着的地方。这个死去的男人右手还拿着点38口径手枪，另一只手里有些草泥。看起来他在地上抓过。几只苍蝇在他的伤口周围爬来爬去，还有一只停在他的下嘴唇上。博德克查看了枪：“这个混蛋，他一枪都没打。”

“所以他身上的那些枪眼不是这把枪打的。”豪瑟说。

“反正放倒卡尔不费什么力气，”博德克说着，转头啐了一口，“他就是个窝囊废。”他捡起尸体上的钱包数了数，里面有54美元。他挠了挠头：“好吧，我猜这不是抢劫案，对吧？”

“会不会跟塔特·布朗有关系？”

博德克的脸一下子红了：“你他妈怎么会这么想？”

副警长一耸肩膀：“没什么。就是开开脑洞。我的意思是，周围还有谁会做这种事情？”

博德克站起来，摇了摇头：“不，这么明目张胆的事情，不会是那个狡猾的混蛋干的。如果是他干的，我们轻易找不到他们的尸体。等找到保准都生蛆好些天了。”

“嗯，我想也是。”副警长说。

“验尸官呢？”博德克说。

“他应该在过来的路上了。”

博德克冲其余的县警一歪头：“让他们在玉米地里找找，看能不能找到点什么，你继续等着验尸官。”他用手帕擦去脖子上的汗水。等豪瑟走开后，他坐进了旅行车的副驾驶座。桑迪的手包旁放着一台相机。手套箱开着，一些皱巴巴的地图下面藏着几卷胶卷，还有一盒点38子弹。博德克扫了一眼豪瑟，确定他还在和其他副警长说话，便把胶卷塞进了裤子口袋，又开始翻看手包。他找到了一张收据，是田纳西州约翰逊城假日旅馆开的，日期是两天前。他回想起那天在加油站看见他们的情景。已经是 16 天前了，他算了出来。他们差一点就回到家了。

最终他注意到草丛里似乎有干掉的呕吐物，上面爬着蚂蚁。他坐在后座上，两脚一边一只，放在那摊呕吐物两侧。他又朝躺在草丛里的妹夫看了一眼。案件发生的时候，那个犯恶心的人就坐在这里，博德克对自己说。卡尔拿着枪站在外面，桑迪在前排，所以后排还有一个人。他又低头盯着那摊呕吐物看了一会儿。那人连开 3 枪之前，卡尔甚至一枪都没来得及开。在某个时间，也许就是枪击结束之后，有人受不了吐了出来。他回想起自己第一次帮塔特杀人的时候。那天晚上他也差一点犯了恶心。那么，他想，很有可能那人还不习惯杀人，但那个混蛋绝对知道怎么用枪。

博德克看着县警们穿过排水沟，开始缓慢地往玉米地移动，衬衫后背都被汗水打湿成了黑色。他听见一辆车开了过来，转了个弯，看见豪瑟往路上走，去见验尸官。“见鬼，姑娘，你他妈到这种地方来干什么？”他对桑迪说。他伸手越过驾驶座，匆忙地从挂着汽车钥匙的金属圈上解下其余几把钥匙，放进了自己的衬衫口袋。他听见身后传来了豪瑟和验尸官的声音。医生走近看见前排座位上的桑迪，停下了脚步。“上帝啊。”他说。

“我不觉得上帝和这件事情有什么关系，本尼，”博德克说着，看了一眼副手，“在我们把车弄走之前，让威利斯过来帮你取指纹。仔细检查一遍后座。”

“你觉得发生了什么？”验尸官问。他把自己的黑包放在汽车引擎盖上。

“在我看来，卡尔是被后座的人射杀的。然后桑迪设法用那把点 22 开了一枪，可她根本没有半点胜算，他妈的，那把破枪居然装的是空包弹。我觉得从子弹穿出她身体的位置判断，击中她的人当时应该是站着的，”他指着距离车后门几英尺远的地面，“也许就站在这里。”

“空包弹？”验尸官说。

博德克没理他：“你觉得他们死了多久了？”

验尸官单膝跪下，抬起卡尔的一只胳膊，稍微转动了一下，用手指按了按已经泛起蓝灰色尸斑的皮肤：“哦，昨天傍晚，我想是。反正在那前后吧。”

他们站着看着桑迪，静静地过了一会儿，随后博德克转向验尸官：“你得保证好好照料她，行吗？”

“一定。”本尼说。

“等你们工作结束之后，让韦伯斯特店里来人把她拉回去。告诉他们我会晚点过去商量后事安排。我先回办公室了。”

“另一个怎么处理？”博德克刚准备走开，本尼问道。

警长停住脚步，往地上啐了一口，看了一眼那个胖男人：“随你怎么办，本尼，反正只能把这家伙葬在贫民墓地里。不立墓碑、不写名字，什么都没有。”

## 50

“李，”调度员说，“接到一个汤普森警长的电话，从西弗吉尼亚州路易斯堡打来的。他想让你尽快回电。”他递给博德克一张纸，上面潦草地写着一个号码。

“威利斯，这是 5 还是 6？”

调度员看了看那张纸：“都不是，是个 9。”

博德克关上办公室的门，坐了下来，打开办公桌抽屉，拿出一块硬糖。看到死去的桑迪之后，他想到的第一件事情就是来杯威士忌。他把糖塞进嘴里，拨了号码：“汤普森警长吗？我是俄亥俄州的李·博德克。”

“谢谢你给我回电，警长，”那人说话带着乡巴佬的拖音，“你们那儿怎么样啊？”

“我不想自吹自擂。”

“我给你打电话呢，其实也没什么大事，但昨天早上有人在我们这儿打死了一个人，是个牧师，嫌犯是个男孩子，好像以前在你们那儿住过。”

“是吗？他怎么杀的人？”

“那人坐在车里的时候被枪打中了头部。枪直对后脑勺打的。场面一塌糊涂，但至少他没受什么罪。”

“他用的是什么枪？”

“手枪，很有可能是鲁格，那种德国枪。据说那小子有一把。是他老爸从战场上带回来的。”

“是 9 毫米子弹，对吧？”

“没错。”

“你刚才说他叫什么来着？”

“我刚才没说，小伙子名叫阿尔文·拉塞尔。中名是尤金。据我所知他父母都死在你们那边。我记得他爸好像是自杀的。过去大概七八年间他都和他奶奶住在煤溪这里。”

博德克眉头一皱，凝视着墙上钉的海报和传单。拉塞尔。拉塞尔？他怎么好像知道这个名字？“他多大了？”他问汤普森。

“阿尔文 18 了。听着，他不是个坏孩子，我认识他很久了。而且我听说，那个牧师死得罪有应得。好像他和小姑娘乱搞来着。但杀人总是不对的，我想。”

“那个小伙子开车吗？”

“他有一辆蓝色的雪佛兰贝莱尔，1954 年款。”

“他长什么样？”

“哦，中等身材，深色头发，长得很帅，”汤普森说，“阿尔文不太爱说话，但他也不好欺负。见鬼，也许根本就不是他干的，但我现在找不到他，而且我现在只有他一个怀疑对象。”

“把你手头的消息发给我，车牌号码之类的，有什么都发过来，我们会盯着他。他要是回去了你告诉我，好吧？”

“我会的。”

“还有一件事，”博德克说，“你有他的照片吗？”

“暂时没有。但我相信他奶奶有几张，但她现在不太愿意配合。等我拿到了，一定会给你一份。”

博德克一挂电话，突然全都想起来了，那截祈祷木，那些死去的动物，那个脸上糊满派汁的小男孩。阿尔文·尤金·拉塞尔。“我现在想起你来了，小子。”他走到墙上一面很大的美国地图旁边。他找到了约翰逊城和路易斯堡，手指一路往上指向西弗吉尼亚，再沿着 35 号公路在快乐角进入俄亥俄。他停在高速公路旁边的一个地方，那就是卡尔和桑迪遇害的地方。所以如果是这个拉塞尔小子干的，他们一定是在那里的什么地方遇见的。但桑迪告诉他自己要去弗吉尼亚海滩。他又研究了一阵子地图。没道理啊，他们怎么会在约翰逊城落脚呢。从那里回家也绕得太远了。还有，他们带着那些枪干吗？

他带着从环上解下来的钥匙，开车去了他们的公寓。一开门，他就被垃圾的腐臭味熏坏了。他抬起几扇窗户，查看了各个房间，但没找到什么不寻常的东西。我他妈到底在找什么？他想。他在客厅的沙发上坐下，掏出一卷从手套箱里偷拿的胶卷，在手里转来转去。坐了大概 10 分钟，他突然意识到了这个公寓不对劲的地方。他又在各个房间找了一遍，居然一张照片都找不到。为什么卡尔不把照片挂在墙上，或者至少散放着？那个狗娘养的摄影发烧友满脑子不都是照片吗。他又开始寻找，这一回非常认真，很快就发现了床底下的鞋盒，藏在一些备用的毯子下面。

晚些时候，他坐在沙发上，呆呆地盯着天花板上的一个洞，雨水从那里漏了进来。灰泥块掉在洞下面的编结地垫上，积了一堆。他回想起 1960 年春的一天。当时他当县警快两年了，他们的母亲终于答应他让她退学，所以桑迪在木勺子餐馆全职上班了。在他看来，那份工作并没有让她走出自己的蜗牛壳，她看起来和以前一样，不思进取、形单影只。但他听说关门的时候有男生过来，骗她跟他们上车打炮，又把她丢在偏僻的地方，让她自己回家。每次他路过餐馆看她的时候，他都等着她宣布她有了。那天她的确说了，但有的不是他想的那种杂种。

那天是“鱼类畅吃日”。“我马上过来，”桑迪对他说了一声，又匆忙端着给利德姆医生的高高一碟鲈鱼走过，“我有事跟你说。”那个足病医生每周五都来，像是想用炸鱼撑死自己。他只有那个时候才去餐馆。某个菜畅吃，他对病人说，是餐馆老板能想出来的最蠢的主意。

她抓起咖啡壶给博德克倒了一杯。“那个肥佬狗杂种简直快把我腿跑断了。”她轻声说。

博德克转过身去，看着医生把一长条裹着面包屑的炸鱼塞进嘴里吞了下去：“啧啧，他连嚼都没嚼吧？”

“他能那样吃一整天。”她说。

“你有什么事要说？”

她拢好一缕散落的头发：“嗯，在你从别人嘴里听到这件事之前，我觉得我应该先告诉你。”

果然，他想，真是一波不平一波又起。也许连爸爸是谁都不知道。“你没惹上麻烦吧？”他说。

“什么？你是说怀孕？”她点了支烟，“老天爷啊，李。饶了我吧。”

“好吧，那是什么事？”

她往他头顶吹了个烟圈，挤了挤眼：“我订婚啦。”

“你是说你要结婚了？”

“是啊，”她轻声笑了，“否则还能干吗？”

“真想不到啊。他叫什么名字？”

“卡尔。卡尔·亨德森。”

“亨德森，”博德克重复了一遍，从一个小金属罐里往自己的咖啡中倒了些奶油，“是你以前的同学吗？那帮混塞子溪的家伙？”

“哦，得了吧，李，”她说，“那些男生跟傻子似的，你知道。卡尔不是咱们这儿的人。他在哥伦布市南边长大。”

“他是干吗的？靠什么谋生，我的意思是。”

“他是个摄影师。”

“哦，他自己开工作室？”

她把香烟摁灭在烟灰缸里，摇了摇头。“现在还没有，”她说，“开个工作室可不便宜。”

“好吧，那他靠什么挣钱呢？”

她翻了翻眼睛，叹了口气：“别担心啦，他活得下去。”

“换句话说，他没有工作。”

“我看过他的相机什么的。”

“见鬼，桑迪，弗洛伦丝也有相机，但我肯定不会叫她摄影师。”他看了一眼后厨，烧烤厨师正掀起T恤站在一台打开的冰箱前面，想凉快凉快。他忍不住想，不知亨利有没有跟她上过床。人们都说床上的他就像设得兰矮种马。“你在哪儿认识那个人的？”

“就在那儿。”桑迪说着，指了指角落里的一张桌子。

“认识多久了？”

“上周认识的，”她说，“别担心，李。他人挺好的。”不出一个月他们就结婚了。

两个小时之后，他回到了监狱，带着一瓶装在棕色纸袋里的威士忌。一鞋盒相片和几卷胶卷在他警车后备厢里。他锁上办公室的门，往咖啡杯里倒了些酒。这是他一年多来第一次喝酒，但他并不觉得享受。他刚准备喝第二杯，弗洛伦丝电话来了。“我听说了发生的事情，”她说，“你为什么不给我打电话？”

“我知道我该给你打电话的。”

“所以是真的？桑迪死了？”

“她和那个窝囊废狗杂种，都死了。”

“我的天呐，真不敢相信。他们不是去度假了吗？”

“卡尔比我想得还要坏得多。”

“你听起来不对劲，李。你为什么不回家？”

“我还有工作要做。看样子今晚可能回不去了。”

“知道是谁干的吗？”

“不知道，”他看着桌上的酒瓶，“不太知道。”

“李？”

“我在，弗洛。”

“你没喝酒吧？”

## 51

第二天早上，阿尔文去甜甜圈店里买咖啡，看见门外架子上有报纸。他买了一份带回自己房间，读到了本地警长的妹妹和妹夫遇害的消息。他们从弗吉尼亚海滩度假回来。上面并没有提到嫌疑人，但文章旁边有一张李·博德克警长的照片。阿尔文认出他就是父亲自杀当晚的值班警察。该死，他轻声道。他飞快地卷起自己的东西往门外走去，但又停下脚步走回屋里。他把墙上的耶稣受难图摘了下来，卷在报纸里，塞进了包中。

阿尔文沿着主街往西走去。他在小镇边上搭上一辆开往班桥镇的伐木作业卡车，在 50 号公路和布莱恩高速交叉口下了车。他步行穿过漆溪上的浅盐湖桥，一小时之后，来到了诺肯斯蒂弗镇边上。以前的一片玉米地上盖起了几座牧场样式的新房子，除此之外，一切和他记忆中别无二致。他又走了一阵子，来到了小镇中央的小山。莫德的商店依旧立在山脚下，后面停着的野营车还是 8 年前的那一辆。看见它他挺高兴。

他进去的时候，售货员正坐在糖果箱后面的板凳上。还是那个汉克，只是现在老了一点，更颓废了。“你好啊。”他低头看着阿尔文的运动背包说。

男孩点了点头，把包放在水泥地板上。他拉开汽水箱上的滑盖，找出一瓶根啤，打开大大地喝了一口。

汉克点了支烟：“看样子走了不少路啊。”

“是啊。”阿尔文靠着冷藏箱说。

“你这是去哪儿？”

“我也不太清楚。后面山上以前有座房子，是个律师的。你知道我说的是哪一座吗？”

“当然，我知道。米歇尔山顶上那座。”

“我以前住那儿。”话一出口，阿尔文就后悔不该说。

汉克端详了他一阵子，随后说道：“真想不到。你是那个拉塞尔家的孩子，对吧？”

“对，”阿尔文说，“我想在这里停一下，再看看老房子。”

“孩子，真是遗憾，房子几年前被烧毁了。人们觉得可能是几个熊孩子干的。你和你们家人走了以后，那儿就没人住过。律师的老婆和她的小男朋友因为杀害律师坐了牢，据说至今还无法结案。”

一阵失望笼罩了阿尔文。“房子还剩下点什么吗？”他问道，努力让自己的声音保持镇定。

“基本上只剩地基了。我觉得可能谷仓还在，至少一部分还在。那片地方全长上荒草了。”

阿尔文盯着大玻璃窗外面的教堂，喝完了汽水。他想着父亲把猎人打倒在泥潭里的那天。经历了过去几天的种种之后，那不再像是美好的回忆了。他把几包苏打饼干放在柜台上，又要了两片红肠和奶酪。他买了一包骆驼香烟、一盒火柴，又买了一瓶汽水。“这样吧，”售货员把东西放进袋子的时候他说，“我还是想上去看看，反正大老远来了。后面的林子还是可以通到山上吧？”

“可以，从克拉伦斯的牧场穿过去好了。他不会说什么的。”

阿尔文把袋子放进运动背包。从他站的地方可以看到瓦格纳家老房子的屋顶。“有个叫珍妮·瓦格纳的姑娘还住在这儿吗？”他问。

“珍妮？不，她几年前嫁人了。上次我听说她住到马西维尔去了。”

男孩点点头往门口走去，随后又停了下来，转身看着汉克。“我父亲死的那晚发生的事情，我一直没机会谢谢你，”他说，“你对我真是太好了，我想让你知道我永远也不会忘记。”

汉克笑了。他少了两颗下牙。“你脸上涂着派。博德克还以为是血。记得吗？”

“记得，那晚发生的一切我都记得。”

“我刚从广播里听到他妹妹被杀了。”

阿尔文抓住了门把手：“是吗？”

“我不认识她，但可能原本是奔着他去的。他不是什么好东西，亏他还是县里的执法官。”

“哦，”男孩说着，推开了门，“也许我一会儿还过来。”

“你今天傍晚过来，咱们可以坐在野营车旁边喝点啤酒。”

"好。"

"哎，我问你一个事儿啊，"汉克说，"你去过辛辛那提吗？"

男孩摇了摇头："还没，但总听人们说起。"

## 52

博德克挂了妻子的电话没几分钟，豪瑟就带着一个牛皮纸信封走了进来，里面装着验尸官从卡尔身上挖出来的子弹。都是 9 毫米的。"和击中桑迪的一样。"副警长说。

"我想也是。开枪的是同一个人。"

"威利斯告诉我，有个西弗吉尼亚州的警长给你打电话了。会碰巧和这件事有关吗？"

博德克扫了一眼墙上的地图。他想到了车子后备厢里的照片。他需要抢在其他人之前找到那个男孩。"没有。只不过是关于一个牧师的狗血故事。实话跟你讲，我都不知道他为什么要跟我们说这个。"

"好吧。"

"车上找到什么指纹了吗？"

豪瑟摇了摇头："看样子后座都被擦干净了。我们只能找到卡尔和桑迪的指纹。"

"还找到什么了吗？"

"没什么了。前座下面有一张加油的收据，是肯塔基州莫尔黑德市的。手套箱里有很多地图。后座有些垃圾，枕头、毯子、汽油罐之类的。"

博德克点点头，揉了揉眼睛："回家歇着去吧。看起来我们现在能做的只有希望线索自己跳出来。"

当晚他在办公室里喝光了那瓶威士忌，第二天早上醒来的时候躺在地板上，喉咙干渴，头痛欲裂。他记得晚上梦见和拉塞尔家的男孩走进林子，撞见那些腐烂的动物。他去卫生间洗漱了一番，让调度员给他拿来报纸、咖啡和几片阿司匹林。他刚准备出门去停车场，就被豪瑟拉住了，提议他们去查查汽车旅馆和巴士车站。博德克想了一想。虽然他想自己处理这件事，但不能表现得太过明显。“主意不坏，”博德克说，“让泰勒和考德威尔去吧。”

“谁？”豪瑟眉头猛地一紧。

“泰勒和考德威尔。但要让他们知道，那个疯狗杂种可能一见他们就会爆他们的头。”副警长还没来得及反对，他就转身出了门。博德克知道，那两个怂人听了这话保准连警车都不敢下。

他开车去酒类商店买了一品脱杰克丹尼威士忌，又去白牛餐馆打包了一杯咖啡。他一走进去，所有人都停止了交谈。当他转身离去的时候，他觉得也许该说点什么，讲讲他们会怎样不遗余力追查凶手，但他没有开口。他往咖啡里倒了些威士忌，开车去了鲁伯山路一处废弃的垃圾场。他打开后备厢，取出一鞋盒照片又看了一遍。他数了数，一共有 26 个男人。至少有几百张照片，也许更多，用橡皮筋扎在一起。他把盒子放在地上，从垃圾堆里找出一本好莱坞弗雷德里克内衣产品目录，撕下又脏又皱的几页塞进盒子里。随后他把 3 卷胶卷扔到盒子上面，划着了火柴。他站在烈日下，喝光了剩下的咖啡，看着照片化为灰烬。最后一点烧光之后，他从卡车里拿出一把伊萨卡 37 霰弹枪。他检查了霰弹枪，确认有子弹，便把它放在了后座上。他能闻到毛孔里散发出昨晚的酒臭。他摸了一把胡茬。这是他当兵以来第一个忘记刮胡子的早晨。

汉克看见警车停进了砂石停车场，便折起报纸放在柜台上。他看见博德克对着瓶子喝了一口酒。汉克记得上次看见这位警长来诺肯斯蒂弗镇还是他拉选票的时候，万圣节傍晚他在教堂门口给孩子发生虫苹果。他伸手调小了收音机音量。桑尼·詹姆斯的《你是我所知的唯一世界》唱到最后几个音时，警长从纱门外走了进来。“我刚好要找你。”他对汉克说。

“怎么了？”售货员问。

“你还记得疯子拉塞尔在后山林子里自杀那件事吗？那天晚上他儿子和你在一起。他的名字是阿尔文。”

“我记得。”

“那小子昨晚或是今早什么时候来过这儿吗？”

汉克低头看着柜台：“我听说了你妹妹的事，很遗憾。”

“回答我的问题，该死。”

“他干了什么？惹麻烦了？”

“可以这么说。”博德克说。他从柜台上抓起报纸，把头版举到汉克面前。

售货员又读了一遍黑色大标题，额头上堆起皱纹：“不会是他干的吧？”

博德克把报纸扔在地上，掏出左轮手枪对准了售货员：“我没时间跟你废话，傻逼混蛋。你到底见过他没有？”

汉克咽了口唾沫，往窗外看去，发现塔尔伯特·约翰逊的改装跑车路过商店的时候放慢了速度。“你想干吗，崩了我？”

“别以为我不会，”博德克说，“我会让你小脑袋开花，糖果箱上溅满脑浆，再把割肉刀塞到你手里，让你躺到那台破切肉机旁边去。我只不过是自卫罢了。法官，这个神经病狗杂种想护着杀人犯。”他扳下手枪的击铁：“为你自己行行好吧。这可是我妹妹。”

“对，我看见他了，”汉克不情不愿地说道，“刚才他来过。买了一瓶汽水和一些香烟。”

“他开的什么车？”

“我没看见车。”

“他是走路的？”

“他可能是走着过来的，我猜。”

“他离开之后去了哪里？”

“我不知道，”汉克说，“我没留意。”

“别跟我撒谎。他说什么了？”

汉克看了一眼汽水箱，小伙子刚才就站在那里喝根啤。“他提过一嘴原来住过的老房子什么的，没别的。”

博德克把枪放回了枪套。“看见了？没什么难的，对吧？”他往门口走去，“也许有朝一日你能当个不错的特务。”

汉克看着他上了警车往黑溪路开去。他摊开两手压在柜台上，垂下了脑袋。身后传来耳语般微弱的声音，收音机里主持人又送出了一个真情点播。

## 53

阿尔文来到山顶，往南走去。林子边上的灌木如今更密了，他花了好几分钟才找到和父亲去祈祷木走的那条鹿径。已经能看见谷仓的金属屋顶了，他加快了脚步。房子不见了，就像售货员说的那样。他把背包放下，走进曾经是后门的地方。他往前走着，穿过“厨房”，沿着“走廊”来到了母亲病逝的“房间”。他踢着黑色的灰烬和烧成焦炭的家具碎片，希望能找到一点她的遗物，或是他收藏在卧室窗台上的小宝贝们。但除了一个生锈的门把手和他的记忆，一切都荡然无存。石头地基一角整齐地排着一行空啤酒瓶子，某天晚上有人坐在这里喝过酒。

谷仓只剩了空架子。木头壁板全被拆了。房顶锈出了窟窿，红色油漆在风吹雨打下褪色剥落了。阿尔文走进去躲阴凉，看见了角落里的饲料桶，就是以前威拉德拿来装他的宝贝鲜血的那一个。他把它挪到门口当椅子，坐在上面吃了午饭。他看见一只红尾鹰在天上懒洋洋地兜着圈子。然后他拿出了那个女人和死去男人的照片。为什么会有人做这种事情？而且他还是想不通，她离他不过五六英尺，子弹怎么会没打中他？一片寂静中，他仿佛听见了父亲的声音："这是个天兆，孩子。最好当心点。"他把照片放进口袋，把桶藏到一捆发霉的稻草后面。随后他开始穿过田地往回走。

他再次找到鹿径，很快就走到了威拉德曾经付出无数辛劳的那片空地。如今空地的大部分已经长满了蛇根草和野生蕨，但祈祷木还在。5 个十字架依然竖立着，铁钉的锈迹在上面留下暗红色条纹。其余 4 个倒在地上，上面爬满了开着橘色花朵的喇叭花藤。有一瞬间他的心揪住了，因为他看见狗的些许残骸还挂在父亲竖起的第一个十字架上。他靠在树上，想着那些通向母亲死亡的日子，威拉德有多想让她活下去。他愿意为她做任何事，不管要面对的是鲜血、恶臭、蝇虫还是暑热。任何事，阿尔文对自己说。就在他再次站在父亲的"教堂"中时，他突然意识到，威拉德必须跟随夏洛特而去，这样他才能继续照顾她。这些年来阿尔文一直对他的所作所为心存怨恨，因为她死后他好像对儿子毫不关心。但他随后想起，从墓地坐车回来的路上，威拉德说起要去煤溪看爱玛。之前他从没想过，其实那就等于父亲在跟他说，他也要离开这个世界了，他很抱歉。"也许住上一阵子，"那天威拉德说，"你会喜欢那儿的。"

他擦去眼中的泪水，把运动背包放在祈祷木一头的地上，随后走了一圈，在挂狗的十字架旁跪下。他拂去了一些落叶。头骨半掩在土中，两个空洞的眼窝中间，点 22 来复枪小小的弹孔依然清晰可见。他找到了发霉的项圈，生锈的金属扣袢跟皮圈中间还夹着一小撮毛。

“你是条好狗，杰克。”他说。他把地面上能找到的所有遗骨收集到一起——单薄的肋骨、臀骨、一只爪子的骨头——又摘下依然挂在十字架上的薄脆的骨片，轻轻地把骨头拢成一堆。他用一根树枝的尖端和自己的双手，在十字架脚下潮湿的黑土地中挖出了一个坑。他走进这个大约有一英尺深的坑中，将所有遗骨小心摆放在墓穴底部。然后他走到背包旁边，掏出从汽车旅馆拿来的耶稣受难图，挂在十字架的一个钉子上。

他回到祈祷木的另一边，跪在曾经和父亲并肩祈祷的地方。他掏出牛仔裤里的鲁格手枪放在木头上。空气凝滞，又热又湿。他看着十字架上挂着的基督像，闭上了双眼。他努力想着上帝的样子，但思绪总是荡开。最后他放弃了，觉得还是换成想象父母双亲俯视着他更容易。仿佛他这辈子见过、说过或是做过的一切都是为了通往这一刻：最终孤单地和儿时的鬼魂在一起。他开始祈祷，这是母亲去世后他第一次祈祷。“告诉我该怎么做。”他数次低语。几分钟后，他身后的山坡上突然刮来一阵风，还挂在树上的一些骸骨开始相撞，宛若风铃。

## 54

博德克转上通往拉塞尔家老屋的土路，警车在车辙里微微摇晃。他准备好自己的左轮手枪，放在座位上。他放慢车速，从单薄的树苗和高高的飞蓬草丛上压过，最后停了下来，离以前立着房子的地方大约 50 码。他勉强辨认出石茅丛中露出的石头地基顶部。残存的部分谷仓在左边 50 码开外。也许等到这些破事结束，他应该把这儿买下来，他想。他可以再建一座房子，搞个果园。让马修斯去干警长的鬼差使吧。弗洛伦丝会喜欢的。那个女人总是担惊受怕。他从座位下面掏出酒瓶喝了一口。他还得处理塔特，但那不算什么难事。

况且，拉塞尔小子也许能帮他再度赢得选举。去杀一个牧师，就因为他乱搞小姑娘，这人肯定脑子不太正常，不管那个西弗吉尼亚的乡下警察怎么说。想把这个臭小子说成是冷血杀人狂，那简直是易如反掌。人们永远会为英雄投票的。他又猛灌了一口酒，把瓶子塞回座位底下。“那些事回头再说吧。”博德克大声说。现在他有正事要办。即使他不再去竞选，也无法容忍桑迪的真相人尽皆知。有些照片里她的所作所为简直让他难以启齿。

他下了车，把左轮手枪放回枪套里，从后座拿起霰弹枪，把帽子扔在前排。宿醉让他胃里翻江倒海，感觉糟透了。他打开霰弹枪的保险，慢慢地往车道走去。他停下好几次，听听动静，再接着走。一片寂静，只有几声鸟鸣。到了谷仓，他站在阴凉地里，看着外面房子的遗迹。他舔了舔嘴唇，多想再喝上一口。一只黄蜂从头上飞过，他一把打落，碾死在靴子跟下。几分钟后，他继续穿过田地，来到林子旁边。他走过一片片干枯的乳草、荨麻和牛蒡，试图回忆那天晚上他跟着男孩走了多久才来到那条小径，通往他父亲流血致死的地方。他回头看着谷仓，可怎么都记不起来。他应该带豪瑟一起来的，他想。那个混蛋喜欢打猎。

就在他开始觉得自己可能已经走过了的时候，突然发现了一些被踩倒的草。他心跳加快了一点，擦去眼中的汗水。他弯下身子，透过草丛和灌木往林子里端详，看见里面几英尺的地方就是以前那条鹿径。他回首望去，看见 3 只乌鸦嘎嘎叫着贴着田地上方疾穿而过。他俯身在一丛黑莓灌木后走了几步，上了小径，深吸一口气，缓步往山下走去，霰弹枪蓄势待发。他能感觉到自己内心的震颤，一半恐惧、一半激动，就像替塔特杀那两个人时的感觉。他希望这次的对手也同样不堪一击。

## 55

微风渐止，骨头不再叮当作响。阿尔文听见了别的声音，从镇上传来的日常生活的细微声响：猛地关上的纱门、大喊大叫的孩子、嗡嗡的除草机。鸣蝉的尖声嗡响突然停止了片刻，他睁开双眼。他脑袋微微一偏，听见背后传来一声轻响，像是枯叶被踩碎，又或许是小树枝断裂的微响。他不确定。蝉鸣又起，他抓起了祈祷木上的枪。他俯下身子，绕到残存空地左边的一丛野蔷薇后，开始往山上走去。走了三四十英尺，他想起自己的运动背包还放在祈祷木旁。可现在已经太迟了。

“阿尔文·拉塞尔？”他听见有人高声喊他。他躲在一棵山核桃树后面，慢慢站了起来，压着呼吸，从树干后面一瞥，看见了手拿霰弹枪的博德克。起先他只能看见棕色衬衣的一部分和靴子。随后警察又走了几步，他看见了他大半张大红脸。“阿尔文？我是博德克警长，孩子，”警长喊道，“我不会伤害你的，我保证。只想问你几个问题。”阿尔文看着他啐了一口，擦去眼中的汗水。博德克又往前走了几英尺，一只松鸡从藏身之处飞了出来，急促地拍打着翅膀穿过空地。博德克举枪便射，随后又飞快地上了一发子弹。“见鬼，孩子，真是不好意思，”他又喊道，“该死的鸟吓到我了。赶紧出来吧，咱们好好谈谈。”他继续缓步前进，在长满了灌木的空地边上停下。他看见了地上的运动背包，还有十字架上挂着的耶稣画像。也许这个狗杂种的确脑子有问题，他想。借着林子的幽光，他看见铁丝上还挂着一些骸骨。“我觉得你可能会来这儿。还记得那天晚上你带我过来吗？你老爸真是太惨了。”

阿尔文打开鲁格枪的保险，捡起脚边的一块木头，从高处往枝叶间的空隙里扔去。木头砸到祈祷木下面的一棵树上，落了下来，博德克又飞快地连开两枪。他又上了一发子弹。空中飘浮着星星点点的树叶和树皮。“该死，小子，别跟我胡闹。”他叫了起来。他打了个转，瞪着眼睛四处张望，又往祈祷木走近了一点。

阿尔文悄无声息地走到他身后的小径上。“最好把枪放下，警长，”男孩说，“你已经被我的手枪瞄准了。”

博德克迈出去的步子一僵，随后缓缓把脚放下。他扫了一眼敞开的背包，看到一条牛仔裤上放着今天早上的《米德公报》。头版上他的照片回瞪着他。从声音判断，男孩就在他正后方，也许 20 英尺开外。霰弹枪里还有两发子弹，对付手枪胜券在握。“孩子，你知道我不能那么做。见鬼，执法准则第一条就是不能放弃武器。”

“我不管你的执法准则是什么，”阿尔文说，“把枪放在地上，给我走开。”他能感觉到自己的心脏猛烈地撞击着衬衫。空气中的水分好像瞬间被抽干了。

“什么？你要杀了我吗？就像你杀死我妹妹和西弗吉尼亚的那个牧师一样？”

一听警长提到蒂加丁，阿尔文双手微微一抖。他略一思索。“我口袋里有张照片，是你妹妹搂着一个死掉的男人。你把枪放下，我就给你看。”他看见警察后背一僵，连忙握紧了鲁格手枪。

“你这个小狗杂种。”博德克低声骂道。他低头看着报纸上自己的肖像。那是他刚当选的时候拍的。发誓捍卫法律。他差点笑出来。随后他举起伊萨卡霰弹枪猛地一转身。男孩开火了。

博德克也开了枪，铅弹在阿尔文右侧的野蔷薇树上撕开一个大口子。男孩吓得一缩，又扣动了扳机。警长厉声尖叫，扑倒在落叶上。阿尔文等了一两分钟，才小心翼翼地走了过去。博德克侧身躺着，看着地面。一颗子弹打碎了他的手腕，另一颗穿入了他的腋下，看样子至少刺穿了他的一侧肺叶。他每沉重地呼吸一次，一股鲜血就喷涌而出，浸透了他的衬衫前胸。博德克看见了男孩破烂的靴子，试图从枪套里拔出手枪，但被阿尔文弯腰夺下，丢在几英尺外。

他把鲁格手枪放在祈祷木上，尽可能轻柔地推动博德克，让他仰面朝天躺着。“我知道她是你妹妹，但你看，”阿尔文掏出钱包里的照片举着给警长看，“我别无选择。我发誓，我求过她把枪放下。”博德克看着男孩的脸，随后把视线转移到桑迪和她怀中的死人身上。他咬着牙，想用没受伤的胳膊把照片夺过来，但他太虚弱了，力不从心。他又躺了下来，开始咳血，就像她当时一样。

阿尔文听着警长竭力求生的动静，似乎过去了好几个小时，但其实几分钟后他就死了。没有回头路了，他想。但他也不能一直这样。他脑中出现了一扇门，门后是一个悲伤的空房间，一声轻响，门关上了，再也不会打开，这让他平静了一点。他听着博德克吐出最后一口黏滞的空气，做出了一个决定。他拿起鲁格手枪，走回他为杰克挖的墓穴旁。他在潮湿的土地上跪下，双手缓缓摩挲着灰色的金属枪管，想着父亲多年以前将这把枪带回家中的情景。随后他把枪放在了墓穴中，和动物的骨头摆在一起。他用手将土扒回洞中，拍打平整，又用枯叶和一些树枝将墓穴盖好，不留蛛丝马迹。他摘下救世主的画像，包好放进了背包。也许有朝一日他会有地方挂它，父亲会喜欢的。他把桑迪的照片和两卷胶卷塞进了博德克的衬衫口袋。

阿尔文最后一次环顾四周，看着生满青苔的祈祷木和朽坏的灰色十字架。他不会再见到这个地方了，正如他可能再也不会和爱玛或是伊尔斯科尔相见。他转身沿着鹿径往上走去，来到山顶，拨开蛛网，走出了幽暗的树林。天空万里无云，有着他所见过最深的蓝色，田野似乎闪耀着光芒，显得一望无际。他朝北边的漆溪走去。如果动作够快，一个小时就能到 50 号公路。如果运气够好，会有人让他搭车。

**图书在版编目（CIP）数据**

神弃之地 /（美）唐纳德·雷·波洛克（Donald Ray Pollock）著；孙灿译.
—上海：上海译文出版社，2018.12
书名原文：The Devil All the Time
ISBN 978-7-5327-7925-3

Ⅰ.①神… Ⅱ.①唐… ②孙… Ⅲ.①长篇小说—美
国—现代 Ⅳ.①I712.45

中国版本图书馆CIP数据核字（2018）第160723号



图字：09-2018-073 号

**神弃之地**
［美］唐纳德·雷·波洛克 著 孙 灿 译
责任编辑 / 宋 佥 装帧设计 / 胡 枫

上海译文出版社出版有限公司出版、发行
网址：www.yiwen.com.cn
200001 上海福建中路 193 号 www.ewen.co
启东市人民印刷有限公司印刷

开本 890 × 1240 1/32 印张 7.25 插页 2 字数 141,000
2018 年 12 月第 1 版 2018 年 12 月第 1 次印刷
印数：0,001—7,000 册

ISBN 978-7-5327-7925-3/I·4883
定价：38.00 元